Schattenherz

~

Fesseln der Dunkelheit

ANNA WINTER

ISBN-13: 978-1492764571
ISBN-10: 1492764574

http://annawinter.de

Email: write@annawinter.de

WIDMUNG

Für Ines,

einen herzenslieben Menschen,

für immer meine Freundin.

Du bist wunderbar.

1. VERKAUFT

Ich laufe die Straße entlang und ziehe mir die Mütze tiefer ins Gesicht. Die morgendliche Novembersonne wärmt schlechter als ein Kühlschrank. Graue Nebelschwaden tanzen über den Kanaldeckeln wie aufsteigende Dschinn, die mit dem Wind spielen.

Die Kulisse ist malerisch. Orangerote Lichtstrahlen flammen durch die Straßen von Tulsa und werden von den verspiegelten Glasfronten der Geschäftsgebäude zurückgeworfen wie flüssiges Messing. Die Sonne ist meine Verbündete. Auch wenn ihr Schein zu dieser Jahreszeit kalt ist, wärmt mich der Gedanke, dass es etwas gibt, was Vampire nicht kontrollieren können.

Seit der Morgendämmerung verebbt der Feierabendverkehr. Vereinzelt fahren fensterlose Shuttlebusse oder Privatwagen vorbei. Sie bringen ihre Insassen nach Hause, um den Tag zu verschlafen. Nachts blüht sie – die Herrschaft der Blutsauger. Dann pulsiert die Stadt wie ein unheilvolles Herz. Lärm, Leben, geöffnete Geschäfte und in jedem Gesicht lange Zähne. Nun fällt alles in einen verlassenen Schlaf.

Zeitungspapier weht raschelnd vor mir her, begleitet

mich um eine Straßenecke. Ich stocke innerlich. Das Licht schiebt sich langsam wie ein Wasserfilm an den Hauswänden hinab, doch der Gehweg vor mir liegt in Schatten. November. Spätere Sonnenaufgänge. Jeden Tag wird mein Weg zur Arbeit dunkler. Überdies ist die UV-Strahlung dieses kalten Morgens noch nicht bedenklich für Vampire und so treiben sich ein paar Nachzügler draußen herum. Lieber einsam als unter ihnen. Ihre Vorherrschaft macht mich krank. Als ich die Gruppe aus drei Männern passiere, bekomme ich die üblichen Kommentare zu hören.

„Hey Süße, noch nicht angebissen?", will einer wissen und die anderen lachen. „Ich könnte ja ein Frühstück vertragen. Wie wär's?" Er grinst mich an und lässt seine Zähne zu voller Länge ausfahren. Sein Blick wird schwarz und die Adern treten aus seiner pergamentartigen Haut hervor.

„Fernando, so kannst du doch mit einem Weltkulturerbe auf zwei Beinen nicht umgehen." Wieder lachen sie. Ich stelle mir vor, wie schön es wäre, wenn die Sonne sie verbrennt. Ich würde gerne gemeine Dinge sagen, aber ich tue es nicht, weil ich es nicht darf. Vampire haben Regeln für Menschen wie mich. Regeln ohne Rechte. Ich muss mich bedeckt halten, darf nicht zum Angriff provozieren, habe Vampiren den Vortritt zu lassen. Im Zweifel habe ich immer Schuld und sie immer Recht. Oder natürlich meine liebste Regel: Ich habe einen vampirischen Vormund, weil kein Mensch ohne sein darf.

Wortlos möchte ich an der Gruppe vorbei. Doch Fernando, der noch kein Frühstück hatte, stellt sich mir in den Weg und greift nach meinem Arm. Ich halte den Blick gesenkt, doch ich spüre, wie Panik meinen Nacken hinaufkriecht wie eine Viper. Mein einziger Schutz ist, dass ich bereits eine Herrin habe, dass er ihr Eigentum nicht verletzen sollte. Mehr bin ich im Zweifelsfall nicht – Sachbeschädigung.

Ich halte den Atem an und versuche mich klein zu machen. Fernando schabt mit einem langen Fingernagel unter meinem Kinn entlang.

„Hm", raunt er. „Wie ein weißer Pfirsich." Er schlingt einen Arm um meine Taille und zerrt mich an sich. Es ist wie die Umarmung eines Schraubstocks. Ich spüre die Kälte in meine Knochen kriechen und die Angst surrt unter meiner Haut wie ein Starkstromkabel.

Er legt den Kopf schief und betrachtet mich aus schmalen Augen. Augen, die kohlschwarz sind. Seine Freunde stellen sich um uns wie ein Sichtschutz und ich höre sie lachen. Wie gelähmt hänge ich in seinem Griff.

„Frühstück ist die wichtigste Mahlzeit des Tages", erklärt Fernando. „Das hat mir meine Mutter immer gesagt."

Meine Worte flüstern mit dem Wind: „Ich gehöre Tylandora."

Fernando zieht die Luft ein und seine Nasenflügel blähen sich auf. Ich spüre, wie sein Arm noch fester drückt, sehe die Wut, weil ihm die Felle davonschwimmen. Schmerz beißt durch meinen Rücken. Seine Hand ist durch die Lagen meiner Kleidung in mich gekrallt und die gelben Fingernägel drücken wie Bolzen. Wäre ich nackt, hätte ich nun fünf Stichwunden. So sind es Blutergüsse. Nicht meine ersten und ganz sicher nicht meine letzten.

„Tylandora?", wiederholt er leise, um sicherzugehen, dass er den richtigen Namen verstanden hat. Sie besitzt Einfluss. Ihre Macht ist mein Schutz.

Ich nicke benommen. „Ja, Herr. Ich bin Tylandoras Eigentum."

Er schubst mich mit einem Ruck von sich fort und ich knalle gegen die Hauswand, neben der wir stehen. Ich versuche, den Aufprall abzufangen, aber er kommt zu plötzlich. Ich verstauche mir den Daumen und der Schmerz jagt meinen Arm hoch. Gleichzeitig knallt mein Kopf gegen den Stein. Die Mütze mindert den Schaden, doch ich sehe Sternchen und für einen Moment wird mein Sichtfeld schwarz.

„Deinetwegen habe ich immer noch Hunger!“, schreit er mich an. Er klingt wie durch Nebel. Mit meiner unversehrten Hand taste ich nach der Wand in meinem Rücken und sinke in die Hocke. Ich versuche, die Benommenheit fortzublinzeln. Zitternd reibe ich über meinen Hals. Dort, wo in meiner Einbildung seine Zähne schon zugebissen haben.

Als ich aufsehe, sind die drei weg. Einen Moment gebe ich mich der Ruhe hin und sammele mein Bewusstsein wie Scherben vom Gehweg. Ich bemühe mich, mein Inneres wieder in einen korrekten Zustand zu bringen.

„Mir ist nichts passiert“, murmele ich und spüre meinen schmerzenden Rücken, den pochenden Daumen, das Schädelweh und den Geschmack von Übelkeit in meinem Mund. Ich vergleiche es mit dem, was hätte sein können, und rede mir noch einmal ein, dass alles in Ordnung ist.

Dann stehe ich mühsam auf. Es ist, als wäre alle Kraft abgelassen wie Luft aus einem Ballon. Es gibt niemanden, dem ich den Vorfall melden kann. Die Polizei wird für mich nicht aktiv. Sie besteht nur aus Vampiren. Keines ihrer Gesetze wurde gebrochen.

Wut und Enttäuschung über meinen Platz in der Welt kochen in mir hoch und ich blinzle die Tränen weg, als ich meine Kleidung glattstreiche. Ich zwinge meine Beine weiterzugehen, einen Schritt vor den anderen zu setzen. Ich bin spät dran.

Mein Handy bimmelt. Es ist eine schlichte Melodie, die mir ankündigt, dass meine Herrin mich sprechen will.

Ich hätte den Klingelton von Darth Vader bevorzugt, aber ich fürchte ihre Strafe, falls sie davon erfährt. Mit den Zähnen ziehe ich den Handschuh von der guten Hand, stopfe ihn in meine Manteltasche, nehme das Telefon heraus und antworte.

Es kommt nicht infrage, ihren Anruf zu ignorieren. Tylandora mag mir kleinere Verfehlungen nachsehen, aber nie, zu wirklich keiner Zeit, würde sie es dulden, dass ich ihr nicht gehorsam bin. Das habe ich auf die harte Tour gelernt.

„Ja, Tante?“, melde ich mich.

Ich bin das schwarze Schaf der Familie. Mit dem Gendefekt, der keine vampirische Mutation zulässt. Dadurch sind wir zwar verwandt, aber auf der elementarsten Ebene, die für meine Tante zählt, sind wir es nicht.

Es herrscht Schweigen am anderen Ende der Leitung. Dann ein missbilligendes Ausatmen. Schließlich ringt sie sich dazu durch, mit mir zu sprechen: „Elise, du bist schon vierzig Minuten aus der Tür und noch immer nicht bei der Arbeit. Du weißt, was ich von Pünktlichkeit halte. Hast du dazu nichts mitzuteilen?“

„Nun ich ...“ Ich überlege. Was kann ich ihr schon sagen?

Es ist nicht meine Schuld, Tante. Diese Strategie erscheint mir so vernünftig, wie Schokolade nach Kalorien zu bezahlen. Meine Tante würde es nicht mehr glauben, als die Version von der Erde als Scheibe.

Ich bin ein unwürdiger, kleiner Mensch. Ich bringe es nicht über mich, das zu sagen, was sie ohnehin denkt.

„Das wollte ich nicht, Tante. Es tut mir leid.“

Ich wollte tatsächlich nicht, dass diese Säbelzahnschwinger mich bedrängen und verängstigen und dass ich mich nun deshalb erklären muss. Ich will auch nicht über den Vorfall sprechen. Meine Tante würde sagen, dass ich lüge, dass ich es provoziert habe, dass es mir als Mensch nicht zusteht, Vampire in Misskredit zu bringen. Für sie ist die Welt einfach – schwarz oder weiß.

„Ich bin wirklich sehr gnädig mit dir, lasse dich sogar aus dem Haus. Man hält mich bereits für exzentrisch."

„Ich weiß, Tante. Ich möchte nicht, dass du meinetwegen Unannehmlichkeiten hast."

Sie schnaubt wie ein Pferd vorm Rennstart. „Kind, du bringst mich wirklich in eine unbequeme Situation. Dein schlechtes Betragen fällt auf mich zurück. Ich werde mittlerweile offen auf dich angesprochen: *‚Plagst du dich immer noch mit diesem Balg'*, *‚Verkauf sie doch, dann hast du Ruhe'*. Damit muss ich mich herumschlagen." Tylandora atmet theatralisch aus. „Ich will heute keine weiteren Beschwerden hören oder ich werde mir etwas überlegen, das dir nicht gefällt. Sag, dass du das verstanden hast."

Ich schließe die Augen und nicke. „Ja, Tante, ich habe das verstanden."

„Und?"

„Und ich werde mich betragen. Ich werde gleich bei der Arbeit sein und alles sehr gut machen."

„Merk dir das, oder du merkst etwas anderes. Glaube nicht, dass ich spaße. Mein Geduldsfaden ist in den letzten Jahren ausgeleiert."

„Ja, Tante. Tut mir leid."

„Dir wird es noch leidtun." Mit diesen Worten kappt sie die Verbindung.

Ich gehe die letzten Meter zur Arbeit. Die *Tylandor Group* gehört meiner Familie. Es ist ein prunkvoller Firmensitz aus teurem Stein, großen Fassaden und dem unverblümten Statement von Status und Geld. Hier werden Schlagzeilen gemacht. Bisher gehören meiner Tante die »Midnight Tribune«, eine auflagestarke

Zeitung, sowie ein großer Rundfunksender. »Hier ist Radio *Insomnia* auf 104,6 – die Pulsfrequenz Oklahomas«. Aber meine Tante hat wortwörtlich Biss und Ehrgeiz. Ihr Wunsch nach einer Sendeplattform im Fernsehen ist ein offenes Geheimnis.

Ich habe eine Tätigkeit im Gebäude zugeteilt bekommen. Wie alle Menschen darf ich nur niedere Tätigkeiten verrichten, bin von Universitäten ausgeschlossen und kann nicht mehr verdienen, als den halben Satz des am schlechtesten bezahlten Vampirs derselben Firma. Was Edwynturo ist, ein buckliger Portier im hohen Alter. Er grüßt mich, als ich hereinkomme.

„Elise, du bist zu spät. Ich habe deine Herrin angerufen und dein Fehlen wird vom Lohn abgezogen."

„Natürlich Edwynturo."

Er blickt mir mit hochgezogener Augenbraue nach. Missmutig gehe ich zu meinem Spind und wechsele in meine Arbeitskleidung. Gelbes Hemd, gelbe Hose, blaue Schuhe und eine Firmenkappe. Mein Putzwagen macht klackende Geräusche auf dem Marmorboden, als ich ihn vor mir her schiebe. Mit dem Personalaufzug fahre ich in meine zugewiesene Etage. Über den Bürotüren leuchten die roten Lämpchen, die anzeigen, dass die Räume noch nicht gemacht sind. Ich verschaffe mir zu einem nach dem anderen Zutritt mit meiner Personalkarte, die auflistet, wann ich wo hineingehe und wie lange ich verweile. Jeder meiner Schritte wird kontrolliert.

Die meiste Zeit benötige ich für das Büro von Tylandoras Finanzbuchhalter. Wer sich unter so jemandem einen akkuraten Vampir vorstellt, der Ordnung hält und mit einem Lineal die Gegenstände auf seinem Tisch platziert, hegt ähnlich romantische Vorstellungen von Sauberkeit bei Brillenschlangen wie ich.

Doch Arturo ist ein echter Brechreiz. Es kleben überall Trinkreste auf seiner Resopalplatte und dem Steinboden. Die Hälfte des Mülls liegt neben seinem Eimer, da er ihn in die hinterste Ecke seines Büros gestellt hat, um offensichtlich vergeblich Freiwürfe damit zu üben. Der Boden knirscht von Krümeln, die einmal Teil seines Essens waren. Beim Reingehen trete ich in einen ausgespuckten Kaugummi. Ich schließe die Augen, lege den Kopf in den Nacken und atme tief durch.

„Du musst aber richtig gut in deinem Job sein, du kleines Schwein, wenn Tylandora dich noch nicht gefeuert hat“, murmele ich und mache mir die Schuhsohle sauber. Es müffelt abgestanden, als ob er nie lüftet. Schweiß, Essensdüfte und vermutlich Körpergase.

Ich mache die Fenster auf und putze die Kammer des Ekels. Die kühle Eleganz der Räume aus Blau und Grau ist bei ihm völlig misshandelt. Offensichtlich scheint meine Tante nicht zu finden, dass dieser Saustall negativ auf sie zurückfällt. Aber welches Urteil erlaube ich mir? Arturo ist wenigstens ein Vampir.

Neben einem klebrigen Kaffeebecher steht eine gammlige Pflanze, unter deren Topf sich eine braune Flüssigkeit gesammelt hat. Ich gehe etwas dichter heran und schnuppere vorsichtig. Dann ziehe ich die Augenbrauen hoch. Ein erdiger Kaffeeduft geht von der Pfütze aus. Leicht säuerlich.

Ich muss nicht Sherlock Holmes sein, um zu kombinieren, dass er seinen Kaffee in den Blumentopf geleert hat. Unglücklicherweise scheint er ihn mit einem Schuss Milch zu trinken und die Zeit würde diesem Duft nicht bekommen. Statt aufzuräumen, würde ich lieber einen toten Fisch in sein Lüftungsgitter legen. Ich frage mich, was es braucht, damit dieser Mann anfängt, sich zu ekeln.

Angewidert schüttele ich mich und wische so gut es

geht sauber. Ich lobe mir meine gelben Gummihandschuhe, die mich keinen physischen Kontakt mit diesem Dreck haben lassen. Als ich die Papierknollen in der Ecke aufhebe und in den Müll stopfe, fällt mir ein Fetzen mit der Aufschrift »vertrau« in die Hände. Der Rest des Wortes ist abgerissen, doch es liegt auf der Hand, dass das Wort »vertraulich« heißt, und meine Neugier siegt. Ich suche die anderen zerknüllten Zettel vom Boden und aus dem Eimer und stecke sie in meine Tasche. Mein Leben ist nicht wirklich unterhaltsam und vielleicht finde ich etwas über die Kröte heraus.

Eine geschlagene Viertelstunde später bin ich aus dem Büro und erledige die restlichen Räume während der nächsten drei Stunden. Es ist eine stumpfsinnige Tätigkeit. Nur weil ich ein Mensch bin, heißt das nicht, dass ich zu dumm zum Studieren wäre.

Ich stelle mir oft vor, wie die Welt früher einmal gewesen sein mag, als es nur Menschen und keine Vampire gab. Eine Zeit, die für mein Empfinden traumhaft klingt. Eine andere Welt für vergangene Leben bevor die Seuche kam. Doch ich habe keinen Zugriff auf jene Tage. Sie sind meinen Träumen vorbehalten. In meiner Fantasie bin ich Ärztin, habe ein eigenes Haus, Kinder und einen netten Mann. Und ich muss niemals putzen. Ich lächele bei dem Gedanken und seufze.

Schließlich schiebe ich mein Wägelchen zurück und gehe mich umziehen. Die erbeuteten Blätter hole ich aus den Taschen und stecke alles in meinen Rucksack. Das Wochenende steht an und ich hoffe auf etwas Abwechslung. Tylandora hat mir ein kleines Zimmer auf ihrem Anwesen zur Verfügung gestellt, mit vergitterten Fenstern und einer Tür, die nur von außen abschließbar ist. Insgeheim nenne ich es die Hundehütte.

Es ist Mittag, als ich bei meiner Herrin ankomme.

Meine Hände, Füße und Nase sind durchgefroren. Mein Kopf tuckert wie ein alter Traktor und der Daumen ist angeschwollen, denn das Putzen ist ihm nicht bekommen. Mein Rücken und meine Muskeln sehnen sich nach einem heißen Bad. Wenn ich Glück habe, darf ich Tylandora eine Wanne einlassen. Näher werde ich meinem Wunsch nicht kommen.

Das alte Backsteinhaus liegt in einer Zuckerschicht aus weißem Raureif am Hang, ohne dass die Sonne die Kältekristalle vertrieben hat. Eine Steinmauer umschließt das Gebäude: hoch, grau und wie die äußere Visitenkarte ihres Reichtums. Schmiedeeiserne Tore öffnen sich und lassen mich ein. Das Grundstück liegt offen wie ein Park – mit alten Weiden und weißen Beulen entlang der Einfriedung, von denen ich weiß, dass sich darunter Rhododendronbüsche verbergen, die nun friedlich ihren Winterschlaf halten. Es ist soweit, dass ich Büsche beneide.

Die Fußspuren der Hunde sind im verkrusteten Boden, auf dem ich entlanglaufe, eingedrückt. Tylandora hat zwei Doggen in ihr kaltes Herz geschlossen. Mir ist bewusst, dass sie ihre Hunde mehr liebt als mich. Wenn man meine Tante kennt und weiß, dass Gefühle für andere nicht zu den Stärken gehören, mit denen sie in die Annalen eingehen wird, so erstaunt es, dass diese Tiere ihre uneingeschränkte Zuneigung haben. Auch auf die Hunde bin ich eifersüchtig.

Als ich ins Haus trete, empfängt Tylandora mich bereits. Es ist ungewohnt, sie zur Mittagszeit zu sehen. Das ist gewissermaßen Mitternacht für Vampire, ihre Schlafenszeit. Ihre wasserblauen Augen ruhen ohne jede Regung auf mir. Sie steht vor mir in ihren Perlen und einem modischen Strickkleid. Groß, schlank und mit der Herzlichkeit eines Eisbergs.

„Elise“, beginnt sie. „Diese Beschwerden über dich

müssen aufhören. Wärst du irgendjemand fremdes, hätte ich dich dem System längst vor die Füße geworfen.“

Ich schlucke. Mein Magen nimmt den freien Fall in meine Kniekehlen. Jeder Mensch braucht einen vampirischen Vormund. Wenn er keinen nachweisen kann, wird ihm einer per Auktionshaus zugeteilt – auch bekannt als das System.

„Du würdest mich versteigern?“, winsele ich.

Das ist noch schlimmer, als was ich bisher habe. Tylandora gibt mir fast täglich zu Essen, manchmal sogar ihre Reste und lässt mich einer kleinen Arbeit nachgehen. Außerdem wohne ich selbst in meiner Hundehütte sehr annehmbar. Warum kann ich nicht einfach zufrieden sein? Ein anderer Vampir könnte ein viel schlimmerer Besitzer sein. Ich habe normalerweise nicht das Gefühl, auf hohem Niveau zu jammern, wenn ich sehe, welche Stellung meine anderen Verwandten bekleiden. Aber ich könnte es wesentlich schlimmer haben.

Sie hebt eine Braue, als hätte ich den Teller nicht aufgegessen und wäre ein unartiges Kind, dem wir dieses Wetter zu verdanken haben.

„Was du mir alles zutraust, Elise.“

Tylandora verschränkt die Arme vor der Brust und lässt ihre Finger über ihre Ellbogen klopfen. Immer wieder von vorn. Sie denkt nach und betrachtet mich wie einen Käfer, der hier nicht hingehört.

„Dabei helfe ich dir, wo ich kann“, flüstert sie. Dann nickt sie und strafft sich. „Ja, in der Tat. Das tue ich. Wir geben heute Abend einen Empfang. Ich will, dass du dabei bist.“

Meine Augen werden groß. „Wirklich, Tante?“

„Ja. Du wirst die Getränke und Häppchen servieren, ein elegantes schwarzes Kleid dabei tragen, deine dunkle

Mähne zu einer ordentlichen Frisur bändigen und so viel Etikette wie möglich an den Tag legen."

Inwiefern tut sie damit etwas für mich?

„Runzle nicht so die Stirn, Elise. Davon bekommst du Falten und ich zahle gewiss kein Botox für dich. Aber wenn du faltig aussiehst, wird dich keiner mehr wollen."

„Wer denn wollen?", frage ich irritiert.

„Jemand." Sie lächelt zuckersüß. „Punkt acht, verstanden?"

Ich verstehe nur, dass sie mich loswerden will. Ich weiß nur nicht, an wen.

Mein innerer Jubel darüber, die Häppchen servieren zu dürfen, fällt gnomenhaft klein aus. Tylandora wird Gäste ihrer Verlags- und Medienwelt um sich scharen und Kontakte knüpfen. Ich weiß, dass sie sehr ambitioniert ist. Während sie lächeln und Komplimente verteilen wird wie Konfetti an Karneval, wird sie mich nicht beachten, als wären wir nicht verwandt. Als wäre ich nur ein Dienstbote.

Wenn ich es genau bedenke, bin ich das wohl deutlich mehr für sie, als ihre Nichte. Weihnachtsgeschenke – Fehlanzeige. Geburtstagsgeschenke. Na, über diesen genetischen Fauxpas schweigen wir lieber – Fehlanzeige. Gemeinsame Festessen bei meiner Familie am Tisch – Fehlanzeige. Aber ich habe natürlich ihre Gläser füllen und servieren dürfen.

Meine Eltern haben einen Autounfall nicht überlebt, als ich fünf war. Sie waren die einzigen, die darüber hinweggesehen haben, dass ich defekt bin.

Ich laufe in mein Zimmer, drücke die Tür zu und zwänge mich aus meinen Kleiderlagen. Ganz vorsichtig. Bestimmte Bewegungen tun weh. Ich gehe zu meinem Waschbecken und lasse kaltes Wasser über den Daumen laufen. Er wird ein paar Tage blau sein und ich sollte ihn nicht überstrapazieren, doch es wird gehen. Vor dem

Spiegel drehe ich meinen Kopf hin und her und schiebe die Haare beiseite, um zu sehen, ob ich die Beule finde. Eine Schwellung ist da, allerdings kann ich sie mit den Haaren verdecken und auch sie wird bald fort sein.

Nun ziehe ich meinen Pulli aus der Hose und schiebe ihn hoch. Die Hämatome an meinem Rücken würden wunderbar für eine Halloween-Kostümierung funktionieren. Ich sehe die Hinterlassenschaften von jedem der Finger dieses frühstücklosen Vampirs. Vorsichtig reibe ich darüber. Die Stellen sind hart und druckempfindlich und die Flecken so lila, als hätte sie ein Pferd dorthin getreten. Zum Glück brauche ich für den Empfang kein rückenfreies Kleid zu tragen.

Ich streife meinen Pulli wieder herunter und kämme mein Haar. Bei der Beule muss ich aufpassen. Da Tylandora es nicht mag, wenn ihr Personal beim Servieren offene Haare trägt, binde ich sie mir zu einem langen Zopf zusammen.

Unschlüssig nage ich an meiner Unterlippe und überlege, welches Make-up ich auftragen soll. Dezent, jedoch gepflegt erscheint passend. Also pudere ich meine blasse Haut ab, verwende etwas Kajal an den braunen Augen und einen Hauch Lippenstift. Ich bin nicht der Mittelpunkt des Abends und meine Tante würde es mir übel nehmen, wenn ich danach aussehe. Kein Glitzer, keine Pailletten, kein Schmuck, flache Schuhe. Tylandora sagt, es stehe mir nicht zu, mich größer zu machen, als ich es bin. Ich stelle mir die schwarzen Ballerinas heraus und putze sie gründlich ab bis sie glänzen.

Dann wähle ich eines meiner drei Dienstbotenkleider aus. Jedes ist schwarz, aber für unterschiedliche Anlässe gemacht. Der heutige Abend verlangt nach der eleganten Variante. Ein Kleid im Stil von Audrey Hepburn, einer Frau, die das Glück hatte, vor der Seuche zu leben. Es ist ärmellos und bis zur Taille eng. Unterhalb des Gürtels schwingt es luftig auseinander und fällt bis zu den Knien.

Ich stelle mir gern vor, dass es bis zum Boden reicht und Spitzenpartien im Rücken hat, dass ich lange Handschuhe dazu trage und ein funkelndes Collier. Ich hätte eine Hochsteckfrisur und aufregend geschminkte Augen. Ich würde aus Champagnerflöten trinken und lächeln, während ich ein Gespräch mit einem angesehenen Mann führe, der mich offen bewundert.

Ja sicher, und der Weihnachtsmann ist eigentlich ein Transvestit.

Mein Kleid ist nicht aus Seide oder Chiffon, nichts an mir funkelt und niemand wird sich für mich interessieren, außer er hat Durst. Ich kann nur hoffen, dass es sich auf die Getränke meines Tabletts beschränkt. Desillusioniert bügele ich mein Kleid auf und hänge es für den Abend an die Tür. Als ich mit den Vorbereitungen fertig bin, gestatte ich mir wieder, an mich selbst zu denken.

Ich knie vor meinem Bett nieder und ziehe die alte Holzkiste darunter hervor, in der ich verwahre, was von einer schöneren Zeit übrig ist. Nicht viel. Meine Habseligkeiten, die mir etwas bedeuten, passen in diese Schatulle.

Eine kleine weiche Babydecke, die anders duftete als alles, was ich sonst besitze. Die unverkennbare Mischung aus Baby und Puder, so lieblich. Ein Foto meiner Eltern von ihrem Hochzeitstag. Beide Vampire. Mama war wunderschön und mein Vater sehr verliebt. Ein getrocknetes Kleeblatt, von dem ich nicht weiß, ob es mir bereits Glück bringt, da ich es viel schlimmer haben könnte, oder ob es kaputt ist, weil ich so lebe.

Die Spieluhr mit der Tänzerin, die mich daran erinnert, dass ich ein Jahr lang Ballett lernen durfte. Ich ziehe sie auf und sie beginnt, sich zu drehen, spielt die wunderschönen Klänge von Schwanensee. Mein Herz ist noch bei ihr, doch meine Füße längst nicht mehr. Tylandora hat keinen Sinn darin gesehen, mich zu fördern.

Der Flakon eines Parfums, das meine Mutter immer benutzt hat, glitzert in der Schachtel. Die Flasche ist schon lange leer und der Duft hat sich verflüchtigt wie der Rauch einer erloschenen Kerze. Tränen brennen in meinen Augen und ich klappe die Box zu. Ich will meinen inneren Kummer nicht überborden lassen. Wenn ich es tue, werden die Dämme nicht halten, und Tylandora würde sich über ein verquollenes Gesicht auf ihrem Empfang schrecklich aufregen. Ich stelle meinen Wecker und beschließe, etwas zu schlafen. Die Nacht wird lang und keiner interessiert sich für meinen menschlichen Tagesrhythmus.

Ich versuche, mein Kreuz durchzudrücken so gut es geht, denn Tylandora legt Wert auf eine gerade Haltung. Ich trage das Kleid und ein Tablett mit Getränken. Die Hand mit dem geschwollenen Daumen halte ich wie ein Diener hinter meinem Rücken.

In der Empfangshalle sammeln sich die Gäste. Meine Tante hat weitere ihrer menschlichen Untergebenen für den Anlass zusammengetrommelt, die sich um ihre Bedürfnisse kümmern und Erfrischungen und Canapés anbieten. Sie hat mich dazu abkommandiert, neben ihr Stellung zu beziehen.

„Tylandora, solch eine Pracht“, lobt eine der Eingeladenen.

„Es ist wirklich bemerkenswert, wie schön deine Feste immer sind“, befindet eine andere.

„Oh Tylandora, es ist viel zu lange her.“ Küsschen links, Küsschen rechts.

„Meine Liebe, Sie haben sich selbst übertroffen.“

Eisskulpturen von vampirischen Engeln zieren den Raum. Der Kronleuchter schwebt über uns wie eine Korona. Weiße Liliengebinde säumen das Treppengeländer und füllen riesige Vasen in den Ecken des Saals. Die weißen Säulen sind von Lichterketten umwickelt und eine kleine Gruppe äußerst talentierter Musiker gibt ein Streichkonzert. Die Klänge von Vivaldi schweben durch die Luft und hüllen die Gesellschaft in eine musikalische Blase.

„Tylandora, es ist wie immer eine Freude“, säuselt einer ihrer Gäste.

„Callistus, du bist mir stets willkommen.“

Innerlich verdrehe ich die Augen über die Angewohnheit der Vampire, sich exotische Namen zu geben, um ihren Status zu betonen. Als wäre es in irgendeiner Form *chic*, lächerlich zu klingen.

Meine Tante zwinkert ihm zu. Sie trägt ein goldenes, mit Strass besetztes Kleid und kostbaren Familienschmuck. Ihre braunen Haare sind nach oben getürmt und die Absätze ihrer Schuhe können es mit den Champagnerflöten aufnehmen. Ihr Lachen ist glockenhell, als Callistus ihr ein Kompliment macht.

Er ist sicherlich zehn Jahre älter als meine Tante. Ich würde ihn auf fünfzig schätzen. Sein Haar tritt bereits den Rückzug an und eine altersfleckige Hand nähert sich meinem Tablett. Ich halte es ihm entgegen und er bedient sich mit einem abschätzenden Lächeln, nimmt mit seinen Augen an mir Maß, als würde er die Größe für meinen Sarg brauchen. Ein Schauder rieselt zwischen meinen Schulterblättern entlang.

„Tylandora, wer ist dieses nette Serviertäubchen?“

Meine Tante lächelt geschmeichelt und sieht mich an, wie einen Gegenstand, den sie vom Flohmarkt hat.

„Das ist Elise.“ Kein: meine Nichte.

Seine Augen weiten sich für einen Moment. „Sieh an.“

Er leckt sich über die Lippen. „Das ist also Elise. Du hast eine sehr hübsche Untergebene."

„Ach, es ist eine Krux mit ihnen: Man kann nicht mit ihnen, man mag nicht ohne sie."

„Gewiss, da gibt es immer ein Abwägen." Er lächelt meine Tante an. Sie reden weiter, als stünde ich nicht direkt daneben. „Für niedere Arbeiten und den Durst zwischendurch braucht man sie aber."

Meine Tante nickt. „Es überwiegen die Annehmlichkeiten. Wenn man bedenkt, dass es Vampire gibt, die sich kein Personal leisten können."

Sie lässt den Satz im Raum stehen, als würde sie von etwas Schockierendem reden. Mir fällt der Portier Edwynturo ein und ich bin mir sicher, dass er seine Wohnung selbst aufräumt und niemand ihm Häppchen reicht.

„Wie sehr hängst du an ihr?", fragt Callistus meine Tante.

Ich schlucke schwer. Wie bitte?

Sie hebt nonchalant eine Schulter.

„Nicht besonders. Wieso?" Aber sie lächelt wissend.

„Vielleicht könnten wir nachher unsere geschäftlichen Angelegenheiten noch einmal besprechen. Ich denke, ich war zu voreilig, als ich deinen Wunsch nach einem Sendeplatz ausschlug."

Mir bleibt das Herz stehen. Ich weiß, dass meine Tante auf ein solches Geschäft lauert. Sag nein. *Sag nein.* Flehend schaue ich sie an. Sie neigt lächelnd den Kopf.

„Das hört sich für mich akzeptabel an", stimmt sie ihm zu.

Mir fällt das Tablett herunter. Ein lautes Scheppern dröhnt durch den Saal, als das Metall sich mit dem Marmorboden anlegt, und beinahe zeitgleich zerspringen die Gläser in einem Funkenregen aus Kristall. Der Champagner schäumt darüber wie

Meeresgischt und die Stille danach ist so dick, dass man sie mit Messern schneiden kann.

Ich zittere am ganzen Körper, will nicht, dass ich an diesen alten Mann verkauft werde, kann nicht fassen, dass Tylandora das wirklich in Betracht zieht. Ich sehe ihren kalten Blick und weiß, dass sie es tun wird.

Wut brandet in ihren Augen auf und sie zerrt mich an meinem Zopf heraus ins Nebenzimmer. Der Schmerz schießt durch meine Kopfhaut, meine Beule rebelliert und mit Mühe unterdrücke ich einen Schrei. Die Scham darüber, vor etwa fünfzig Gästen so vorgeführt zu werden, brennt in meinem Gesicht.

Als wir an einem anderen Menschen vorbeikommen, faucht Tylandora ihn nur an: „Wisch den Dreck weg, aber schnell!"

Dann schubst sie mich ins dunkle Zimmer, schließt die Tür und fährt zu mir herum. „Du ungeschicktes, kleines Biest!"

Sie kommt auf mich zu und ohrfeigt mich mit voller Kraft. Ihre Hand klatscht auf meine Haut und ihre langen Fingernägel furchen hindurch wie ein Pflug durch einen Acker. Ich ducke mich zur Seite und halte meine Wange. Sie glüht und brennt wie Feuer. Ich spüre eine klebrige Flüssigkeit an meiner Handfläche und weiß, dass es Blut ist. Tränen sickern aus meinen Augen und ich fürchte ihren Zorn.

„Blamierst mich vor meinen Gästen! Ich werde dich verkaufen für einen Sendeplatz und mit Genugtuung daran denken, dass du dein restliches Leben unter diesem männlichen Vieh liegen musst."

Mir steht der Mund offen. So viel Hass schlägt mir entgegen, dass ich völlig benommen bin. Meine Handflächen werden kalt und schwitzig, Panik bricht in mir aus und meine Beine sind schwer wie Blei. Doch am schlimmsten ist das Gefühl in meinem Bauch.

Verzweiflung und Übelkeit. Mein Herz krampft sich zusammen.

Ich falle vor meiner Tante auf die Knie und halte ihr Kleid fest. „Bitte nicht. Bitte, tu mir das nicht an. Ich will alles machen, was du sagst. Ich will dir wirklich gehorchen. Nur verkauf mich nicht. Du weißt, was er mit mir machen würde."

Ihre Stimme klingt eisig und berechnend. „Wofür glaubst du, habe ich dich all die Jahre von Männern ferngehalten?"

Ich runzele die Stirn und bin völlig ratlos.

„Weil das deinen Marktwert steigert. Es gibt immer Männer, die eine schöne Blume zuerst pflücken wollen."

Mein Atem geht hektisch und ich versuche, nicht zu keuchen. „Du hattest von Anfang an vor, mich zu verkaufen?", flüstere ich. Die Worte gluckern aus meinem Hals wie Erbrochenes. „Hast du mich nie auch nur ein kleines bisschen lieb gehabt?" Ich klammere all meine Sehnsucht an diese Worte.

Sie schnaubt abfällig. „Dich lieb haben? Als meine Schwester dich bekam, habe ich ihr gesagt, dass sie dich ertränken soll. Es wäre besser zu sagen, du warst eine Totgeburt, als unsere Familie mit diesem Makel zu besudeln. Aber Antonella war so rührselig." Ihre Augen verengen sich zu leblosen Schlitzen. „Dann musste ich mich auch noch mit dir herumschlagen, bis du endlich achtzehn wurdest."

An meinem Geburtstag vor zwei Wochen hat sie keinerlei Andeutung gemacht, davon überhaupt Kenntnis zu nehmen. Ich habe mir in der Stille meiner Kammer selbst eine Kerze angezündet, die ich von einem Lüster gestohlen hatte. Ich sang mir selbst ein Geburtstagslied, hielt das Foto meiner Eltern dabei in meinen Händen und schaukelte auf meinen Knien vor und zurück. Tylandora fand die Wachsreste in meinem

Zimmer. Für die entwendete Kerze bekam ich einen Tag lang nichts zu essen.

Dunkle Punkte tanzen hinter meinen Augen, als mir schwindlig wird. Mein Puls rauscht in meinen Ohren und macht meine Welt dumpf. Wie unter einen Glocke höre ich die Worte meiner Tante.

„Jetzt bin ich dich endlich los und bekomme sogar noch etwas dafür. Richte dich wieder her, Elise. Du siehst zu zerlumpt aus."

Die Geräusche und Helligkeit ihres Empfangs dringen durch die Tür, als sie hindurch schlüpft. Dann ist sie weg und alles wird still. Ich bin ausgeschlossen aus ihrer Welt und weine. Mein Schluchzen schüttelt meinen Körper. Ich bemerke den Mann hinter dem Vorhang nicht, bis er heraustritt und vor mir in die Hocke geht.

Erschrocken sauge ich die Luft ein. Mit einem Satz krabbele ich von ihm weg.

„Ich tue dir nichts", sagt er vorsichtig.

Ich kauere mich vor die Wand und sehe ihn misstrauisch an. Es brennt keine Lampe im Zimmer und durch die Vorhänge schimmert nur der spärliche Schein vom Halbmond. Die Lichtquelle in seinem Rücken verbirgt sein Gesicht. Er ist ein schwarzer Schatten, groß und breit mit dunklem Haar. Ich erkenne ihn nicht, obwohl er an mir vorbei gegangen sein muss, als er eintraf.

„Wie sind Sie...?" Mitten im Satz breche ich ab. Es steht mir nicht zu, ihm Fragen zu stellen. Er antwortet mir dennoch.

„Ich war zeitig da, wollte etwas Ruhe zum Nachdenken und ging hier rein."

„Nachdenken", murmele ich ohne echte Energie.

„Tylandora ist also deine Tante."

Ich nicke still und wische meine Tränen ab.

Er seufzt. „Um ehrlich zu sein, war ich nicht sicher, ob

ich ihrer Einladung überhaupt folgen soll. Es liegt auf der Hand, dass sie sich ins Fernsehgeschäft einkaufen will und nach verschiedenen Sendern giert. Ich halte es für einen Fehler, dieser Frau noch mehr Macht in die Hand zu geben. Aber ich war neugierig, was sie anbieten würde."

„Und was hat sie angeboten?" Die Frage schlüpft heraus, bevor ich nachdenken kann. Ich argwöhne, dass sie mich jedem offeriert hat. „Tut mir leid", entschuldige ich mich.

Er legt den Kopf schief. „Was tut dir leid?"

„Ich habe nicht das Recht, Vampire etwas zu fragen."

Ich höre ihn knurren, dunkel und unheilvoll. „Deine Tante hält dich wie eine Gefangene, oder?"

„Das bin ich doch auch."

„Sie scheint sich aus Familie nicht viel zu machen."

Wir haben beide gehört, dass sie mich ertränken wollte. Mir wird klar, dass er absolut alles gehört hat. Oh nein! Innerlich winde ich mich.

„Tylandora hat keine menschlichen Verwandten", sage ich schlicht.

Keine Liebe. Kein kleines bisschen. All die Jahre habe ich mir etwas gewünscht, das völlig unerreichbar war. Ich habe geglaubt, mich von Männern fernzuhalten sei ihre Art, mich zu behüten. Ich habe mich ja so geirrt.

„Sie hat mir noch gar nichts angeboten", beantwortet er meine anfängliche Frage. „Dazu hatte sie keine Gelegenheit."

„Tylandora scheint sich mit Callistus einig geworden zu sein. Ich bin Teil ihrer Abmachung."

„Callistus? Der alte Gaul?"

Der Mann vor mir klingt fassungslos und mir wird klar, dass ich seinen Namen nicht kenne. Etwas unwohl streiche ich über mein Haar. Ich weiß, dass ich mich herrichten soll, doch ich fühle mich wie gelähmt.

Er streckt seine flache Hand nach vorn, um mich zu beruhigen, und kommt langsam näher. Ich verschmelze mit der Wand in meinem Rücken, lege mich wie eine Tapete an sie. Ich habe nicht gelernt, jemandem zu vertrauen. Trotzdem ist es ungewohnt, dass er nicht einfach zupackt, wenn er mir wehtun will. Als er bei mir angelangt, halte ich den Atem an.

„Lass mich das sehen“, murmelt er und zeigt auf meine Wange.

Reflexartig nehme ich meine Hand hoch und verdecke sie.

Er grollt: „Wer hat das gemacht?“

„Was gemacht?“

Er war doch eben dabei.

Sein Finger berührt meinen geschwollenen Daumen und ich zucke zusammen. Nicht aus Schmerz. Der Kontakt lässt mich schaudern.

„Shhh“, beruhigt er mich. „Woher hast du das?“, fragt er noch einmal.

Seine Stimme ist leise und unaufdringlich. Ich weiß nicht, was er mit seiner Fürsorge beabsichtigt, aber ich weiß, dass Vampire nicht uneigennützig sind.

„Das darf ich nicht sagen.“

„Wieso nicht?“

„Weil ich im Moment noch Tylandora gehöre und sie es mir nicht gestattet, schlecht von Vampiren zu reden.“

Er deutet auf meine Hand. „War sie das auch?“

Ich schüttele den Kopf und versuche, sein Gesicht zu erkennen. Doch mir ist flau und schwindlig und ich schaffe es nicht, mich genügend zu konzentrieren, um in der silbernen Schwärze des Raumes zu sehen. Mein Blick ist verschwommen und das ist der Moment, in dem ich bemerke, dass ich wieder zu weinen angefangen habe. Die Schwere des Tages drückt mich nieder.

Ich will nicht daran denken, dass ich den Besitzer

wechsele und ein alter Vampir mich in sein Bett mitnehmen wird, bevor die Nacht vorbei ist. Ich presse meine Beine zusammen und fühle mich wie versteinert. Keine der Personen, die meine Fäden in der Hand hält, meint es gut mit mir. Tylandora hat mich einem furchtbaren Schicksal ausgeliefert.

Ich wäre gerne allein in meinem Zimmer, sehne mich danach, noch einmal meine Spieluhr zu hören. Tränen kullern über mein Gesicht und ich schniefe. Ich möchte ein letztes Mal die Fotografie meiner Eltern sehen und an meiner Babydecke riechen. Ich will allein sein mit einer Rasierklinge. Nicht zulassen, dass mir noch etwas geschieht. Die Vorstellung ist unaussprechlich.

Trauer überwältigt mich und ich weine vor diesem Fremden. Er ist in meiner dunkelsten Stunde bei mir und ich kenne weder seinen Namen noch sein Gesicht. Möglicherweise ist es diese Anonymität, die mich ihn ertragen lässt, obwohl auch er ein Mann ist.

Er nimmt meine Hand und dreht sie in seiner. „Die ist verstaucht."

„Ja."

„Tut es weh?"

Alles tut weh.

„Nein."

Er bleibt still. Diese ganze Begegnung fühlt sich nicht echt an. Meine Haut ist mir eigenartig fremd. Taub, und doch spüre ich seine Hand ganz genau. Sie ist warm und stark. Hält mich, obwohl ich keinen Halt mehr habe. Wie sinnlos alles scheint. Was für eine Ironie, dass ich am Ende meiner Existenz noch einmal Nähe erleben darf.

Ich erinnere mich daran, wie meine Mutter mich oft hielt und in den Schlaf sang. Sie hatte eine wunderschöne Stimme. Mir fällt ein, wie mein Vater mich durch die Luft wirbelte, als wäre ich ein Vogel. In einer Welt voller Käfige war ich frei. Und dann war ich es nicht mehr.

Er lässt meine Hand nicht los und berührt mit seiner anderen meine Wange. Ich zische vor Schmerz und er flucht. Mit einem Satz steht er auf und geht von mir weg. Meine Hand wird kalt und ich igele mich ein. Dann ist er wieder da. Mit einer Serviette und einer Karaffe Scotch von der Anreiche.

„Das wird brennen, aber ich will nicht, dass es sich entzündet."

Fast sage ich ihm, dass es nicht mehr nötig ist. Doch dann beiße ich mir auf die Zunge. Ich will meinen Entschluss für mich bewahren. Dadurch gehört er mir ganz allein. Die Idee behält etwas Reines und Unberührtes, so wie sie dafür sorgt, dass ich selbst rein und unberührt bleibe. Ich werde meine Kammer mit meinem Blut tränken, stelle mir vor, was Tylandora davon hält.

Sie wird sich ärgern, dass ihr Geschäft nicht klappt wie geplant. Sie wird jemandem auftragen, die Bescherung wegzumachen. Ich stelle mir einen ihrer Angestellten vor, der mit Chlorreiniger das Blut vom Boden schrubbt. Nein, ich will lieber im Bett liegen. Weich und sanft einschlafen.

Ich habe keine Wanne, in die ich mich legen kann. Im Wasser soll es weniger wehtun. Aber ich fürchte mich nicht davor. Ich weiß, dass mein Herz immer schneller pumpen wird, um den Blutverlust auszugleichen, und dass ich dadurch noch schneller verbluten werde. Mir wird schwindlig werden, doch das ist egal, wenn ich liege. Irgendwann werde ich besinnungslos. Vielleicht träume ich von meiner Kindheit, bevor der letzte Herzschlag verklingt. Der Gedanke an Blut stört mich nicht. Tylandora hat mich oft genug gebissen.

Die Vorstellung, bald wieder mit meinen Eltern vereint zu sein, kommt mir wie ein Märchen vor. Als ob es das

Romantischste ist, was mir bleibt. Ich nehme mir vor, das Schlaflied zu summen, das meine Mutter mir vorgesungen hat.

Das Brennen auf meiner Wange schreckt mich aus meiner Fantasie hoch.

„Entschuldige“, sagt der Mann und tupft mit dem Tuch über meine Verletzung. „Das desinfiziert. Und glaube mir, Tylandora hat viel Dreck an ihren Händen kleben.“

Ich glaube ihm. Man schafft es nicht so weit nach oben, ohne ein kaltes Herz.

Mich wundert, dass er sich bei mir entschuldigt. Ich überlege, wann das ein Vampir zuletzt getan hat. Mir fällt nichts ein. Er ist auf verwirrende Weise vorsichtig bei seiner Arbeit. Tylandora hätte mir allenfalls die Flasche ins Gesicht gekippt. Wobei mir klar ist, dass ihr dafür der Alkohol zu schade wäre.

Stirnrunzelnd greife ich nach der Karaffe. Er überlässt sie mir protestlos. Ich drehe sie im Mondlicht und atme überrascht ein. Er hat den *Lalique* Kristalldekanter genommen. Der Scotch darin ist unbezahlbar.

„Das ist Black Bowmore“, flüstere ich.

„Und?“ Ungerührt tupft er weiter.

„Sie benutzten *das* für meine Kratzer?“ Das macht mich fassungslos.

„Ja und?“ Es scheint ihn so wenig zu interessieren, wie die Farbe der Vorhänge.

„Meine Tante würde sagen, das Zeug ist mehr wert als ich.“

Ich höre ein leichtes Lachen aus seinem Hals aufsteigen. „Dann würde ich vorschlagen, du trinkst ihn aus. Dann ist er in dir drin und du gewinnst an Wert.“

Irritiert blinzele ich ihn an und verfluche, dass ich so wenig sehen kann. Missmutig stoße ich den Atem zwischen meinen Zähnen aus. „Ich bezweifle, dass Tylandora mich als Karaffe betrachtet. Sie wird finden, dass der Scotch ruiniert ist.“

„Aber ich finde es nicht.“ Er hält im Tupfen inne. „Trink einen Schluck.“

„Ich kann nicht.“

Was, wenn sie es an mir riecht?

„Ich werde es keinem verraten.“

Dann fällt mir ein, dass ich mich ohnehin umbringen werde. Innerlich zucke ich mit den Schultern. Noch nie habe ich etwas so Kostbares getrunken.

„Also schön“, flüstere ich und werde noch einmal verwegen. Dabei fühle ich eine alte Freiheit in mir. Ich begreife, dass es wahr ist, dass sie mir nichts mehr nehmen kann und ich für diese kurze Zeit tatsächlich endlich frei bin.

Ich halte das Gefäß an meinen Mund und nippe daran. Teufel auch! Das brennt wie Zunder. Der Geschmack lähmt meine Zunge. Sprachlos starre ich es an.

Abermals höre ich ihn lachen. „Du musst schon einen richtigen Schluck nehmen.“

Ich straffe mich und probiere es. Der Whisky beißt sich meine Kehle hinab und landet warm in meinem Magen. Ich drücke ihm den Dekanter in die Hand und kneife meine Augen zu. Der Geschmack schwappt in Wellen durch meinen Mund. Erst scharf, dann süß. Ein Aroma wie Honig, Vanille und Früchte. Dann bemerke ich die herberen Noten. Erdig wie feuchter Boden. Rauchig und durchdringend, als könnte ich das Eichenfass herauskosten, in dem er gelagert wurde. Ich konzentriere mich, will diesen Eindruck noch mitnehmen. Da ist ein Hauch von gerösteten Nüssen, wohlschmeckend und doch streng. Eindeutig ein maskulines Getränk. Wow.

Als ich meine Augen öffne, sehe ich, dass er selbst einen Schluck trinkt. Er dreht mir sein Profil zu und ich kann es vor dem Fenster erkennen wie einen Scherenschnitt. Er hat eine leicht gewölbte Stirn, schwungvolle Brauen und eine gekrümmte Nase. Sein Mund ist durch die Karaffe verdeckt, doch sein Kinn scheint kräftig und markant. Ich sehe, wie sein Adamsapfel sich vom Trinken bewegt.

Mit neugierigen Augen beobachte ich ihn. Er ist älter als ich, aber deutlich jünger als Callistus. Ich schätze ihn auf Anfang dreißig. Noch nie war ich in der Abgeschiedenheit eines Raumes mit einem Mann allein. Nie so vertraut durch Stille und Dunkelheit. Nie so nah oder verbunden durch die Berührung von Händen.

Ich erinnere mich an heute Morgen, an Fernando und seine Brutalität. Dies hier ist surreal. Der Vampir heute Morgen war viel zu echt.

Schließlich setzt er die Flasche ab und nickt. „Ganz passabel."

Ich muss kichern, weil ich so einen Kommentar allenfalls bei selbst gemachter Cola erwarten würde und keinem zig Tausende kostenden Single Malt. Mir fällt auf, dass wir aus derselben Flasche getrunken haben wie alte Freunde, doch mir ist klar, dass wir das nicht sind.

Etwas wacklig versuche ich, auf die Beine zu kommen, und er steht in einer fließenden Bewegung auf und hilft mir hoch. Schon wieder ist meine Hand in seiner. Ich fühle mehr davon, als ich sehe. Sein Daumen reibt über meinen Handrücken und eine Gänsehaut rieselt mein Rückgrat hinab wie Schnee im Dezember.

„Was wirst du tun?", fragt er mich und lässt mich nicht los.

Mein Hals ist trocken. Ich denke an das Messer, meine Verabredung mit dem Tod und schaue auf den Boden.

„Tun?", flüstere ich.

„Tylandora will dich an Callistus verkaufen."

Als ob ich aufhören könnte, daran zu denken! Hilflos zucke ich mit den Schultern. „Was soll ich dagegen tun?"

Er legt seine freie Hand unter mein Kinn und hebt es

hoch. Ich sehe den Mond hinter seiner Schulter leuchten. Nur halb. Zunehmend. Der Gedanke, ihn nicht mehr voll zu sehen, macht mich traurig und ich kämpfe mit den Tränen. Ich hatte nicht angenommen, dass meine Entscheidung mich dermaßen melancholisch stimmt. Andererseits will ich mich umbringen. Wie viel trauriger könnte ich sein?

„Schließe deine Augen“, verlangt er und ich mache sie zu, ohne darüber nachzudenken.

Er streicht über mein Gesicht, als würde er versuchen, es mit seiner Hand zu erforschen. Dabei weiß ich, dass er mich ganz genau sieht, denn Vampire beherrschen die Dunkelheit. Ich spüre Fingerkuppen und raue Schwielen. Er wandert über meine Augenbrauen, meine Nase hinab, die schmale Rinne darunter entlang und streicht dann seitwärts über meine Lippen. Hin und her.

Die Berührung ist so intensiv, dass ich zittere. Mein Mund kribbelt und ich verliere mich im Moment. Ich kann mir die sehnsüchtige Empfindung, die er in mir auslöst, nicht erklären.

„Hat dich schon mal ein Mann geküsst?“, flüstert er.

„Nein.“

Mein Herz flattert und ich denke: *Noch ein Kuss bevor ich sterbe. Dann habe ich wenigstens geküsst.* Es ist nicht so, als hätte ich nie darüber nachgedacht. Ich bin zur Frau herangewachsen und ich bin einsam. Ohne Eltern und ohne Liebe habe ich mich nach Nähe gesehnt und bin in die Fantasie von einem Mann und Kindern getaucht. Kinder, die ich nicht mehr haben werde.

„Möchtest du, dass ich dich küsse?“, fragt er leise.

Ich nicke nur, finde keine Worte mehr.

Noch ein Kuss.

Er lässt meine Hand los und umfasst mit beiden Händen mein Gesicht, streicht mit seinen Daumen über meine Schläfen. Ich stelle mir vor, dass ich Dornröschen bin und er mich auf eine verkehrte Weise in den Schlaf küsst. Einen sehr langen, stillen Schlaf.

„Elise“, murmelt er.

Dann ist sein Mund auf meinem und mein Herz steht still. Lippen auf Lippen. Sein Atem ist warm auf meiner Haut. Black Bowmore. Der Geschmack verbindet uns. Er atmet aus und ich ein. Seine Luft füllt meine Lungen und ich finde es merkwürdig intim. Seine Finger wandern in mein Haar, halten meinen Kopf fest. So sanft, dass ich es kaum ertrage. Ungekannte Gefühle schwirren in mir wie Libellen im Sommer und ich koste, wie es hätte sein können. Seine Zunge kitzelt meine Lippen und verschwindet wieder. Federleicht. Er lässt mich fliegen.

Ich will meine Arme heben und um seinen Nacken streichen. Doch die Tür schwingt auf und wir wirbeln auseinander. Er schiebt mich hinter sich und ich sehe seinen Rücken vor mir, bemerke erst jetzt, wie viel größer er ist als ich.

Meine Tante steht in der Tür und ich höre ihre Stimme zischen. „Du kleines Flittchen!“

„Bleib hier“, instruiert er mich ohne sich umzudrehen und geht mit langen Schritten auf sie zu. Wieder kommt das Licht von der anderen Seite und mir bleibt nur seine dunkle Silhouette. Er bewegt sich wie ein Raubtier. Ich erkenne, dass er gefährlich ist, aber ich spüre keine Angst.

„Wir klären das draußen“, sagt er rigoros und schiebt meine verdutzte Tante hinaus. Die Tür schließt sich und ich begreife, dass der Moment vorbei ist.

Ich atme tief durch und berühre noch einmal meinen Mund. So also ist Küssen.

Die Zeit tickt weiter und mir ist klar, dass er Tylandora nicht ewig von mir fernhalten kann.

Was wirst du tun?

Ich habe eine Verabredung mit dem Schicksal und eile

zur Seitentür. Es gibt von dort einen Flur zu einer zweiten Treppe, die mich ebenfalls nach oben bringt. Ich verschwinde in den Gang, renne ihn entlang und sause die Stufen hinauf. Die Erinnerung an den Fremden verwahre ich in mir wie in einem Schatzkästchen. Sie treibt mich an, denn ich weiß, dass ich Callistus nicht ertragen will.

Der obere Flur ist im Carré angelegt und trifft im anderen Flügel auf die große Treppe. Ich sprinte los. Niemand ist hier. Alle Aufmerksamkeit richtet sich auf die Festivität im unteren Geschoss. Ich biege um die Ecke und fliege regelrecht durch die Tür meiner Kammer, werfe sie hinter mir zu und hole kurz Luft.

Die Ereignisse des Tages haben sich komplett überschlagen. Am Morgen hatte ich nicht angenommen, dass ich dem Freitod entgegen renne. Den Holzstuhl verkeile ich unter dem Türgriff, um ungestört zu sein. Dann gehe ich zum Spiegel, will mir selbst noch einmal Lebewohl sagen. Traurige, große Augen sehen mir entgegen. Meine linke Gesichtshälfte ist zerkratzt, als hätte jemand eine Gartenkralle daran getestet. Eine frische Kruste bedeckt die roten Striemen und ich fühle mit meinen Fingerkuppen darüber.

Im Kopf erlebe ich noch einmal, wie er mich streichelt und meine Wunde versorgt, wie wir zu teuren Whisky trinken. Ich lege den Kopf in den Nacken und blinzele. Dieser Kuss. Er war ... ein guter Abschluss für ein erdrückendes Leben. Ich presse meine Lippen zusammen und straffe die Schultern.

„Verzeih mir, dass ich nicht stärker bin“, sage ich zu meinem Spiegelbild.

Besser als so kann ich nicht auf mich aufpassen. In dieser Welt bin ich machtlos. Unter keinen Umständen kann ich Callistus ertragen. Ich verdränge ihn aus meinem Kopf und beschwöre den dunklen Umriss eines

Fremden vor meinen Augen herauf.

Entschlossen greife ich unter das Waschbecken nach den Wechselklingen meines Rasierers. Ich benetzte meine Lippen und probiere einen Schnitt an meiner Fingerkuppe. Es brennt und erinnert mich daran, dass ich noch lebe. Ein paar Tropfen Blut perlen aus der Wunde. Das Rot ist unbeschreiblich schön und erblüht auf der Klinge. Der Schmerz ebbt ab und weicht einer tiefen Ruhe. Ich bin bereit.

Das schwarze Kleid behalte ich an. Es ist das Schönste, was ich besitze. Ich löse den zerzausten Zopf, lockere mein Haar und kämme es mit meinen Fingern durch. Zufrieden gehe ich zum Bett und hole meine Kiste heraus. Ich halte die Babydecke an meine Nase und schnuppere daran. Dass ich mit meinen Eltern vereint sein werde, erscheint mir als die wundervollste Lösung überhaupt. Die Sehnsucht ist süß und tief.

Ich lege die Decke auf mein Kopfkissen und ziehe die Spieluhr auf. Die Tänzerin dreht sich zu Tschaikowsky. Ich stelle sie auf meinen Nachttisch und wiege mich einige Schritte zur Melodie. Noch einmal tänzele ich auf meinen Fußspitzen und denke an Kinderlachen, als wir so tanzten in rosa Tüll.

Meine Finger suchen das Bild meiner Eltern heraus und ich gebe ihnen mit Tränen verschmierten Augen einen Kuss. Endlich lege ich mich auf mein Bett und lasse das Foto auf meiner Brust liegen, ganz nah bei meinem Herzen.

Die Spieluhr wird immer langsamer und hört dann auf zu spielen. Ich grabe meine Nase in die weiche Decke und rieche noch einmal am Puderduft. Alles ist, wie es sein soll. Innerlich nehme ich Abschied und greife nach der Rasierklinge.

Ohne ein Klopfen wird an der Tür gerüttelt. Der Stuhl wackelt und ich höre von draußen die Stimme eines

Angestellten meiner Tante.

„Mach die Tür auf!“, verlangt er und poltert dagegen.

Innerlich werde ich hektisch. Ich weiß nicht, wie viel Zeit es braucht, um zu verbluten. Auf keinen Fall will ich, dass er mich davon abhält. Es betrübt mich, dass meine Vorstellung aus den Fugen gerät und ich nicht mehr das Nachtlied summen kann.

Hastig ritze ich über meinen Arm, doch meine Finger sind so nass vom Schweiß, dass mir die Klinge abrutscht und aufs Bett fällt. Die Wunde blutet viel zu spärlich. Ich habe die Ader verfehlt.

Verdammt!

„Tylandora hat dich verkauft, also mach, dass du da raus kommst!“

„Ich komme gleich runter, ich packe nur fertig.“ Panik schwingt in meiner Stimme mit. Ich taste nach der Rasierklinge, doch von draußen höre ich weitere Befehle.

„Du kommst jetzt raus!“, schreit er. „Sofort!“

Ich erschrecke mich so sehr, dass ich mir die Finger zerschneide und die Zähne zusammenbeißen muss, um nicht aufzuheulen.

„Ich kann jetzt nicht öffnen“, erwidere ich mit zittriger Stimme. „Ich habe nichts an. Mein Kleid war schmutzig. So lass mich doch wenigstens etwas anziehen!“

Lass mich endlich in Ruhe sterben!

Blut kleckert über meine Finger, doch ich kann die Hand nicht wechseln, weil der Daumen meiner anderen verstaucht ist. Damit würde ich die Klinge nicht halten können. Ich versuche das scharfe Metall wortwörtlich in den Griff zu bekommen. Mittlerweile bin ich so verzweifelt, dass ich beschließe, mehrmals über meinen Arm zu ritzen und über den Hals gleich auch noch. Er darf keine Chance haben, mich zu retten!

„Das ist mir scheißegal!“, flucht er von draußen.

Mein ganzer Körper zittert. Mir ist unendlich kalt. Ich

drehe die Schneide fahrig zwischen meinen klammen, verschmierten Fingern und halte den Arm hin.

Im selben Moment fliegt die Tür auf und der Stuhl kracht bis an die hintere Wand. Der Vampir draußen nimmt seinen Fuß aus der Luft und macht einen Satz auf mich zu, als er mich und das Blut sieht.

„Nein!“, kreische ich und versuche ihn zu schneiden, versuche mich zu schneiden. Er packt meine Hand und donnert sie gegen die Wand. Schmerz explodiert darin und mir fällt die Klinge aufs Bett. Er zerrt mich herunter und schüttelt mich wütend. Mein Kopf fliegt vor und zurück und ich bin wie benebelt.

„Was zum Teufel sollte das werden?“, schnauzt er mich an. „Du hast kein Recht, über dein Leben zu entscheiden. Tylandora hat dich verkauft und ich sorge dafür, dass der Besitz ordnungsgemäß übergeben wird. Danach bist du nicht mehr mein Problem. Wenn du diese Messer bei deinem neuen Herrn noch brauchst, dann packe sie dir ein und mache es dort!“

Er hört auf mich zu schütteln und ich klatsche zu Boden wie eine gefällte Tanne. Er tritt einen Schritt zurück und faltet die Arme vor seiner Brust. „Jetzt sammle deine Siebensachen ein und wasch dich ab! In diesem Zustand lässt du dich nicht blicken. Wie gesehen, so gekauft. Und so hat er dich mit Sicherheit nicht gesehen.“

2. FAHRT INS UNGEWISSE

Eine halbe Stunde später stehe ich in der kalten Nacht am Seiteneingang des Hauses. Neben mir am Boden liegt eine Tasche mit meinen Habseligkeiten. Da ich an beiden Händen verletzt bin, kann ich sie nicht halten. Tylandoras Vampirlakai hat sie herunter getragen und neben mir auf die Pflastersteine fallenlassen. Dann hat sich sein Finger unter meine Nase gebohrt.

„Du wartest hier!“

Mit dieser Anweisung ist er hinein gestapft. In die Wärme. In mein verlorenes Leben. Es ist nun anders vorbei, als ich beabsichtigt habe. Ich mache mir nichts vor, weiß, dass er mich beobachtet. Und ich mache mir auch nichts vor, wenn ich denke, dass Tylandora es nicht tut. Ihre Geschäfte gehen allzeit vor. Wenn ich Glück habe, werde ich sie nie wieder sehen. Alles andere ist wenig tröstlich.

Um den Mond glimmt ein fahler Lichthof und ich atme kleine Wölkchen aus. Meine Hände stecken in

Verbänden mit Fäustlingen darüber. Ich puste hinein, um sie anzuwärmen, doch die Kälte will mir nicht aus den Knochen weichen. Ich hoffe, ich bin genauso betäubt, wenn Callistus ... Der Gedanke bleibt mir in den Eingeweiden stecken, pervertiert all meine Hoffnungen.

Eine schwarze Limousine fährt vor. Die Fenster sind verdunkelt und spiegeln die Umgebung. Ich kann mich selbst darin sehen. Verloren wie ein Geist in der Scheibe. Irgendwo krächzt ein Rabe im Geäst des Parks. Ich kann keinen wirklichen letzten Blick mehr auf das nehmen, was die vergangenen dreizehn Jahre mein zu Hause war, weil alles in Dunkelheit liegt.

Der Fahrer, ein schlanker Vampir mit Schirmmütze, steigt aus, kommt herum und öffnet mir die Tür zum Heck des Wagens. Er bleibt daneben stehen und wartet. Ich schaue noch einmal zurück. Leere Fenster. Keine Tante. Kein Abschiedsgruß. Seit sie mich als Flittchen beschimpft hat, habe ich sie nicht mehr gesehen.

Ich weiß nicht, was danach passiert ist. Vermutlich hat sie den Fremden aus dem Haus geworfen. Es war nur ein Kuss, den ich mir aus meinem gottverlassenen Leben gestohlen habe. Verboten. Der Geschmack von Black Bowmore klebt in meiner Erinnerung wie eine Grußkarte aus einem fernen Land.

Ich wende mich von der düsteren Kulisse des Hauses *Tylandor* ab und drehe mich zur Limousine. Es ist ein gutes Zeichen, dass Callistus sich noch nicht darüber beklagt hat, dass der Wagen durch mein Trödeln und die offene Tür inzwischen Außentemperatur angenommen hat. Mein Blick heftet sich auf seinen Chauffeur und ich versuche in seinen braunen Augen zu ergründen, welches Schicksal mir bevorsteht.

Er betrachtet mich geduldig. Blondes Haar weht um sein junges Gesicht und er lädt mich mit der freien Hand zum Einsteigen ein. Hinein in eine Zukunft mit einem alten Mann.

Ich weiß nicht, ob er mich schlägt wie meine Tante. Allerdings wird er etwas anderes tun, das ich bisher nie erdulden musste. Das kommt mir wesentlich schlimmer vor. Es ist naiv, an Märchen zu glauben und zu hoffen, sie könnten sich im eigenen Leben erfüllen. Mein ewiger Dornröschenschlaf wurde mir verwehrt.

Ich komme zu dem Schluss, dass mich die Sekunden hier draußen in der Kälte nicht davor retten können, dass mein neues Leben begonnen hat. Daher gebe ich mir einen Ruck und setze mich in Bewegung.

Bitte lass mich nichts fühlen.

Ich starre zu Boden und klettere in den Wagen, sehe alles an, bloß ihn nicht. Weiche Lederbezüge und ein eleganter Innenraum schimmern in einem perfekten Schwarz. Es erschließt sich mir nicht, weshalb Vampire so auf düstere Farben stehen, aber es würde mich keinesfalls erleichtern, wenn Callistus grün und gelb gestreifte Plüschbezüge hätte.

Die Tür des Wagens schlägt zu und ich nehme zur Kenntnis, dass der Kofferraum geöffnet und geschlossen wird. Dann spüre ich das leichte Schaukeln, als der Fahrer vorne einsteigt. Ich kann ihn nicht sehen. Eine Trennscheibe isoliert ihn und sperrt mich mit dem Mann an meiner Seite in eine abgeschottete Welt.

Ich schaue fort von ihm, mechanisch wie ein Roboter, während mein Herz panisch wird. Der Wagen fährt an und ich sehe durch das Fenster meine Vergangenheit davon gleiten. Dann liegt das Anwesen hinter uns und wir befinden uns auf einer öffentlichen Straße.

Ich nehme ihn neben mir wahr, spüre, wie er mich beobachtet. Als ließe er sich dadurch verdrängen, setze ich mich lieber mit dem Auto auseinander. Ich betrachte die eingelassene Deckenbeleuchtung, flache Monitore für ein Unterhaltungsprogramm während der Fahrt, Getränkehalter und Minibar. Sehr viel Platz.

Ich stiere auf meine Hände, sehe das bunte Strickmuster der Fäustlinge. Graue Zacken auf Rot. Unter dem Stoff spiele ich nervös mit meinen Fingern, zupfe an den Rändern des Verbandes. Trotz der Kälte ist mir viel zu warm, regelrecht übel. Ich lehne mich nach hinten und atme zittrig durch, kann nicht glauben, dass mir das passiert. Klammere mich an die Hoffnung, es möge nur ein Traum sein. Probehalber zwicke ich mich. Sinnlos.

Er räuspert sich. Ich schließe meine Augen, sammele meinen Mut und sehe ihn direkt an. Aber...

Der Mann neben mir ist nicht Callistus. Ich könnte schwören, dass ich ihn vorhin beim Empfang eintreten sah. Grüne Augen und sehr dunkles Haar, in dem erste Silberne zum Vorschein kommen. Auf eine sehr reduzierte Art sieht er gut aus. Seine Haut ist wie die aller Vampire blass, denn sie können nicht in die Sonne. Adern schimmern unter seiner Haut. Ein spöttischer Zug liegt um seinen vollen Mund. Er ist schlank und makellos gekleidet.

Verblüfft starre ich ihn an. Er muss ein persönlicher Assistent von meinem neuen Herrn sein. Anscheinend weilt jener noch auf der Party und tätigt Geschäfte. Erleichterung überkommt mich, weil ich ihn nicht sofort treffe.

„Ich bin Elise“, stelle ich mich unsicher vor.

Menschen bieten Vampiren niemals die Hand zum Schütteln an. Das wäre nicht schicklich. So spare ich es mir, meine Wunden gedrückt zu bekommen.

„Ja“, antwortet er leise. „Ich weiß.“

Eine Sache an ihm bringt mich durcheinander. Ich vermag nicht zu sagen, was genau es ist.

„Möchtest du ein Getränk?“, fragt er mich.

Es ist zum Mäusemelken. Da ist etwas an ihm...

„Vielleicht einen Scotch.“

Mir bleibt der Mund offen.

„Ihre Stimme“, flüstere ich. Er lächelt amüsiert. „Sie sind gar kein Assistent von Callistus.“

Das entlockt ihm ein lautes Lachen. „Teufel, nein! Der alte Gaul kommt nicht in meine Nähe.“ Dann gleitet sein Blick über mich und wühlt mich auf. „Und in deine Nähe kommt er auch nicht.“

Ich atme erleichtert aus. Mir wird klar, welche Tragweite seine Anwesenheit hat.

„Also muss ich nicht zu Callistus?“, frage ich hoffnungsvoll.

Er schüttelt den Kopf. „Nur über meine Leiche.“

Mir brennen Tränen in den Augen, so nah bin ich am Wasser gebaut. Hoffentlich hält er mich nicht für zu dünnhäutig.

„Wieso?“, flüstere ich. Warum tut er das? Es scheint gegen ein Naturgesetz zu verstoßen, dass ich plötzlich Glück haben soll.

„Weil ich egoistisch bin.“

Ich starre auf meine Hände und fummele an den Fäustlingen. Sämtliche Wintersachen kleben an meinem Körper wie schwere Gewichte. Allmählich bricht mir der

Schweiß aus.

„Ist dir kalt?“, fragt er mich. Meine Aufmachung erstaunt ihn.

Ich schüttele den Kopf, weiß noch immer nicht seinen Namen. Zu wissen, dass er mich geküsst hat, macht mich verlegen. Es war etwas anderes im Schutz der Dunkelheit und dem Gefühl, dass alles endet. Ich habe nie erwartet, ihn wiederzusehen. Wie soll es jetzt weitergehen?

„Ich weiß nicht, wie Ihr heißt“, murmele ich ratlos und frage mich gleichzeitig, was es über mich aussagt, dass ich den Namen des einzigen Mannes, der mich je geküsst hat, nicht kenne. Meine Tante hielt mich für ein Flittchen. Hätte er mich auch ohne den Kuss gekauft?

„Mein Name ist Konstantin Rouillard.“

Seine Vorstellung ist schlicht, als bedeute das gar nichts. Doch so ist es nicht. Bei seinem Namen fallen mehrere Groschen auf einmal. Rouillard, der Medienmogul. Der Mäzen und Förderer von diversen Unternehmen und berühmten Leuten. Nur wer wäre so kleingeistig, sich auf einen Bereich zu reduzieren? Diamantenhandel in Antwerpen, Hotelkette, Baubranche, Softwaresektor. Tylandora ist neben ihm wie eine Fruchtfliege.

Wie passend, dass er den Namen eines römischen Kaisers trägt. Adelsnamen sind sehr beliebt bei Vampiren. Ich fände es lustiger, wenn sie Franzl und Hadubert hießen.

„Mir wurde gesagt, dass meine Tante mich verkauft hat.“

„Ja.“

„An Euch demnach.“

„Ja“, stimmt er zu.

Er sieht mich mit einem forschenden Gesichtsausdruck an. Welche Antwort erwartet er?

„Was soll ich für Euch tun, Herr?“, flüstere ich.

Sein Ausdruck wird finster. „Wir haben uns geküsst“, erinnert er mich.

Röte schießt mir ins Gesicht und die Kratzer auf meiner Wange beginnen zu pochen. Ich schaffe es nicht, seinem Blick standzuhalten, und sehe auf meine Hände. Meine nächste Frage macht mich nervös: „Habt Ihr mich deshalb gekauft? Soll ich das für Euch tun?“

Ich höre ihn einatmen, doch er sagt nichts.

„Es tut mir leid“, stammele ich automatisch.

Ich hatte bisher nur meine Tante als Herrin und solche Dinge waren nie eine Option. Jedoch weiß ich, zu welchem Zweck sie mich Callistus verkauft hätte. *»Du wirst dein restliches Leben unter diesem männlichen Vieh liegen.«* Will Konstantin Rouillard dasselbe? Trotz meiner zu warmen Sachen, schaudert es mich.

„Was tut dir leid?“, hakt er nach.

„Ich wollte Euch nicht beleidigen. Es ist nur so, dass ich meine neuen Aufgaben nicht kenne.“

Das stimmt ihn nachdenklich. „Ich nehme an, es ist in Ordnung, wenn wir das zeitig besprechen.“

„Wenn Ihr mir sagt, was Eure anderen menschlichen Untergebenen ...“

„Ich habe keine“, fällt er mir ins Wort.

Mein Blick huscht zu ihm. Anscheinend steht meine Befremdung mir derart ins Gesicht geschrieben, dass er zu einer Erklärung ansetzt: „Für gewöhnlich kaufe ich niemanden, bloß einen anderen Weg sah ich bei Tylandora nicht.“

Ich brenne darauf zu erfahren, was er für mich bezahlt

hat, was ich ihm wert war oder auch meiner Tante. In beiden Fällen hoffe ich auf einen hohen Preis. Andererseits gönne ich ihr nichts und die Vorstellung, dass sie sich durch mich bereichern wollte, treibt mir einen Stich ins Herz.

„Ihr habt gesagt, es wäre falsch, wenn sie mehr Macht bekommt. Trotzdem müsst Ihr Tylandora etwas gezahlt haben.“ Ich weiß, dass ich meine Rechte überschreite, indem ich solche Dinge erfrage. Doch auf die Konventionen meiner Tante hat er bisher nicht viel gegeben. Gespannt sehe ich ihn an.

Seine Kiefer mahlen und Zorn liegt in seinen Augen. „Es wäre ebenso falsch, wenn Callistus dich gekauft hätte“, meint er nur und prüft mich mit seinem Blick. „Zieh diese Wintersachen endlich aus.“

Ich schlucke. „Wenn Ihr das wünscht.“

Er wirkt gereizt. „Es sind etwa fünfundzwanzig Grad in diesem Auto. Wenn dir kalt ist, stelle ich es wärmer. Aber ich will nicht, dass du hier vermummt bist, wie ein Obdachloser vor einer brennenden Mülltonne. Das ist ein Lexus und keine Brücke!“

Überrascht hebe ich meine Brauen. Das ist für ihn eine Statusfrage?

Ich öffne vorsichtig den Reißverschluss mit Zeige- und Mittelfinger meiner linken Hand und sein Blick wird schmal.

„Man kann mir ja vieles nachsagen. Ein schlechtes Gedächtnis gehört nicht dazu“, erklärt er argwöhnisch.

Verwirrt halte ich inne.

„Da drängt sich die Frage auf, weshalb du mit der verstauchten Hand die Jacke aufmachst.“

Oh.

Er streckt seinen Arm aus. „Gib mir deine Hand“, fordert er. Ich halte ihm die Linke hin, doch er schüttelt den Kopf. „Die andere.“

Ich atme tief durch und schließe kurz die Augen. Dann mache ich, was er verlangt. Dabei muss ich mich zu ihm drehen. Er greift nach dem Bund meines Fäustlings und zieht ihn vorsichtig ab. Der Verband kommt zum Vorschein und mit ihm die blutigen Flecken, die darauf kleben.

Sein Blick gefriert. „Wann wolltest du mir davon erzählen?“

Mehr als ein mattes Kopfschütteln bringe ich nicht zustande.

„Also gar nicht“, schlussfolgert er. Konstantin legt den Kopf schief und seine Augen durchbohren mich wie Laser. „Lass mich gleich eins klarstellen: Auch wenn ich noch nie einen Menschen besessen habe, gehörst du nun doch mir, und ich verlange, dass du mich über Verletzungen informierst.“

Er beschimpft mich nicht, nennt mich weder Biest noch Flittchen oder gibt mir einen der anderen Namen, die meine Tante für mich fand. Trotzdem ist mir klar, dass er ein Mann ist, der erwartet, dass man ihm gehorcht. Eigentlich sitzen dreizehn Jahre Drill durch Tylandora fest wie ein eingewachsener Pilz, doch ich bringe es nicht über mich, ihm von meinem Arm zu erzählen. Ich schäme mich dafür, als hätte ich versucht, ihn zu betrügen während er fort war.

Also bin ich feige. Ich sage zwar, was er hören will und murmele: „Wie Ihr es wünscht.“ Nur behalte ich mein dunkles Geheimnis für mich.

Er verdreht die Augen. „Ich bin mir nicht sicher, ob ich

mich an dieses Formelle gewöhnen kann."

Ich presse meine Lippen zusammen und beobachte ihn. Er lässt es einfach nicht gut sein, legt meinen Handschuh beiseite und inspiziert den Verband. Dann zupft er ihn auf und wickelt ihn ab. Unruhe wächst in meinem Zwerchfell wie ein Buschfeuer und ich halte die Luft an.

„Was verflucht ist das?", stößt er aus. Bisher war er einfach autoritär. Nun wirkt er kaltblütig. „War das deine Tante?"

„Nein", hauche ich. Innerlich verbrenne ich. Er soll es doch nicht wissen.

„Einer ihrer Dienstboten?", befragt er mich weiter.

Ich schüttele den Kopf. Jetzt wäre ich gerne eine Schnecke und würde mich in meinem Häuschen verkriechen, niemanden sehen und nicht gesehen werden. Ich bräuchte mich nicht erklären, wäre allein und ungestört. Wie kommt es, dass immer jemand etwas von mir will?

„Callistus?"

„Nein, Herr."

Konstantin greift mit seiner Hand unter mein Kinn. Nicht schmerzhaft, aber er zwingt mich, ihn anzusehen. „Ich habe gerade gut Lust, jemandem weh zu tun. Wer hat das gemacht?"

Es hat ja doch keinen Sinn. Er gibt nicht auf.

„Das war ich", flüstere ich.

Fassungslos starrt er mich an. „Wann?"

„Als Ihr aus dem Zimmer gegangen seid."

„Wieso, verdammt? Warum zerschneidest du dir deine Hand?" Er starrt auf meine Linke, nimmt sie und zieht den Handschuh ab. Ungläubig schüttelt er den Kopf.

„Mit dem Daumen hättest du nicht mal eine Zwiebel halten können, geschweige denn ein Messer.“ Ein missmutiges Schnauben dringt aus ihm. „Also hast du mit der rechten Hand in die Schneide gegriffen.“

Ich erinnere mich an die verlorene Rasierklinge, wie ich panisch auf dem Bett danach griff und sie falsch zu fassen bekam.

„Es macht keinen Sinn, sich in die Hand zu schneiden“, murmelt er. Ich will ihm meine Hände entziehen, doch er hält mich fest. „Das wolltest du also nicht.“

„Bitte Herr, ich ...“

Er schüttelt den Kopf und greift nach meiner Jacke, öffnet sie und streift sie mir behutsam ab. „Was für Verletzungen versteckst du noch unter diesem Kleiderberg?“

In meinem Sitz werde ich ganz klein. Warum kann dieses Gespräch nicht schon vorbei sein? Mir wird immer elender.

„Ich hatte meine Anweisung für sehr klar gehalten, dass du mich informieren sollst, wenn du verwundet bist.“

„Ja, Herr.“

„Aber du hast mir nicht alles gesagt, oder?“ Tadel schwingt in seiner Stimme mit.

„Nein.“ Resigniert schüttele ich den Kopf.

„Ich halte es für klüger, mich selbst zu überzeugen.“

Mit diesen Worten greift er nach dem Saum meines Pullovers und zieht ihn hoch. Ich erschrecke so sehr, dass ich versuche, von ihm fortzukommen, doch er hebt mahnend einen Finger und ich höre auf. Er zieht ihn mir aus. In Hose und BH sitze ich neben ihm und mir bricht der Schweiß aus. Seine Augen kleben auf meinen Brüsten wie Magnete.

Dann blinzelt er und schluckt, starrt auf den Verband an meinem Arm und fängt an, ihn abzuwickeln, bis er die misslungenen Schnittspuren sieht. Mühsam beherrscht atmet er ein. Ich sehe, wie sich die Muskeln an seinem Hals anspannen. Ihm muss klar sein, was ich versucht habe.

„Du tust so etwas nie wieder!“, stellt er heftig klar. Dann fährt er sich mit der Hand durchs Haar. „Wow, ich muss echt toll küssen können“, grollt er und klingt frustriert.

„Aber …“

Er hält die Hand hoch und blockt meinen Einwand ab. „Dachtest du ernsthaft, ich würde einfach rausgehen und nichts unternehmen?“

Ich schnaube, weil das so naiv von ihm ist. „Es hat noch nie jemand etwas unternommen, um mir zu helfen, seit meine Eltern gestorben sind. Wie sollte ich darauf kommen, dass sich das plötzlich ändert?“

„Weil ich dir auch geholfen habe, als deine Tante dich verletzt hat“, schlägt er vor.

Ich schüttele den Kopf.

„Sag mir, was du denkst“, verlangt er.

„Ihr habt mir nicht geholfen, *als* sie mich schlug – erst nachdem sie gegangen war.“

„Das stimmt“, räumt er ein. „Es war keine Heldentat, hinter dem Vorhang zu bleiben. Aber den ersten Schlag konnte ich nicht absehen. Einen weiteren hätte ich auf jeden Fall verhindert. Ansonsten wollte ich wissen, was sie sagt und sehen, was für eine Person sie ist.“

Ich zucke mit den Schultern. „Es spielt ohnehin keine

Rolle.“

Er packt mein Handgelenk und hält es mir vor die Nase. „*Das* spielt ohnehin keine Rolle? Dass deine verfluchte Tante dich beinahe in den Tod getrieben hat?“

Darauf habe ich keine Antwort.

„Hast du das mit Jod gereinigt?“, will er wissen.

„Nein.“

„Gibt es irgendetwas, das du zum Desinfizieren benutzt hast?“

Die Verbände sind nur da, damit Callistus nicht gleich bemerkt, dass ich beschädigt bin. Es ging mir nie darum, gesund zu ihm zu kommen. Gewissermaßen hatte ich auf eine Sepsis gehofft, die beendet, was ich angefangen habe.

„Nur Wasser.“

„Toll“, murmelt er und öffnet die Minibar. Er nimmt eine Flasche Wodka heraus. „Das muss endlich aufhören, dass ich dich verarzte“, beschwert er sich.

„Ja, Herr.“

„Oh verflucht, nenne mich endlich Konstantin!“

Perplex sehe ich ihn an, doch er ist darin vertieft, ein Tuch mit Alkohol zu tränken, bevor er mich taxiert. „Das wird wehtun.“

„Okay.“

„Aber das scheint dich nicht abzuschrecken, oder?“ Er ist sauer. „Schneidet sich selbst. Am liebsten würde ich dir den Hintern versohlen für diese idiotische Idee.“

Ich schaue ihn nur an und schweige.

„Scheint mir allerdings wenig sinnvoll, jemanden für Verletzungen mit Schlägen zu therapieren“, fährt er fort.

Er donnert die Flasche auf die Ablage und ich zucke zusammen. Konstantin packt mich bei den Schultern und durchlöchert mich mit seinem Blick. „Verflucht, du könntest tot sein!"

Seine Lautstärke überrascht mich. Eine Ader pocht an seinem Hals, seine Augen werden dunkel und seine Fänge fahren aus.

„Ich bin so wütend", flüstert er.

Seine Hand packt mein Haar und zieht meinen Kopf in den Nacken. Zum Glück berührt er meine Beule nicht. Er rutscht näher heran und schnuppert an meiner Kehle, biegt mich in seine Arme.

„Ich habe es ernst gemeint, als ich sagte, dass ich jemandem wehtun will", gesteht er. „Demjenigen, der das getan hat. Und dann sagst du mir, dass du es selbst warst."

Sein Atem reibt über meine Haut und ich fühle seine Lippen an meinem Hals. Zähne schaben über meinen Nacken, streifen auf mir entlang. Plötzlich spüre ich seine Zunge an meinem Puls und er knurrt wie ein hungriges Tier.

„Aber du lebst", flüstert er. „Ich wittere es ganz deutlich."

Ich schließe die Augen, höre das Brummen des Wagens und unseren Atem. Meiner geht flach und schnell. Seiner rau und tief.

„Oh Gott, ich will spüren, dass du noch lebst", raunt er.

Dann brennt ein scharfer Schmerz an meinem Hals. Spitze Zähne bohren sich in mich und seine Hände klammern sich um meinen Nacken wie Schlingpflanzen. Ich stöhne auf und rutsche auf meinem Sitz umher. Tylandora hat mich oft für einen Schluck zwischendurch gebissen, jedoch fühlt es sich jetzt völlig anders an. Ich höre ihn saugen und schlucken, stelle mir vor, wie mein

Blut seinen Hals hinunter rinnt wie roter Sirup.

Der Schmerz versickert, doch das Gefühl seiner harten Zähne unter meiner Haut bleibt. Ich berühre seine Arme und halte mich an ihm fest, während er gierig trinkt. Mir wird schwindlig, aber ich sitze und er stützt mich. Er leckt über meine Haut, schlängelt mit seiner Zunge darüber und küsst das Blut von mir ab.

„Sag meinen Namen“, verlangt er.

„Konstantin“, flüstere ich.

„Wem gehörst du?“

„Euch.“

„Und nur mir.“

„Ja, Herr.“

„Sieh mich an“, fordert er und ich nehme meinen Kopf vor und tue, was er sagt.

Seine Augen sind mittlerweile tiefschwarz und die Adern treten wie das dunkle Astwerk eines Baumes unter der Haut hervor. Blut klebt an seinem Mund und den Fängen. Konstantin Rouillard sieht aus wie das Raubtier, das er ist, und noch immer fürchte ich mich nicht vor ihm.

„Findest du mich abstoßend?“, fragt er wachsam.

Ich schüttele den Kopf.

„Bringst du dich wegen mir um?“

Was?

„N... nein“, stammele ich.

„Ist dir schwindlig?“

Grundgütiger, ja! Und wie.

„Nein, Herr.“

„Das mit dem Namen bringe ich dir noch bei“, murmelt er. Dann hält er das alkoholgetränkte Tuch hoch. „Das hier brauchen wir nicht mehr. Wir machen es auf meine Art." Ich sehe ihn groß an. „Verstehst du, was ich damit meine?"

„Ich bin mir nicht sicher."

Er schmeißt den Stoff auf den Boden wie Müll. „Es bedeutet, dass ich deine Wunden mit meinem Mund reinige. Das ist effektiver und heilt dich schneller."

„Okay", erwidere ich schüchtern. *Mit seinem Mund?*

„An den Stellen, auf denen sich Schorf gebildet hat, werde ich ihn ... lösen. Du wirst es gleich merken. Ich versorge jede Verletzung einzeln und du sagst mir, woher du sie hast. Gib mir deinen Arm."

Ich lege ihn in seine Hand und er betrachtet die Wunde.

„Was für ein Messer hast du benutzt?"

„Rasierklinge."

Er sieht mich finster an. „Was hast du dir dabei gedacht?"

„Ich dachte, dass ich mich für immer schlafen lege wie ..." *Rosen und ein Turm.*

„Wie was?"

„Wie Dornröschen", gebe ich kleinlaut zu.

„Phhh!" Er stößt den Atem zwischen seinen Zähnen aus. „Klar, so steht es in jedem Märchenbuch." Konstantin schüttelt den Kopf. „Versteh mich nicht falsch, aber wieso bist du nicht tot?"

„Tylandoras Angestellter hat mich gestört."

„Man sollte ihm einen Orden verleihen." Er betrachtet mich mürrisch. „Und dir will ich immer noch den Hintern versohlen." Ein flaues Gefühl vibriert in meinem Bauch. „Ich bin nach wie vor sauer deswegen."

„Ja, Herr."

Er lacht leise. „Oh, ich werde mir noch einen Weg

ausdenken, wie du meinen Namen lernst."

Dann senkt er seinen Mund auf meinen Arm und lässt die Zunge über die Schnitte kreisen. Überrascht spanne ich die Muskeln an, doch er hält mich fest und lässt sich nicht stören. Ein flaues Gefühl breitet sich in meinem Magen aus, während ich ihm zusehe. Oh Gott, was tut er da?

Erst ist es feucht und merkwürdig, dann verspüre ich ein Brennen, als er die Wunden reizt und sie wieder öffnet. Er macht weiter und der Schmerz geht über in ein wohltuendes Prickeln. Es fühlt sich eigentümlich gut an. Lindernd. Und vor allen Dingen intim. Als er mit der Prozedur fertig ist, betrachte ich zögernd meinen Arm. Die blutigen Andenken sind verschwunden und zarte rosa Linien aus junger Haut sind zu sehen.

„Aber das ist ..."

„Unser Speichel hat eine heilsame Wirkung. Sonst wären all die Bisse an Menschen problematisch."

Ich berühre meinen Hals, fühle nur Haut.

„Das verstehe ich nicht", stammele ich. „Meine Tante hat regelmäßig von mir getrunken, doch es dauerte tagelang, bis es verschwand."

„Dann ist deine Tante ein größeres Miststück als ich dachte und hat deine Wunden nach dem Beißen nicht versorgt."

Nein, das hat sie nicht. Sie hat ihren Kopf regelrecht aus meiner Haut gerissen. Ich hatte mehr als einmal Entzündungen. Am liebsten biss sie mich wieder und wieder in dieselbe wunde Stelle. Sie hat behauptet, das würde ihr den Zugang erleichtern, aber nun frage ich mich, ob sie nicht bloß wollte, dass es mir mehr wehtut.

„Was sind das für Prellungen an deinen Oberarmen?"

Ich blicke an mir hinab und kann die Abdrücke von Fingern in lila und blau sehen. „Das war Tylandoras Assistent. Er hat mich gepackt, weil er keine beschädigte Ware zustellen wollte."

Konstantin schnalzt übellaunig mit der Zunge. „Reizend, dass sie mir gegenüber nichts erwähnt haben. Woher kommt das mit dem Daumen? Da du deiner Tante nicht mehr gehörst, kannst du es jetzt sagen."

Er will echt alles wissen. Tylandora hat sich für solche Dinge nie interessiert. Ich fühle mich so müde, als hätte ich ein stundenlanges Verhör hinter mir.

„Das war heute früh, ein hungriger Vampir namens Fernando. Er war sauer, weil ich eine einflussreiche Herrin hatte, und stieß mich gegen eine Hauswand. Ich bin unglücklich aufgekommen."

„Mit dem Daumen?"

„Ja."

„Nur mit dem Daumen?", forscht er nach.

Unwillkürlich reibe ich die Beule an meinem Kopf und im nächsten Moment ist Konstantin schon über mir und wühlt mein Haar auseinander. Was er findet, scheint ihm nicht zu gefallen. „Wo war das?"

„Der Übergriff?"

Er nickt und ich sage ihm die Straße. „Uhrzeit?"

„Sonnenaufgang. Sie haben in den letzten Schatten gestanden."

„Sie?" Sein Kopf surrt zu mir herum wie ein abgeschossener Pfeil.

„Es waren noch zwei andere Männer da, doch sie haben mir nichts getan."

„Sie haben dir aber auch nicht geholfen."

Fast lache ich auf. Seit wann helfen Vampire denn

Menschen?

„Was ist das für ein Fleck an deiner Schulter?", verhört er mich weiter.

„Tylandora hat ein Tablett nach mir geworfen. Ich hatte ihren Kaffee nicht korrekt gesüßt."

„Dreh dich etwas, ich will mir das besser ..."

Als ich tue, was er sagt, wird er totenstill. Mir ist klar, dass er die Blutergüsse am Rücken entdeckt hat. Zögerlich werfe ich einen Blick in seine Richtung und sehe blanken Hass darin. Ich schlucke und lecke über meine Lippen.

„Tut mir leid", flüstere ich.

Entsetzt sieht er mich an. „Was tut dir denn schon wieder leid?"

„Was auch immer Euch gerade wütend macht."

„Sieht dein ganzer Körper so aus?"

„Mehr oder weniger."

„Das macht mich wütend", stellt er klar. „Nicht du, sondern das, was diese Tiere dir angetan haben."

„Oh", hauche ich.

„Wer hat das an deinem Rücken verbrochen?"

„Fernando."

„Von heute Morgen?"

„Ja."

„Dafür wird er bezahlen."

Verblüfft sage ich: „Aber er hat gegen keines Eurer Gesetze verstoßen."

„Das schert mich nicht!" Er nimmt meine Hand mit den Schnittwunden. „Du gehörst jetzt mir und damit ist es meine Angelegenheit."

Dieses Feuer in den Augen, das er meinetwegen hat, erstaunt mich. Wieso schreibt er sich meine Probleme so auf seine Fahnen? Er kann sich doch nicht wirklich etwas aus mir machen.

Vorsichtig beginnt er, meine Hand zu versorgen. Der Wagen schaukelt sanft über die Straßen und ich wende den Blick ab. Durch die schwarzen Scheiben bleiben die letzten Umrisse der Nacht verborgen. Nur der Mond leuchtet zwischen einigen Wolkenfetzen hindurch.

Erschöpfung macht sich in mir breit und fordert ihren Tribut. Schlapp lehne ich den Kopf zurück und schließe die Augen. Ich fühle das Leder der Sitze im Rücken und Konstantins Hände und Lippen, die sich um mich kümmern. Ich schlummere ein und träume von Käfigen und Schlössern, Wärtern und Prinzen, meinen Eltern und der dunklen Nacht.

Irgendwann reißt mich das Murmeln einer männlichen Stimme aus meinem Schlaf und ich blinzele vorsichtig. Es ist angenehm schummrig im Auto, nichts blendet mich.

„ ... heraus, welcher Fernando etwa kurz vor Sonnenaufgang dort arbeitet.“ Konstantin sieht, wie ich wach werde, und wendet sich an mich. „Kannst du ihn beschreiben?“

„Ähm.“ Verwirrt sehe ich ihn an und richte mich auf. Ich reibe mir die letzte Müdigkeit aus den Augen und versuche nachzudenken. „Er war deutlich größer als ich, so eins achtzig würde ich sagen, schlank und sehr kräftig, dunkle Augen, helles Haar und er hatte sehr lange gelbe Nägel. Seine Haut war wie Pergament, ganz seltsam.“

„Wie alt?“

Ich zucke mit den Schultern. „Fünfundzwanzig oder so.“

Konstantin Rouillard spricht wieder in sein Telefon.

„Hast du das gehört, Marcellus? Ja ... Finde ihn und wenn du ihn hast, dann brich ihm die Daumen und prügele ihn krankenhausreif. Ich will, dass er für das, was er getan hat, blutet.“

Wie benommen starre ich ihn an. Er legt auf und steckt sein Handy zurück ins Jackett.

„Das ist brutal“, stöhne ich.

Er streichelt meine Wange und betrachtet mich versonnen. „Damit bekommt er nur zurück, was er verdient. Du kannst mir vorwerfen, dass ich nicht besonders einfallsreich bin und ihm dasselbe antue, was er mit dir gemacht hat.“

„Er hat nicht ...“

„In einer zugegebenermaßen verschärften Form.“

Seine Augen gleiten tiefer an mir hinab und ich beginne zu frösteln. Als ich meine Arme um den Oberkörper schlinge, fällt mir auf, dass ich noch immer nur einen BH trage. Etwas verloren mache ich mich in meinem Sitz klein.

„Dir ist kalt.“ Er drückt ein paar Tasten an seiner Armlehne, nimmt die Fliege ab und schlüpft aus seinem Jackett. Darunter kommt ein glänzendes graues Hemd zum Vorschein, bei dem er die Ärmel aufrollt. Es scheint keine Option zu sein, dass ich mir etwas anziehe, stattdessen dreht er lieber die Heizung auf und zieht sich auch aus. Seine Unterarme sind sehnig und muskulös. Schwarze Härchen sind darauf und ich würde am liebsten an ihnen ziehen. Doch dafür hat er mich sicher nicht gekauft.

„Wir sind Raubtiere, Elise“, sagt er unvermittelt. „Und Menschen sind unsere Beute. Das ewige Gesetz der Natur. Es ist etwas komplizierter, weil wir früher alle

Menschen waren. Manche von uns haben das vergessen oder verdrängen es." Er sieht mich durchdringend an. „Aber wir sind eindeutig kompatibel."

Ich schlucke und wünsche mir meinen Pullover zurück. Bei meiner Tante musste ich mich nie ausziehen. Durch den Vergleich bemerke ich Vorteile an meiner früheren Existenz. Der Gedanke macht mir ein schlechtes Gewissen. Konstantin hat mir bisher nichts getan. Mein Hals kribbelt und erinnert mich daran, dass er zumindest eine Kostprobe von seinem neuen Eigentum wollte. Ich bin ein Cocktailspender. Manche Dinge ändern sich nie.

„Das ist eine lange Fahrt", bemerke ich hilflos.

Er hebt spöttisch eine Braue. Mein Versuch, das Thema der Kompatibilität zu wechseln, scheint ihn zu belustigen. „Lang genug für Gespräche", stimmt er zu.

Ich sehe zum Fenster hinaus. Der Stadtrand von Tulsa liegt hinter uns. Die »alte Stadt«, wie die Muskogee-Indianer sie in ihrer Sprache mit *Tulsy* nannten, war die letzten dreizehn Jahre mein Gefängnis. Ich habe sie nie verlassen. Tylandora zog es vor, mich einzusperren. Ich durfte nicht einmal den *Woodward Park* besuchen. Als ich klein war, habe ich es dort geliebt. Die dunkle Metallskulptur eines Indianers, der auf einem Pferd sitzt und die Arme ausbreitet, ist mir in Erinnerung geblieben. Er wirkte so frei, eins mit der Welt.

Mit meinen Eltern war ich früher durchaus in anderen Teilen Oklahomas unterwegs. Es ist eine Ewigkeit her. Als ich nun meinen Blick auf die nächtliche Landschaft richte, erkenne ich nichts wieder. Wir fahren ostwärts. Das Ziel weiß ich nicht.

„Ihr wohnt also weit draußen?"

„Ganz recht.“ Er legt den Kopf schief. „Ich weiß, dass du vor mir noch keinen Mann geküsst hast.“ Röte sprenkelt meine Wangen, ich kann das Fieber in meinem Gesicht spüren. „Bezog sich das auf alle Männer oder nur auf Vampire?“

Ich räuspere mich. „Alle.“ Meine Stimme klingt wie ein Gespenst.

Konstantin nickt. „Gut, ich teile nicht gerne.“ Er fokussiert mich mit seinem Blick und ich frage mich, welche Absichten er hegt. Innerlich wühlt er mich auf. „Möchtest du etwas trinken?“

Ich betrachte meine Handfläche. Rosa Linien sind darauf. Frisch verheilte Haut. Er war sehr gründlich, als ich schlief.

„Leider habe ich keinen Black Bowmore“, informiert er mich. „Aber zumindest einen anderen Scotch.“

„Ich trinke eigentlich nicht.“

„Ich kaufe auch eigentlich keine Menschen. Du küsst eigentlich keine Männer.“

„Sonst trage ich nicht bloß einen BH“, steuere ich verlegen bei und hoffe, dass er den Wink versteht.

„Es scheint mir ein guter Abend für Neuanfänge zu sein.“

So viel dazu.

„Wenn Ihr möchtet, dass ich etwas trinke, werde ich das tun.“

„Ich will wissen, was du willst?“, sagt er lauernd.

„Ich will keinen Ärger bekommen.“

„Mit Ärger meinst du solche Blutergüsse?“ Er wedelt mit dem Finger in meine Richtung. „Du solltest mich nicht wütend machen, Elise. Ich schlage keine Frauen.“

„Aber ...“

Er verdreht die Augen. „Aber was?“

„Wenn ich Sie nicht wütend machen soll, doch Sie mich nicht schlagen, womit genau drohen Sie mir eigentlich?“

„Berechtigter Einwand.“ Er starrt mich aus lodernden Augen an. „Vielleicht kompensiere ich meine Wut anderweitig.“

Ich ziehe schützend die Beine vor meinen Bauch und schlinge meine Arme darum.

„Herrje, Elise, wenn du dich so zusammenrollst, siehst du nicht größer aus als eine Bratkartoffel.“

„Es tut mir leid.“

„Dass du wie eine Bratkartoffel aussiehst?“ Er schüttelt erstaunt den Kopf. „Du entschuldigst dich für wirklich alles, oder? Möchtest du deinen Pullover wieder anziehen?“

Ich horche auf und sehe ihn dankbar an. „Wenn ich es darf.“

„Um Himmels Willen, nimm das Ding endlich. Aber wir müssen einkaufen. Deine Sachen sind furchtbar.“ Als ich mich entschuldigen will, hebt er sofort abwehrend die Hand. „Regel Nummer zwei: Du bittest nur dann um Verzeihung, wenn du selbst etwas falsch gemacht hast. Etwas, das in deinem Einfluss liegt.“

„Wie Ihr wünscht.“

Ich rutsche zu meinem Pulli und schlüpfe hinein. Er ist weder schön noch weich. Ein launischer Stoff, der nach dem Trocknen hart wird und sich trägt, als würde man mit Küchenbrettern bekleidet sein. Nur endlich bin ich nicht mehr so nackt. Ich lächele ihn selig an.

„Es ist abenteuerlich, dass man dich mit so etwas glücklich machen kann.“

Konstantin Rouillard sieht aus, als wäre dies tatsächlich ein Rätsel für ihn. Möglicherweise kennt er ausschließlich promiskuitive Frauen, die lieber die ganze Zeit nackt sind. Dieser Gedanke verursacht in mir ein merkwürdiges Ziehen.

„Ich für meinen Teil brauche jetzt etwas zu trinken", erklärt er. „Du bist sehr lecker, aber wenn du mit mir anstößt, nehme ich Scotch."

Da ich nicht schon wieder gebissen werden möchte, nicke ich nur.

Er füllt uns ein und reicht mir ein schweres Kristallglas. „Worauf möchtest du anstoßen, Elise?"

Ratlos sehe ich ihn an.

„Lass uns auf Neubeginne anstoßen", schlägt er vor. „Darauf, dass du nun bei mir bist."

Er stößt sein Glas an meines und beginnt zu trinken. Dabei lässt er mich nicht aus den Augen. Vorsichtig nippe ich an der goldbraunen Flüssigkeit. Der hochprozentige Duft schlägt mir entgegen, als ich ins Glas atme, und das Getränk breitet sich auf meiner Zunge aus wie schwerer Sirup. Beißend und herb. Ich glaube nicht, dass ich mich daran gewöhne.

„Was hast du bisher für Tylandora getan?", erkundigt er sich.

„Eigentlich alles, was ihr gerade einfiel."

„Zum Beispiel?"

„Ich brachte ihr morgens das Frühstück ans Bett."

Er nickt. „Das gefällt mir, das möchte ich auch."

„Sie wollte, dass ich sie morgens frisiere, ihr beim Anziehen helfe oder ihr ein Bad einlasse."

„Interessant." Konstantin lächelt mich an. „Was noch?"

„Sie litt unter Verspannungen, dann sollte ich sie massieren."

„Ich fühle mich auch schon ganz verspannt", murmelt er.

„Ansonsten teilte sie mich zum Servieren ein, ließ mich einer Putztätigkeit in ihrer Firma nachgehen, wollte manche Besorgungen von mir haben wie Kleider aus der Reinigung."

„Verstehe." Er dreht gedankenverloren an seinem Glas. „Magst du Kino? Theater? Tanzen?"

„Ich hatte früher ein Jahr Ballettunterricht", antworte ich.

„Gefiel es dir nicht?"

„Doch, sehr sogar." Ich denke an meine Spieluhr. „Meine Tante wollte nicht, dass ich das weitermache."

„Möchtest du es jetzt weitermachen?"

Ich schüttele den Kopf. „Das ist zu spät. Ich habe die Füße einfach nicht mehr."

Er greift nach meiner Hand. „Wenn du ein anderes Hobby möchtest, werde ich es dir nicht abschlagen." Konstantin wirkt aufrichtig.

„Sie sollten vorsichtig sein mit solchen Äußerungen. Was, wenn ich sage, dass ich eine bengalische Trommelgruppe in Ihrem Haus gründen möchte?"

Er lacht. „Ach, doch gleich so etwas. Würde dich das interessieren?"

„Eigentlich nicht", gestehe ich.

„Du wolltest mich bloß ärgern?"

Ich atme überrascht ein. „Tut mir leid, ich wollte nicht …"

Er legt mir seinen Finger an die Lippen. Seine Stimme klingt rau und seine Augen durchbohren mich.

„Oh nein, du entschuldigst dich nicht schon wieder. Ich schätze, ich weiß, wie ich dir das abgewöhne.“ Seine Augen heften sich auf meinen Mund. „Immer wenn du eine völlig unnütze Verzeihung von dir gibst, werde ich dich küssen. Und wer weiß ...“, murmelt er selbstvergessen. „Wenn du damit nicht aufhörst, glaube ich am Ende, dass dir das gefällt.“

Ich sehe ihn aus riesigen Augen an. Er rutscht näher, schlingt einen Arm um mich und zieht mich an sich. Seine Hand wandert durch mein Haar und streichelt mich.

„Deine Augen haben die Farbe von Whisky“, raunt er. Sein Blick wandert tiefer zu meinem Mund und er reibt mit dem Daumen über meine Lippen. „Ich schulde dir noch einen Kuss. Beim letzten wurden wir gestört. Das hat mir gar nicht gefallen. Dieses Mal sind wir völlig allein.“

Mein Herz beginnt zu rasen. Das ist kein Abschiedskuss mehr, soviel ist mir klar. Seine grünen Augen brennen sich in mich, ich spüre die Hitze seines Körpers an mir und starre auf seine geöffneten Lippen. Voll und männlich mit langen Zähnen. Sein Atem kitzelt meine Haut und ich fühle mich klein in seinen Armen.

Er überbrückt die letzten Zentimeter und legt seinen Mund auf meinen. Warm und weich. Voll und köstlich. Hungrig und angespannt. Seine Arme schließen sich fester um mich. Er drückt mich in den Sitz und presst sich auf mich. Schließlich liege ich auf der Sitzbank und er befindet sich halb auf mir, mit einem Knie am Boden abgestützt. Seine Hände durchwühlen mein Haar, sein Atem ist überall. Ich höre und fühle ihn. Er keucht und teilt meine Lippen mit seiner Zunge, taucht in meinen

Mund.

Verloren stöhne ich auf. Konstantin kreist mit seiner Zunge um meine, reibt sie, neckt sie und verschlingt mich regelrecht. Seine Zähne schaben an meiner Unterlippe und plötzlich spüre ich ein Ziehen. Ich quieke auf und er keucht in meinen Mund und beginnt, an meiner Lippe zu saugen. Ich schmecke Blut und Scotch und ihn. Alles ist so intensiv.

„Großer Gott, Elise", flüstert er.

Konstantin küsst mich weiter und schleckt über meine Lippen als wäre ich das Weihnachtsgebäck. Seine Finger tauchen unter meinen Pullover und streicheln meine nackte Haut. Federleichte Berührungen auf meinem Bauch. Hilflos kralle ich meine Hände ins Leder der Polster und weiß nicht, wohin mit meinen Empfindungen.

Seine Hand wandert mein Bein hinab, drückt mein Knie zur Seite. Er schiebt sich zwischen mich und ich merke, dass er unter seiner Kleidung hart ist. Er reibt sich an mir – Bewegungen wie in Wellen. Mir wird merkwürdig anders, viel zu heiß. Ich habe das Gefühl, keine Luft mehr zu bekommen, wende mein Gesicht ab und ringe nach Atem.

Konstantin küsst meine Schläfe und streicht über mein Haar. „Shhh", beruhigt er mich. „Lass mich nur deine Lippe schließen."

Ich nicke und er dreht meinen Kopf zu sich und sieht mir in die Augen. Mein ganzer Körper zittert und ich fühle mich benommen und aufgedreht zugleich.

„Du bist so köstlich, dass ich leicht vergessen kann, wie unerfahren du bist."

Er senkt seinen Mund und heilt den Biss an meiner

Lippe. Dieser Mann ist so verflucht nah, dass ich die Luft anhalte, während er mich versorgt. Dann löst er sich von mir und ich kann wieder atmen. Verlegen streiche ich meine Haare glatt und richte mich im Sitz auf. Er hilft mir dabei und beobachtet mich.

Dann merkt er auf.

„Wir sind da."

3. NEUE WELT

Der Wagen kommt zum Stehen und kurz darauf öffnet der Chauffeur die Tür. Ich nehme meine Wintersachen und steige hinaus in die frische Nacht. Staunen überkommt mich. Bisher habe ich Tylandoras Anwesen für groß gehalten, aber dieses hier gleicht royalen Verhältnissen. Ein fünfstöckiges, schneeweißes Gebäude mit zwei Türmen an den Außenflügeln ragt in den nächtlichen Himmel. Unzählige Fenster schimmern im Stein wie silberne Spiegel. Ein riesiger Balkon mit Balustrade ragt auf Säulen über der geflügelten Eingangstür auf. Rund und elegant, wie gemacht für Empfänge mit Feuerwerk an Neujahr.

Ein Springbrunnen mit Skulpturen von Göttern plätschert beständig Wasser in die Luft. Die Fontänen steigen mal auf, mal hüpfen sie in kleinen Bewegungen, kreisen und überschneiden sich. Es ist atemberaubend. Am schönsten finde ich die Darstellung der Göttin Artemis. Wilde Tiere knien zu ihren Füßen, ihr Gewand ist aus Laub und ihr mondsichelartiger Bogen ragt in den Himmel. Aus der Pfeilspitze pulsiert silbernes Wasser. Obwohl der Stein sich nicht regt, wirkt sie so vital und voller Leben. Sie ist wunderschön. Das Wasser dampft in der Kälte der Nacht.

Sprachlos lasse ich meinen Blick weiter schweifen und entdecke einen teils gefrorenen See, der unweit des Hauses liegt. Erst jetzt wird mir klar, dass der Brunnen beheizt sein muss. Die Oberfläche des Sees liegt wie ein Silbertablett in der Nacht. Vom Ufer fressen sich Eisränder in die Wassermitte hinein. Frisch gefallener Schnee macht den Bereich stumpf, während es innen im Mondlicht glänzt. Trauerweiden ragen an der Seite auf und lassen ihre langen Zweige tief hinab hängen. Ohne die Blätter wirken sie wie Fäden, die im Wind spielen. Weiter hinten auf seinem Gelände verlieren sich die Konturen der Büsche und Bäume in der Finsternis.

Ich rieche die frische Luft – es duftet nach Schnee und Natur. Keine Autoabgase und vor allem kein Lärm, wie er in der Stadt um diese Zeit immer anzutreffen ist. Es fehlen die Lichter anderer Häuser und so kann ich zwischen den Wolkenbändern die Sterne schimmern sehen. Alles wirkt dunstig vor Kälte und ich sehe die Wölkchen meines eigenen Atems vor mir aufsteigen.

„Willkommen zu Hause“, höre ich Konstantin neben mir sagen und fahre erschrocken zu ihm herum. Er betrachtet mich neugierig. „Findet es deinen Zuspruch?“

„Dein Haus?“

Er nickt.

„Es ist wie ein wunderschöner Märchenpalast.“

Und Konstantin ist der König. Ich frage mich, ob es eine Königin dazu gibt, doch hätte er mich dann geküsst?

Oder sie nicht zur Festivität mitgebracht?

Ich bin unschlüssig, was mich erwarten wird. Es ist nur klar, dass er hier unmöglich allein leben kann. Ein solches Anwesen braucht Personal. Vielleicht wohnen noch Freunde oder Verwandte bei ihm.

Konstantin streckt einen Arm zum Haus. „Bitte", lädt er mich ein loszugehen.

Ich setze mich in Bewegung und er bleibt an meiner Seite. Sein Chauffeur trägt meine Tasche und folgt uns. Der Schnee knirscht unter unseren Schritten. Hier liegt mehr davon als bei meiner Tante. Wir sind so weit draußen auf dem Land, dass es kälter ist. Ich kuschele mich in meine Winterjacke und vergrabe meine Hände in den Taschen.

„Deine Jacke ist zu dünn", merkt mein Konstantin an.

Ich sehe zu ihm und kann die Missbilligung in seinem Blick sehen. Er selbst hat sich einen langen Wollmantel übergestreift. Jede Wette, dass der wärmer ist.

„Du brauchst dringend andere Sachen. Das erledigen wir per Express. Oder willst du lieber in Läden?"

Verdutzt schaue ich ihn an. Tylandora hat mich selten nach meiner Meinung gefragt und meistens musste ich dann sehr gut aufpassen, was ich sage. Doch Konstantin scheint sein Angebot ernst zu meinen. Ich stelle mir vor, wie ich in einen Laden mit ihm gehe – überall andere Vampire, die uns anstarren und sich fragen, was wir da eigentlich machen. Ich kann mir Schöneres vorstellen.

„Express wäre toll", sage ich daher.

Ein amüsiertes Lächeln zeichnet sich auf seinem Mundwickel ab. „Welche Größe hast du?"

„Small."

Etwas unwohl verkrieche ich mich in meinen

Kleiderschichten, als er meinen Körper mit seinen Augen abmisst. Besonders groß bin ich mit meinen knapp einssechzig nicht, und durch die sparsame Ernährung bei Tylandora fehlte die Gelegenheit, Rundungen anzulegen.

„Wenn das mal stimmt“, murmelt er. „Na ja, demnächst wird es stimmen. Ich lasse niemanden hungern.“

„Tylandora hat nicht ...“

„Ich habe deine Knochen gesehen“, erstickt er meinen Einwand.

Wir erreichen das Haus und wie von Geisterhand öffnet ein Butler, bevor wir überhaupt geläutet haben. Der Vampir in makellosem Anzug befreit Konstantin aus seinem Mantel. Ich will mich selbst aus meiner Jacke schälen, doch Konstantin deutet zu mir.

„Barnabas, sei so gut und hilf auch Elise“, weist er seinen Diener an und stellt mich damit gleichzeitig vor.

„Sehr wohl.“

Der Butler tritt hinter mich, greift nach meinem Kragen und assistiert mir. Bei seiner Berührung rinnt ein Schauder über meinen Körper, denn ich komme mir seltsam deplatziert vor. Vampire bedienen einfach keine Menschen. Ich bedauere das Entgegenkommen meines Herrn, denn gleichzeitig fürchte ich, einen schlechten Start bei seinem vampirischen Personal zu haben. Unsicher blicke ich nach hinten, doch das Gesicht seines Dieners ist eine reglose Maske, die nichts preisgibt.

„Dankeschön“, wispere ich.

Seine Reaktion ist ein knappes Kopfnicken, dann entfernt er sich mit unseren Sachen.

„Hast du schon gegessen?“, fragt mich Konstantin.

Das konnte man verschieden beantworten.

„Ja“, sage ich unbehaglich.

Er legt den Kopf schief. „Wann?“

Ich schlucke. „Frühstück.“

„Deine Zeit oder meine?“

„Meine“, räume ich ein.

Eine steile Falte zeichnet sich auf seiner Stirn ab und er wirft einen Blick auf die Uhr.

„Das ist beinahe zwanzig Stunden her.“ Seine Stimme klingt vorwurfsvoll.

„Ent...“, beginne ich und sehe, wie sich seine Augen weiten. Mir kommt seine Drohung in den Sinn, was er mit mir macht, wenn ich mich zu oft entschuldige. Erschrocken sehe ich ihn an und stammele stattdessen: „Interessant“.

Seine Lippen kräuseln sich belustigt. „In der Tat, das finde ich auch sehr interessant.“ Er fasst nach meinem Arm und zieht mich mit sich. „Komm“, sagt er überflüssigerweise.

Verdattert laufe ich mit ihm und bestaune gleichzeitig das Übermaß an Luxus. Marmor- und Granitböden, eine weitläufige Treppe, die von zwei Seiten auf eine Empore zustrebt, Wandornamente aus Metall und Malereien. Ich lege meinen Kopf in den Nacken. Die Decke ist mindestens zehn Meter hoch und über uns thront eine kreisförmige Kuppel mit Fresken. Die Farben sind hell und freundlich und die Bilder zeigen antike Szenen von Göttern.

Konstantin entführt mich in einen Saal mit langer Tafel, an der sicher zwanzig Gäste speisen können. Er schiebt mich zu einem Stuhl rechts vom Kopf des Tisches und bedeutet mir, mich zu setzen. Unbehaglich zupfe ich die Ärmel meines Pullovers lang und sehe mich um. An den vier Wänden des Raumes wurden die vier Jahreszeiten verewigt, wunderschöne Wandmalereien, die eine tiefe Sehnsucht in mir wachrufen.

Er läutet und ein weiterer Diener in tadelloser Kleidung erscheint und erkundigt sich nach unseren Wünschen.

„Elise und ich möchten speisen. Armand sollte etwas vorbereitet haben."

„Natürlich." Der andere verschwindet mit einer würdevollen Verneigung und wir sind allein. Konstantin nimmt neben mir Platz. An der Stirn des Tisches, wo er vermutlich immer sitzt. Das Oberhaupt der Gesellschaft.

„Geht es dir gut?", fragt er mich.

„Ähm." Verblüfft sehe ich ihn an.

„Du wirkst unsicher", merkt er an.

Er scheint auf eine Antwort zu warten, woran das liegt. Ich kann es ihm nicht verdenken. Vermutlich wundert er sich, weshalb ich befangen wirke, obwohl er sich zuvorkommend benimmt.

„Ich sitze sonst in der Küche", erkläre ich entschuldigend.

„Vermutlich mit einer Schaufel neben dem Kamin." Er versucht, mich aufzuziehen.

„Nein, eigentlich in der Ecke zur Vorratskammer."

„Dort ist ein Esstisch für das Personal?", wundert er sich.

„Nein, dort störte ich niemanden."

Seine Kiefer mahlen. „Dann dürfte es dir bei mir besser gefallen."

Ich nicke zaghaft. „Sicher, nur ..."

„Nur was?"

Bei meinen nächsten Worten schaffe ich es nicht, ihn anzusehen. Ich weiß nicht, was wir hier machen, doch ich weiß, wo mein Platz ist. „Nur wäre es mir lieber, wenn ich Eurem Personal vorgestellt würde und wüsste, wo ich künftig bin."

„Du willst lieber mit meinen Angestellten speisen?" Er klingt erstaunt und gekränkt zugleich.

„Nein, das nicht. Aber ..." Ich benetze meine Lippen und wähle meine Worte mit Bedacht. „Es wäre für mich leichter, da ich später ohnehin zu ihnen muss, und damit sie nicht denken, dass ..."

„Dass was?" Er ist sehr leise geworden und hört sich gereizt an. Diese lauernde Spannung, die er ausstrahlt, macht mich noch vorsichtiger.

„Also, meiner Erfahrung nach kommt es nicht gut an, wenn ich mich außerhalb meiner Position bewege." Hilflos suche ich seinen Blick. „Ich will es mir doch nur nicht mit ihnen verderben."

Seine Augen werden schmal. „Dir ist ihre Meinung wichtiger als meine?"

Was für ein Schlamassel!

„Nein, bestimmt nicht", versichere ich sogleich. „Bloß werden Sie nicht immer da sein. Wenn ich mit vampirischen Angestellten alleine bin, ist das nicht ... lustig."

Das hat mich die Vergangenheit gelehrt. Um ihn nicht vor den Kopf zu stoßen und es ungeprüft auf seine Angestellten zu projizieren, suche ich nach einer diplomatischen Erklärung. „Besonders nicht, könnte ich mir vorstellen, wenn sie mir Essen servieren oder mir aus meinen Sachen helfen oder meine Tasche tragen mussten. Mir ist durchaus klar, dass so etwas unter meiner Stellung liegt.“

„Welche Stellung wäre das?“, erkundigt er sich tönern.

Unbeholfen breite ich meine Arme aus. „Meine Stellung in der Welt. Ich habe keine Rechte und jeder Vampir hat einen höheren Status als ich. Das ist wohl kaum der Fall, wenn sie mich bedienen, und ich fürchte, dass sie es mich spüren lassen.“

Konstantins Blick verdunkelt sich wie der Nachthimmel. „Dergleichen dulde ich nicht in meinem Haus, Elise. Wenn ich verlange, dass einer meiner Angestellten dich bedient, dann erwarte ich das auch. Falls jemand ein Problem damit hat, steht es jedem frei, meinen Haushalt zu verlassen.“

Ich sehe ihn an und weiß nicht, ob ich verstanden habe, was er sagt. Er scheint mir meine Verwirrung anzusehen, allerdings deutet er sie falsch, wie ich merke.

„Willst du etwa gehen, Elise?“ Sein Blick ist durchdringend und ich erkenne die Anspannung in seinem Körper.

Schnell schüttele ich den Kopf. Wo sollte ich denn hin? Er ist mein Vormund. Wenn ich gehe, bin ich vogelfrei, und das will ich sicher nicht. Ich kann ihm dabei zusehen, wie meine Antwort ihn erleichtert.

„Gut“, brummt er. „Jetzt kann ich ein Getränk vertragen. Keine Sorge, ich dachte an Bourbon.“ Dann lächelt er. „Oder Scotch.“

Ich ziehe den Kopf zwischen meine Schultern und mache mich klein. Ein irres Flattern brandet durch meinen Bauch, als er mich ansieht. Nur allzu deutlich erinnere ich mich an unsere erste Begegnung. Sie ist gerade erst geschehen und scheint dennoch einem anderen Leben anzugehören. Vielleicht ist dieses Ziehen in meinem Bauch nur ein Echo dessen, was ich dabei fühlte. In meiner Rückblende ist er ein Schattenriss, ein Fremder, eine Stimme in der Dunkelheit. Jemand, der schmeckte wie ich. Oh Himmel, alles in mir bebt bei dem Gedanken.

„Möchtest du auch ein Glas?“, erkundigt er sich und steht auf.

Hastig tue ich es ihm gleich. Mein Kopf hängt noch den Bildern unserer Zweisamkeit im Schattenreich an, meine Füße versuchen sich im Diesseits. Keine gute Kombination. Ich stolpere fast und halte mich gerade so an der Tischplatte fest.

„So eilig“, fragt er amüsiert.

„Bitte setzen Sie sich doch, Herr“, dränge ich ihn verlegen. „Ich bringe Ihnen natürlich ein Glas.“

Die Vorstellung, dass er mir etwas holen will, ist regelrecht absurd. Andererseits trifft das so ziemlich auf alles zu, seit ich Konstantin Rouillard begegnet bin.

Er greift nach meinem Handgelenk. „Du brauchst mich nicht bedienen, Elise.“

Er klingt eindringlich und sein Blick beschwört mich geradezu, nicht auf mein Dienstverhältnis zu beharren. Da ist eine Tiefe in seinen Augen, die mich glauben lässt, dass wir beide gerade denselben gedanklichen Ausflug gemacht haben.

„Ich sollte es aber“, flüstere ich.

Er seufzt und setzt sich wieder. Mit der Hand zeigt er zur Getränkeanrichte. „Ich nehme einen Doppelten, wenn’s Recht ist.“

„Was sollte ich dagegen haben?“ Etwas durcheinander gehe ich zum Schrank und studiere die Dekanter.

„Der Geriffelte“, setzt er mich in Kenntnis.

Ich schenke ihm ein. Das Glas liegt schwer in meiner Hand. „Möchtet Ihr Eis, Herr?"

„Ja, *Konstantin* möchte Eis", erklärt er. Verlegen werfe ich einen Blick über die Schulter und schaue ihn an. „Elise, ich will, dass du meinen Namen benutzt."

„Das wäre nicht schicklich", weiche ich aus.

„Ich bestimme, was sich in meinem Haus gehört. Wir sind hier bei mir, nicht irgendwo auf einem versnobten Empfang mit rassistischen Vamps!", flucht er.

Mir fällt beinahe das Glas aus der Hand, so verdutzt bin ich über seine heftige Reaktion. Wortlos starre ich ihn an und er mich.

Sein Blick wird weich und er lächelt reumütig. „Ich kann nicht alles auf der Welt beeinflussen, Elise, aber ich mache die Regeln in meinem Haus selbst. Vielen Dank."

„Natürlich." Ich nicke und wende mich ab. Mit zittriger Hand nehme ich den Deckel vom Eiskübel und hole mit einer Zange schwertlilienförmige Eiswürfel heraus. Sie fallen klirrend ins Glas. Als ich eine weitere Eislilie greifen will, legt sich Konstantins Hand über meine und ich zucke zusammen. Ich habe ihn nicht kommen hören und nun steht er direkt hinter mir und sperrt mich zwischen sich und der Anrichte ein. Er bewegt unsere Hände, lässt mich die Zange ablegen und den Deckel schließen.

„Stell das Glas ab", fordert er mich auf und ich gehorche ihm.

Seine Stimme ist ein Flüstern in meinem Nacken und ich kann seinen Atem spüren. Mir ist schwindlig und mein Herz hämmert wie ein synkopischer Jazzspieler. Es gerät völlig aus dem Takt. Konstantins Hand streicht durch mein Haar.

„Ich will, dass du es immer offen trägst", verlangt er und fährt eine Haarsträhne entlang.

„Was immer Ihr wünscht."

Er küsst meinen Hals und ich verspanne mich in Erwartung eines Bisses. Allerdings kommt keiner. Ich höre ihn leise lachen. „Versteh mich nicht falsch, Elise. Unter bestimmten Umständen stört mich dein devotes Verhalten überhaupt nicht."

Ich habe keine Ahnung, was devotes Verhalten ist, und runzele die Stirn. Von welchen Umständen spricht er?

„Aber für den Moment will ich nur, dass du gelöster wirst", fährt er fort.

Er dreht mich zu sich um und sieht mich an. Seine Hand wandert an meine Wange und sein Daumen beschreibt verwirrende Kreise auf meiner Haut. Sein Blick brennt sich in mich. Ich spüre, wie mein Gesicht glüht und meine Knochen zu Gelatine werden. Ein Prickeln surrt unter meiner Oberfläche. Eine Mischung aus Erschöpfung und Anspannung und einem Gefühl, das ich beim besten Willen nicht benennen kann.

Falls er möchte, dass ich gelöster bin, ist seine körperliche Präsenz nicht hilfreich dafür.

„Du bist nicht mehr in Tylandoras Käfig", erinnert er mich.

Fast hätte ich gesagt, dass ich nun in seinem bin, doch ich beiße mir auf die Zunge. In gewisser Weise beschäftigt mich das noch mehr, weil ich nur spekulieren kann, was das bedeutet. Bei meiner Tante wusste ich, was zu tun ist. Bei Konstantin Rouillard bin ich absolut ahnungslos.

Er greift um mich herum und drückt mir das Glas gegen die Hand. „Nimm einen Schluck."

Eigentlich will ich nicht. Mein Magen ist leer und mein Kreislauf brennt auf Sparflamme. Da ich keine Erfahrung mit Alkohol habe, vertrage ich sicher wenig.

Konstantin lächelt mich an. „Schon jetzt so verwöhnt?"

„Ich verstehe nicht."

Himmel, ich fühle mich dermaßen schlapp, dass ich mich an der Anrichte festklammern will.

Er nickt mit dem Kopf zum Whiskyglas. „Kein Black Bowmore."

Ich lächele. „Das ist es nicht. Aber auf nüchternen Magen ..." Unbestimmt zucke ich mit den Schultern.

„Richtig. Daran hätte ich denken sollen." Er lässt mich nicht aus den Augen, während er selbst einen langen Schluck nimmt. Dann stellt er das Glas ab. „Schade, ich mag den Gedanken, dass du nach demselben schmeckst, wie ich."

Wie bitte?!

„Du kannst auch anders davon kosten", raunt er.

Mein Herz macht einen wilden Sprung und ein Knoten formt sich in meiner Brust. Beinahe bin ich erleichtert, als die Tür aufgeht und der erste Gang serviert wird. Ohne die intime Szene auch nur mit einem Blick zu kommentieren, trägt sein Diener die Suppenschalen auf. Silberbesteck wandert daneben und Kristallgläser für Wein und Wasser. Mein Gedeck unterscheidet sich in keiner Weise von dem meines Herrn und das ist mehr als befremdlich. Für gewöhnlich habe ich von Papptellern oder dem Geschirr mit Sprüngen drin gegessen.

Konstantin stößt den Atem aus und gibt mich frei. Er begleitet mich zu meinem Stuhl und schiebt ihn für mich zurück. Am liebsten würde ich seine Finger von der

Lehne pflücken und ihn davon abhalten, mich zu bedienen. Er ist der Hausherr, mein Herr und Vormund. Es ist in keiner Weise angemessen, dass er Arbeiten für mich erbringt. Ich werfe einen scheuen Blick auf seinen Angestellten, der zumindest mimisch keinen Schlaganfall wegen diesen absurden Anwandlungen bekommt.

Konstantin rückt meinen Stuhl zu recht, und nimmt neben mir Platz. Dann probiert er den Wein, nickt zustimmend und uns wird eingeschenkt. Mit einer höflichen Verbeugung zieht sich der Diener zurück.

Ich ignoriere mein Weinglas und koste vom Essen. Mit einem silbernen Löffel. Von verziertem Porzellan. Kräuter sind über die Cremesuppe gestreut: gehobelte Kresse und Schnittlauch. Das Arrangement ist beinahe zu schön, um es auszulöffeln, doch das Aroma ist köstlich. Waldpilze und feine Gewürze vereinen sich zu einer herrlichen Creme und ich genieße den leckeren ersten Gang.

Als meine Schale leer ist, hebt Konstantin lächelnd sein Weinglas. „Nun, da du etwas Substanz im Magen hast, wirst du sicher mit mir anstoßen."

Sein Verhalten gibt mir Rätsel auf. Welcher Arbeitgeber stößt mit seinem Personal an und isst mit ihm von derselben Festtafel? Da ich die einzige Untergebene bin, die mit ihm am Tisch weilt, ist mir meine Sonderstellung mehr als bewusst. Ich fühle mich unbehaglich, doch nie würde ich auf die Idee kommen, ihm derartige Wünsche abzuschlagen. Es ist allemal besser, als mit Tabletts beworfen zu werden.

Mit zittrigen Fingern greife ich nach meinem Glas und sehe ihn an. Ist er womöglich nur ein exzentrischer

Multimillionär, der mich aufgelesen hat, wie andere Hunde aus dem Tierheim? Mir kommen Tylandoras Doggen in den Sinn.

„Elise, ich möchte dich in meinem Leben willkommen heißen."

Er schlägt sein Glas an meines und nimmt einen Schluck. Also trinke ich ebenfalls davon. Meine erste Reaktion auf den Wein ist vielleicht nicht, was er erwartet hat. Ich habe noch nie Wein getrunken, doch irgendwie hatte ich angenommen, er wäre so süß wie Trauben. Das ist nicht der Fall.

Es fällt mir schwer, die Flüssigkeit in meinem Mund zu schlucken. Ich kneife die Lippen zusammen und sehe meinen Konstantin ratlos an. Wohin damit? Ausspucken kann ich ihn nicht, also überwinde ich mich und verziehe den Mund. Verflucht, ist das Zeug sauer! Ich stelle das Glas ab und spüle mit Wasser nach.

Konstantin fängt an zu lachen. Es klingt wunderbar, auch wenn ich weiß, dass es auf meine Kosten geht. Ich leere mein Wasserglas und schenke mir nach. Mit Bedauern vermisse ich den einmaligen Geschmack der Suppe. Der Wein war kein guter Tausch der Aromen.

Peinlich berührt schüttele ich den Kopf.

„Es tut mir leid", hebe ich an und Konstantins Lachen endet abrupt. „Ich meine es wirklich", beteuere ich, bevor er auf die Idee kommt, mich für eine Entschuldigung zu küssen. „Ich wollte Euren Wein nicht geringschätzen und Euch vor den Kopf stoßen. Ich weiß zu schätzen, wie aufmerksam Ihr seid, und das Mindeste wäre, dass ich meine Gesichtszüge unter Kontrolle habe. Aber dieser Geschmack hat mich völlig überrascht."

Er lächelt. „Wie müsste Wein denn schmecken, damit

er dir zusagt?“

Ich zucke die Schultern. „Süß“, gebe ich zu. „Vor allen Dingen süß und irgendwie fruchtig wie Trauben und nicht so ... so ... Ich kann es gar nicht beschreiben.“

„Du hast noch nie Wein getrunken?“, erkundigt er sich schmunzelnd.

„Nein.“

„Auch nicht zum Geburtstag?“

Ich erinnere mich an meinen einsamen letzten Geburtstag, als ich wegen einer Kerze nicht einmal Essen bekam. Daher schüttele ich nur den Kopf. „Ich habe immer Wasser getrunken.“

„Und ich nehme an, du hast viel Brot gegessen.“ Seine Stimme ist düster.

„So schlimm war es nicht“, relativiere ich seine Annahme. „Tylandora hat mir auch von ihrem Essen abgegeben.“

„Sie hat mit dir gegessen?“, fragt er perplex.

„Nein.“

„Sie hat dir ihre Reste gegeben.“ Das passt eher in sein Weltbild von meiner Tante.

Ich kann ihm nicht widersprechen und das ist ihm Bestätigung genug.

„Die Suppe war wirklich köstlich“, wechsele ich das Thema.

„Wieso nimmst du sie in Schutz?“ Er versteht es nicht.

„Sie war trotzdem mein Zuhause und die einzige Familie, die ich noch hatte“, sage ich leise.

Mit einem Fingernagel kratze ich über das Webmuster des Tischtuchs. Er war nie so allein, wie ich es war. Er kennt nicht, wie viel einsamer es in ihrer Gegenwart war als in der Abgeschiedenheit meiner Kammer. Und er könnte nicht nachvollziehen, wie sehr ich mir ihre Liebe herbeisehnte. Die Kälte ihrer Zurückweisung hat mir das Herz zerquetscht. Egal, was ich versuchte, es war nie gut genug. Denn der eine Makel, der mir für alle Zeit anhaften wird, war das einzige, was sie sah. Ich habe mich an den Wunsch geklammert, dass sie mich erkennt.

„Schon gut", beruhigt er mich. „Ich weiß Loyalität durchaus zu schätzen." Er legt einen Finger unter mein Kinn, hebt es an und fordert meinen Blick ein. „Aber nun bist du bei mir und ich will, dass deine Loyalität künftig mir gilt."

„Das tut sie", flüstere ich.

„Gut."

Ich merke, dass es stimmt und dass ich sehr viel für Konstantin Rouillard tun würde, obwohl ich ihn kaum kenne. Er hat mich vor Callistus gerettet und mir meinen ersten Kuss geschenkt. Es gibt mir Rätsel auf, warum er sich so um mich bemüht. Mein Bauch kribbelt und schwirrt voller Empfindungen, wenn ich ihn ansehe. Das Verlangen, ihm zu gefallen, ist übermenschlich.

Die Tür geht auf und die Suppenschalen werden abgetragen. Kurz darauf serviert man uns den Hauptgang. Ich sehe kleine Geflügelstücke, gefüllt mit Spinat und Ricotta. Dazu Kartoffelgratins, eine Pfifferlingrahmsauce und gedünstetes Gemüse mit Pinienkernen.

„Das sind Wachteln", erklärt Konstantin.

Es duftet verführerisch und der erste Bissen ist noch besser als die Suppe.

„Beschäftigt Ihr einen Sternekoch?", frage ich.

Er lächelt. „Ja."

Ich wage nicht, mir vorzustellen, was mein Herr ihm

bezahlt, damit er lieber für einen Mann kocht als für ein ganzes Restaurant. Doch in diesem Augenblick bin ich sehr glücklich darüber, dass er es tut.

„Was ist dein Lieblingsessen?“, fragt er mich.

Das ist einfach. „Schokolade.“

Er hebt eine Braue. „Warum bin ich nicht überrascht?“

Dass ich Süßes mag, scheint er sich gemerkt zu haben. Er hebt einen Finger, um mir zu zeigen, dass ich kurz warten soll, und drückt eine Schnellwahltaste auf seinem hochmodernen Telefon. Es hat einmal eine Zeit gegeben, als Telefone noch aussahen wie welche, doch Konstantins Handy mutet einfach nur futuristisch an.

„Armand, sorge doch dafür, dass auf dem Dessert Schokolade ist ... Genau.“ Er trennt die Verbindung und steckt das Gerät weg.

Ich lächele ihn strahlend an.

„Dein Wunsch ist mir Befehl“, verkündet er.

Mein Lächeln verformt sich. Das kann er nicht ernst meinen.

„Was ist?“, fragt er verwirrt.

Traurig schüttele ich den Kopf.

„Elise“, ermahnt er mich.

„Sie sollten nicht mit mir spielen. So was zu sagen ist ...“

„Nett?“, schlägt er vor.

„Leichtfertig.“

„Ich dachte, du willst keine Fesseln mehr.“

„Wir wissen beide, dass das eine Illusion ist. Das hier ...“ Ich deute auf ihn und mich und das Essen. „... kann nicht funktionieren.“

„Es funktioniert, was ich will“, insistiert er. „Das ist mein Haus. Und wenn du glaubst, dass ich dich schlage und in ein Zimmer mit vergitterten Fenstern stecke, dann kannst du es vergessen!“

Ich schlucke überrumpelt.

„Du willst mir Getränke servieren? Bitte, nur zu. Du willst mir ein Bad einlassen?“ Sein Blick wird durchdringend. „Sehr gerne, Elise. Ich fürchte, meine Haare sind zu kurz, als dass du sie groß kämmen könntest, und bemalte Fingernägel brauche ich auch nicht. Alle Dienste, die du für deine ehemalige Herrin erbracht hast, kann ich also nicht in Anspruch nehmen. Aber bei Frühstück im Bett bin ich dabei und wenn du mir bei der Gelegenheit meinen Rücken kneten möchtest, laufe ich sicher nicht schreiend davon. Bloß wenn du denkst, dass ich dieselben Absichten hege wie Tylandora, solltest du noch einmal scharf nachdenken.“

Er fährt sich mit der Hand durchs Haar. „Ich bin nicht stolz drauf, wie es passiert ist, doch du gehörst mir. Der Weg war nicht ganz klassisch, aber am Ergebnis werde ich nichts ändern. Ich wollte dich für mich und nun bist du hier. Eines versichere ich dir – du wirst mich nicht davon abhalten, dich zu behandeln, wie ich will. Ich finde nicht, dass du weniger wert bist, als ein Vampir, und in meinem Haus wirst du es niemals sein! Gewöhne dich daran.“

Er ist frustriert und leert sein Weinglas in einem Zug.

„Es tut mir leid“, flüstere ich.

„Verdammt, Elise.“ Seine Augen durchbohren mich. „Bei dir bin ich mir nie sicher, ob es eine Einladung zu einem Kuss sein soll, wenn du dich entschuldigst.“

Ich laufe rot an. „Es tut mir wirklich leid“, versichere ich. „Ich wollte Euch nicht wütend machen.“

„Also kein Kuss.“ Verdrossen schenkt er sich Wein

nach und leert ein zweites Glas.

Ich frage mich, ob Vampire einen anderen Metabolismus als Menschen haben und Alkohol besser vertragen.

Sein Diener kommt herein und serviert die Nachspeise. In meinem Dessertglas sind Biskuit, Schokoladeneiscreme und ein Karamelldeckel mit Schokogarnitur aufeinander geschichtet. Es sieht köstlich aus, doch die Anspannung, die zwischen uns in der Luft hängt, schnürt mir den Appetit ab.

„Bitte sag nicht, dass du schon satt bist."

Ich schüttele still den Kopf und stiere auf meine Nachspeise. Wäre es Suppe, würde ich mit einem Löffel darin herum rühren. So sehe ich der Schokoladensauce dabei zu, wie sie in die Riffelungen des Karamells sickert.

„Warum behandelst du dein Essen dann wie ein Bild?", bohrt er weiter.

Ich atme tief durch und schaue ihn an. Groß, kräftig und sehr selbstbewusst. Ich sehe auf seine Zähne, die Lippen und schließlich in seine grünen Augen. Er sitzt reglos da. Wie ein Raubtier auf der Lauer. Er ist blass auf eine Art, die seine Haut wie Wachs aussehen lässt. Ich erspähe die Adern darunter, dunkel und dunkler werdend. Sie treten deutlicher hervor und erschrocken schaue ich wieder in seine Augen. Die schwarzen Pupillen haben sich über das Grün der Iris gelegt. Von einem Moment zum anderen ist er noch vampirischer geworden.

Ich weiß nur zu genau, was diese Transformation verursacht: Blutdurst. Ein alter, mir völlig unbekannter Hunger, den ich nur aus der Beuteperspektive kenne. Ich fühle mich schlapp. Vom Essen und der fortgeschrittenen Stunde bin ich müde. Mein Kreislauf hat all die Strapazen des Tages als zu viele verbucht und sich in den Leerlauf verabschiedet. Mit beiden Händen klammere ich mich an meiner Sitzfläche fest.

Ich starre Konstantin an und er starrt zurück. Unsere Rollen könnten nicht verschiedener sein. Ich weiß, er will mein Blut, und nur seine Beherrschung verhindert, dass ich am Boden liege und er auf mir ist – mit seinen Zähnen in meinem Hals.

Etwas an der Vorstellung macht mich regelrecht benommen. Als würde all mein Blut aus mir entweichen. Ich bin paralysiert, doch das Entsetzen, das ich sonst bei meiner Tante spürte, bleibt merkwürdigerweise aus.

Während ich dem flauen Gefühl in meinem Bauch nachspüre, das mit Angst so viel zu tun hat, wie ein Hamster mit Minigolf, sehe ich, wie Konstantin schwer schluckt. Sein Adamsapfel hüpft in seinem Hals und ich registriere, dass er so verwirrt zu sein scheint, wie ich es bin.

„Ich habe heute bereits von deinem Blut gekostet."

Ich lese es mehr von seinen Lippen ab, als es zu hören. Es ist mir nicht möglich, mich zu bewegen, als würde er mich auf eine unbekannte Art in den Bann schlagen. Allerdings habe ich noch nie davon gehört, dass Vampire dies könnten. Bloß was ist es sonst?

„Ich weiß", antworte ich nur.

„Warum will ich dann schon wieder?" Er klingt ratlos und ist das nicht der merkwürdigste Gedanke? Ein Jäger, der seiner Beute ausgeliefert ist. „Du kannst mich aufhalten, Elise." Er scheint es so zu meinen.

„Ihr seid mein Herr", flüstere ich nur.

„Dann ist das deine Entscheidung?" Langsam steht er

auf. „Ja?“

Ich halte die Luft an. Er greift nach meinen Schultern und zieht mich hoch wie eine Puppe. Der Griff um meinen Stuhl entgleitet mir und ich hänge in seinen Armen und schaffe es nicht, den Blick abzuwenden.

Allmählich schiebt er mich auf die Wand zu – jene, die mit dem Frühling bemalt ist. Fort von der Sicherheit des Tisches. Weg von meinem Schokoladendessert. Ich habe nicht das Gefühl, Schokolade bewusst gegen einen Biss von ihm getauscht zu haben, jedoch befinden wir uns nun genau in dieser Situation.

Konstantin drückt mich gegen die Wand und presst sich frontal an mich. Eingekeilt zwischen beiden kann ich nicht zu Boden sinken, obwohl wenig in mir dazu beiträgt, es zu verhindern.

„Du willst mir also dienen“, murmelt er.

„Ist das nicht meine Aufgabe, Herr?“

„Mein Name muss unglaublich kompliziert sein.“ Er legt den Kopf schräg.

Schwarze Augen, dunkle Adern, lange Zähne: Raubtier. Ich bin es nicht gewohnt, mit einem Vampir plaudern zu können, der in diesem Zustand ist. Für gewöhnlich fällt das Reden dann weg und das Beißen drängt sich vor. Worauf wartet er?

„Mir gehen gerade einige Dinge durch den Kopf, die ich erst einordnen muss, Elise“, gesteht er und legt seine Hand an meine Wange. „Ich würde eine Menge dafür geben, wenn du aufhören würdest, mich *Herr* zu nennen und lieber meinen Namen benutzt.“ Sein Daumen wandert zu meinen Lippen und streicht darüber. „Wie oft muss ich dich noch küssen, bis du es tust?“

Er haucht mir einen Kuss auf die Lippen.

„Wie oft muss ich dich noch anknabbern, bis du es tust?“ Sein Zahn zwickt in meine Lippe. Ein kurzes Brennen, dann ein Streicheln seiner Zunge. Er schmeckt mich und heilt dabei meine Haut.

„Wie nah genau muss ich dir kommen, bis du es tust?“ Er drängt sich noch stärker gegen mich. Ich spüre seine Muskeln durch unsere Kleidung. Er ist so groß und stark und präsent. Seine Körperwärme sickert zu mir durch und verbrennt mich. Ohne es steuern zu können, wölbe ich mich ihm entgegen, und er stöhnt auf.

„Glaubst du an Chemie, Elise?“ Sein Mund ist fast auf meinem und seine Augen schweben vor mir wie Magnete. „Glaubst du an Bestimmung?“

War es mein Schicksal, sein Eigentum zu werden? Ich weiß es nicht. Schon oft habe ich mich gefragt, ob ich den Unfall meiner Eltern hätte verhindern können. Ob ein Tun von mir oder die richtigen Worte dazu geführt hätten, dass sie nicht mit dem Auto unterwegs waren. Diese Frage ist gleichzeitig eine Bürde. Was sagt es aus, dass ich sie nicht retten konnte, falls dies ging? Schuld ist ein Gefühl, das besonders schwer lastet, wenn die Schultern klein sind. Ich war fünf, als es passierte. Eine lange Zeit habe ich geglaubt, dass Tylandora meine gerechte Strafe ist.

Erst als Konstantin mir mit dem Daumen eine Träne fort wischt, merke ich, dass ich weine. „Schon gut“, tröstet er mich.

Seine Hände greifen um meinen Kopf, halten mich fest und er legt seinen Mund auf meinen. Unsere Nähe und meine Verzweiflung sind eine brisante Mischung. Ich schließe die Augen und fühle nur noch. Ihn. Auf mir. Lippen – warm und fordernd. Er küsst mich hungrig und wild. Seine Zunge dringt in meinen Mund und umkreist meine. Ich klammere mich an ihn.

In diesem Augenblick vergesse ich, dass er mein Herr ist. Alles, was ich wissen muss, ist, dass er ein Mann ist und ich eine Frau. Er ist so viel älter als ich, er ist Vampir und ich Mensch, er ist reich und ich nicht einmal frei. Doch hier und jetzt spielt das keine Rolle.

Meine Hände umfassen seine breiten Schultern. Ich vernehme von draußen den kalten Herbstwind durch die Bäume streifen und gegen die Fenster drücken. Das Ticken der Wanduhr ist das einzige Indiz, dass die Zeit noch weiterläuft. Ansonsten steht der Moment still, reduziert sich auf unseren Kuss. Ich höre ihn kräftig atmen. Wenn ich ihn mit meiner Zunge necke, keucht er. Es gefällt mir und ich tue es noch einmal.

„Elise“, stöhnt er.

Mein Name bekommt einen kehligen Klang in seinem Hals. Er perlt über seine Lippen und ich sauge seinen Atem ein. Ich mag es, wenn er meinen Namen sagt. Mag er es deshalb, wenn ich seinen sage?

„Konstantin“, flüstere ich und er wird noch gieriger, als hätte ich ihn damit verführt.

„Ja“, murmelt er. „So lernst du also meinen Namen?“

Er hält meinen Kopf fest und biegt ihn leicht zurück, sieht mich durchdringend an.

„Dir ist klar, dass du dir meine Erziehungsmethoden damit selbst aussuchst, oder?“

Ich spüre einen Knoten in meinem Bauch, eine Enge in meiner Brust. Mir ist bang und flattrig zugleich. Aber ich will nicht, dass er aufhört, um zu reden, und so stelle ich mich auf meine Zehenspitzen und berühre seinen Mund.

„Mhm“, macht er und überlässt mir die Führung.

Bedächtig erkunde ich ihn. Noch vor ein paar Nächten habe ich in meinem Bett wachgelegen und mich gefragt, wie dieses Küssen wohl ist. Meine Vorstellung hatte wenig mit der Realität zu tun. Meine Fantasie war wie ein laues Lüftchen, doch die echte Welt mit ihm ist dick wie Sirup. Schwer und intensiv. Gefühle überrollen mich, die so fremd sind, dass ich sie nicht zuordnen kann. Mein Herz zieht sich zusammen, als ich mit meiner Zunge über seine Lippen streiche und Küsse auf seine Vampirzähne hauche. Ich lasse meine Hände auf seinen Rücken wandern und fühle seine angespannten Muskeln.

Ich küsse einen Mann. Ich küsse. Es passiert wirklich, völlig unvorbereitet. Eine Spannung vibriert in mir, macht mich taumelig, lässt mich fliegen. Ich fühle mich unendlich lebendig wie seit Jahren nicht mehr. All die Märchen fügen sich zu einer Wahrheit zusammen.

Sanft presse ich meine Lippen auf seine und bewege sie. Er begleitet mich und lässt mich machen. Ich komme mir so verwegen vor; Beute, die mit dem Jäger spielt. Ich suche Romantik in meinem Leben in einer Situation, die keine bergen kann. Und doch ... scheinen ungekannte Dinge möglich.

Mir ist klar, dass ich keine Vampirin werden kann. Doch eine Verwandlung passiert mit mir ganz klar und deutlich: Ich bin kein Mädchen mehr. Meine Gefühle in diesem Moment sind wenig mädchenhaft.

Ich seufze an seinem Mund und knabbere zaghaft an seiner Unterlippe. Seine Hände wühlen durch mein Haar, während sein Körper stillhält. Es ist, als würde er seine Energie über die Hände ableiten. Völlig ruhig zu bleiben gelingt ihm also nicht. Der Gedanke gibt mir einen Kick. Dabei weiß ich, dass ich völlig unerfahren bin und dieser Kuss die Bambi-Version seines bisherigen Erfahrungsschatzes sein dürfte. Doch ich will ihn gefangen halten können in diesem Moment.

„Konstantin“, flüstere ich erneut. Dann lasse ich meine Zunge in seinen Mund tauchen und spiele mit seiner. Warm und sinnlich. Eine bleierne Schwere sinkt auf meine Glieder und ich umfasse seinen Nacken und lasse mich von ihm halten. Minuten vergehen, ich weiß nicht wie viele. Da sind nur wir.

Wir.

Ein fremder Gedanke. Bisher war ich allein.

Ich spüre ihn leise lachen und sehe ihn erstaunt hat.

„Ich habe das nicht mehr gemacht, seit ich fünfzehn war“, erzählt er.

Mir steckt ein Kloß im Hals. „Wie lange ist das her?“

„Einige Zeit länger als bei dir.“ Er sieht mich prüfend an. „Ich bin dreißig, Elise.“

„Dann bist du zwölf Jahre älter als ich.“

Ich sehe, wie er seine Kiefer aufeinander presst. „Das ist für uns beide ungewohnt. Sonst bin ich eher mit Frauen in meinem Alter zusammen.“

Frauen. Plural. Ich verspüre einen Stich, als ich mich frage, von wie vielen wir reden oder wer sie sind.

Konstantin streicht mein Haar zurück und sucht mit seinen Augen mein Gesicht ab. Er berührt die Wange, wo Tylandora mich gekratzt hat. Jetzt tut sie nicht mehr weh. Auch darum hat er sich gekümmert. Der Gedanke, dass er mit seiner Zunge in meinem Gesicht war als ich schlief, ist seltsam.

„Ich bin immerhin zwanzig Jahre jünger als Callistus“, informiert er mich.

Innerlich schaudere ich, als ich an den grauhaarigen Geschäftsmann denke. Die Vorstellung, er könnte so nah bei mir stehen wie Konstantin, ist abstoßend.

„Natürlich könntest du mich trotzdem zu alt finden“, sagt er.

Ist das Unsicherheit in seinem Blick?

Ich schüttele den Kopf. „Dein Alter stört mich nicht“, flüstere ich wahrheitsgemäß.

Wenn ich ihn küsse, habe ich vieles im Kopf, aber nicht sein Alter. Mir ist bewusst, dass er kein Junge mehr ist, dass er viel Erfahrung hat und ich daneben kükenhaft wirken könnte. Interessanterweise scheint es ihm nicht in den Sinn zu kommen, sich über mein Alter zu beschweren.

„Du bist noch so jung“, raunt er. „Du solltest das Recht haben, mit Männern in deinem Alter Erfahrungen zu sammeln.“

„Was wäre daran besser?“, frage ich ehrlich. Denn ich verstehe nicht, warum es schlimm sein soll, dass Konstantin vor mir steht.

„Vielleicht, dass ich andere Dinge von einer Frau will, als ein Grünschnabel.“

„Was für Dinge?“

Er schüttelt den Kopf. „Ein anderes Mal. Du siehst müde aus, Elise. Ich zeige dir jetzt, wo du schlafen kannst.“

Mein Blick streift die Uhr. Fünf in der Früh. Selbst mein Herr wird sich bald schlafen legen. Unsicher presse ich meine Lippen aufeinander. Warum will ich nicht fort?

Konstantin tritt einen Schritt zurück, legt seine Hand auf meinen Arm und will mich aus dem Zimmer führen.

Seine Augen sind nach wie vor schwarz. Trinkt er nicht von mir?

„Aber …“, stammele ich beklommen.

Er legt den Kopf schief und sieht auf mein geschmolzenes Dessert.

„Wolltest du noch aufessen?“, erkundigt er sich.

Nein, aber ich dachte Ihr.

Ich kann es nicht sagen.

„Eigentlich nicht.“

„Dann komm.“

Er führt mich hinaus, zurück durch sein Haus in die pompöse Eingangshalle und die Treppe hinauf. Der Raum misst sicher zehn auf zehn Meter. Oben bringt er mich in den linken Flügel, der Richtung See liegt. Ein gefühlt endloser Gang erstreckt sich vor mir, von dem auf halber Höhe ein weiteres Treppenhaus abgeht. Rote Läufer liegen auf den langen Dielen aus einem exotischen Holz. Es gibt keine Vertäfelungen, wie man sie aus dunklen Jagdschlössern kennt, sondern helle Wände, Säulen und Pilaster, Malereien und Nischen mit Blumenvasen. Unzählige Türen führen vom Flur ab. Die Türzargen sind wunderschön verziert und teils reliefartig. Das Treppenhaus ist aus poliertem Granit, hell mit gesprenkelten Einschlüssen, die wie Farbtropfen durch den Stein verlaufen.

Konstantin bedeutet mir, nach oben zu gehen. Wir erklimmen den fünften Stock und ich frage mich, was er auf all den Etagen an Räumen verbirgt. Der oberste Gang ist so lang wie der, durch den wir kamen. Der Läufer ist nun kobaltblau und die Malereien unterscheiden sich von denen unten. Außerdem befindet sich gleich neben der Treppe eine Tür, die den Rest des

Flügels abtrennt, während man im zweiten Stock den Flur bis zum Ende durchschreiten konnte. Die gewaltige Doppeltür sieht aus, wie einer Fantasie aus Tausendundeiner Nacht entsprungen.

„Dort schlafe ich", erklärt mir Konstantin. „Dahinter sind meine Privaträume."

„Ist denn nicht das ganze Haus Euer Privatbereich?"

„Ah, ich muss dir das Du noch beibringen." Er lächelt verschmitzt. „Was ich sagen wollte war, dass dort mein Schlafbereich ist. Nun weißt du, wo du mich im Zweifelsfall findest. Jetzt zeige ich dir dein Zimmer."

Nur zwei Türen weiter bleibt er stehen und wirkt verlegen. „Ich hatte nicht gewusst, dass du kommst, also konnte ich nichts vorbereiten. Dein Kauf war spontan. Aber wir können Änderungen vornehmen, wenn es dir nicht zusagt."

Er stößt die Tür auf und schaltet das Licht im Raum ein. An der Decke flammt ein Kronleuchter auf, der in meine alte Kammer niemals hineingepasst hätte. Er leuchtet das ganze Zimmer in einem herrlichen Glanz aus. Sprachlos und mit offenem Mund mache ich einen Schritt hinein.

Ich träume. Wenn ich mich zwicke, wache ich auf. Ganz sicher.

Es ist riesengroß, etwa fünfzig Quadratmeter. Dort steht ein gewaltiges Bett mit Baldachin. Ein hauchzarter Stoff wölbt sich wie eine Decke darüber und fällt in rauschenden Wogen bis weit auf den Boden. Er zerfließt regelrecht wie ein Brautschleier. Goldrote Brokatvorhänge sind an mehreren bodenlangen Fenstern drapiert.

Ich brauche nicht viel Orientierungssinn, um zu

wissen, dass ich Seeblick habe. Ein edler Schreibtisch steht an einer Wand, es gibt einen offenen Sitzbereich in der Mitte. Ein enormes Sofa und eine Chaise Longue gruppieren sich mit einem Sessel um einen Teakholztisch. Die Wände sind nicht einfach tapeziert, sie sind mit Stoffen bespannt. Es gibt dekorative Vasen, Bilder und sogar eine Skulptur aus Bronze.

Konstantin bewegt sich zielsicher durch das Zimmer und deutet auf eine Tür. „Dort hinten ist der Ankleidebereich. Dafür bestellen wir dir gleich morgen Sachen. Und hier ist dein Bad."

Staunend folge ich ihm und sehe einen Traum aus Marmor. Eine freistehende Badewanne, einen großen Duschbereich mit Glasfront und Regenduschkopf. Außerdem einen edlen Waschbereich. Hinter einer Wand verborgen befindet sich die Toilette. Ich würde einen Kobold futtern, wenn sie sich selbst reinigt.

„Was genau soll mir daran nicht gefallen?", frage ich verwundert.

„Die Farben oder der Stil?"

Ich habe eine eigene Wanne. So oft wollte ich mich schon in Tylandoras Wanne legen und habe es nie gewagt. Ich kann baden und nicht bloß das. Ich habe eine Art luxuriöses Apartment in Konstantin Rouillards Haus.

„Wer schläft hier denn sonst?"

Er zuckt mit den Schultern. „Gäste."

„Seid Ihr sicher, dass *ich* hier einziehen soll?"

Seine Antwort kommt prompt: „Teufel, ja! Ich will dich in meiner Nähe haben."

Nähe kann man das nicht nennen. Es ist alles so riesig, dass man sich noch immer telegrafieren könnte.

„Wohnen die anderen Angestellten auch in diesem Gang?“ Das alles ist so erlesen.

Er legt den Kopf in den Nacken und fängt zu lachen an. „Da muss ich dich enttäuschen. Erstens wohnen nicht alle hier und diejenigen, die es tun, sind im Erdgeschoss untergebracht.“

„Aber ...“

All diese Etagen dazwischen? Ich bin hier oben allein mit ihm? Warum?

„Ich bin gern ungestört“, erklärt er leichthin. „Außerdem habe ich die beste Aussicht.“

Mir wird klar, dass einer der beiden Türme zu seinen Privatgemächern gehören muss. Ich stelle mir vor, wie es wäre, wenn ich den anderen hätte. Es erinnert mich an Dornröschen. Man müsste Rosen an den Außenmauern pflanzen. Das wäre zauberhaft.

Dann wird mir etwas klar. „Nicht einmal Tylandora hatte ein Zimmer wie dieses.“

Er lächelt. „Freut mich, das zu hören. Sie verdient es auch nicht.“

„Und ich schon?“, frage ich zweifelnd.

„Allerdings.“

Ich streiche mit einem Finger über den Marmor. Das sind Dinge, die niemandem einfach passieren. Falls das ein Traum ist, möchte ich nicht aufwachen.

„Ich beschwere mich nicht, wenn Ihr mich verwöhnen wollt“, flüstere ich.

„Sehr vernünftig.“ Er atmet tief durch. „Wenn du noch etwas brauchst, weißt du, wo du mich findest. Einstweilen wünsche ich dir einen guten Schlaf.“

Als er sich anschickt zu gehen, greife ich instinktiv nach seinem Arm. Konstantin bleibt stehen und wendet sich überrascht um. Einmal mehr liegt sein Gesicht im Schatten durch das hereinfallende Licht aus dem Schlafzimmer. Doch es ist hell genug, dass ich seine schwarzen Augen sehen kann. Er hat noch immer Blutdurst. Trotzdem geht er.

„Wieso?", flüstere ich.

„Das Zimmer?"

„Auch. Aber eigentlich ..." Ich deute auf seine Zähne und berühre meinen Hals.

„Ich will dich nicht ausnutzen, Elise. Außerdem habe ich dich heute schon gebissen. Wer weiß, wann deine Tante es zuletzt getan hat. Und dann", er greift nach meinem Handgelenk, „wäre da noch diese unschöne Episode, die dich Kraft gekostet hat. Du hast hoffentlich kein Messer in deinem Gepäck."

Er sieht mich forschend an.

„Nein."

„Gut", sagt er erleichtert. „Noch etwas – ich möchte, dass du Eisentabletten nimmst."

Sprachlos schaue ich ihn an.

„Nur weil ich jetzt nicht von dir trinke, heißt das nicht, dass ich es nie mehr tue. Im Gegenteil. Dafür schmeckst du zu gut. Und du weißt ja, hier wohnt sonst kein anderer Mensch."

Ich will bestimmt nicht neugierig sein, bloß: „Wie ernährt Ihr Euch sonst?"

„Entweder ich gehe essen oder ich lasse es mir liefern. Es gibt Services dafür, Menschen nach Hause zu schicken. Außerdem haben wir etliche Flaschen auf Vorrat, wenn sich sonst nicht die Zeit für einen frischen Trunk bietet." Dann lächelt er. „Wo wir gerade von Essen sprechen: Ich möchte zum Frühstück Rühreier, Speck und Schinken, frischgepressten Saft, Melone und Croissants. Armand in der Küche kennt die Einzelheiten. Bringe es mir bitte zur Abenddämmerung auf einem Tablett. Mein Koch zeigt dir, wo der Speiseaufzug ist.“ Kurz berührt er meine Wange. „Die Idee mit dem Frühstück hat mir gefallen. Schlaf schön.“

Mit diesen Worten geht er und schließt meine Zimmertür von außen. Ich bin allein in meinem neuen Domizil. Normalerweise ist dies die beste Zeit des Tages, wenn ich nur für mich bin. Stattdessen ertappe ich mich dabei, wie ich mich darauf freue, ihm sein Frühstück zu servieren.

Eisentabletten. Bei dem Gedanken zieht sich mein Magen zusammen. Doch es ist eine angenehme Anspannung. Ich werfe einen sehnsüchtigen Blick auf die Wanne. Bevor ich mich hinlege, muss ich unbedingt hinein. Vorfreudig beiße ich auf meine Unterlippe. Ich werde baden, den Schaum durch die Gegend pusten und meine Zehen im Wasser wackeln lassen. Es wird ein weiteres Highlight in meinem Leben, das zum Glück doch noch nicht vorbei ist.

Der halbe Mond scheint durchs Fenster und ich bin froh, dass ich noch viele Vollmonde zu sehen bekomme. Sorglos wirbele ich um meine eigene Achse und mache ein paar Tanzschritte. Mein neuer Wohnbereich ist so groß, dass ich hierin tanzen kann.

Ich lache und umarme mich selbst, hüpfe zum Fenster und sehe den See tief unter mir liegen. Mit einer Spiegelung von Mond und Wolken darin. Ich berühre mit den Fingerspitzen meine Lippen. Ich bin geküsst worden. Ich bin in einer neuen Welt.

4. VERÄNDERUNGEN

Als ich erwache, bin ich zunächst desorientiert, wähne mich in meiner kleinen Kammer und wundere mich, dass mein Bett so weich ist, bevor ich die Augen auch nur geöffnet habe. Der Betthimmel, den ich dann sehe, erschlägt mich fast. Überwältigt setze ich mich auf und wie Puzzlestücke fallen die Erinnerungen zurück und formen ein Bild von meinem neuen Leben.

Es war kein Traum! All dieser Glanz und die Herrlichkeit sind noch da und umgeben mich. Mir kommt der gestrige Tag in den Sinn. Konstantin! Mein Herz macht einen Satz. Ich bin bei Konstantin und ich bin nicht bei Callistus und auch nicht tot. Gestern standen viele Weichen in meinem Leben. Beinahe kindisch lache ich vor Glück und lasse mich zurück aufs Bett fallen. In ein Kissen, das weicher ist, als der Schaum von Seifenblasen.

Die Sonne steht tief am Himmel. Ich habe den ganzen Tag verschlafen! Mir fällt auf, dass ich nicht putzen gehen musste, und mir kommen die Papierfetzen in den Sinn, die ich Tylandoras Buchhalter gestohlen habe.

Genüsslich strecke ich mich in dem riesigen Bett und rolle mich auf die Seite. Mit nackten Sohlen tapse ich zu meiner Tasche und wühle im Seitenfach nach den zerknüllten Blättern. Ein wenig Zeit habe ich noch, bevor ich meinem Herrn sein Frühstück servieren soll. Im Schneidersitz hocke ich mich vor eines der großen Fenster und blicke hinaus auf den See. Er ist malerisch und ich seufze wohlig.

Dann beginne ich, die Knöllchen auseinanderzufalten und glattzustreichen. Manches ist Korrespondenz, anderes Bilanzberichte und Kontovorgänge. Da ich mich mit Tylandoras Geschäften nicht auskenne, sortiere ich die Blätter zeitlich und lese sie anschließend durch. Kostenaufstellungen, einige Mailvorgänge zwischen Tylandora und ihrem Buchhalter, in der sie ihn anweist, Gelder auf ihre Offshore-Konten zu transferieren, und einige Bilanzübersichten, von denen ich erst annehme, dass sie doppelt sind, bis ich Abweichungen in den Beträgen sehe. Merkwürdig. Hat sie verschiedene für Steuer, Aktionäre oder tatsächliche Werte?

Im Kopf überschlage ich ein paar Zahlen und mir fällt auf, dass die Differenzen ungefähr ihren Kontobewegungen ins Ausland entsprechen. Ich frage mich, ob Tylandora Steuerbetrug praktiziert oder ihre Aktionäre an der Nase herumführt. Sie wird sicherlich einen Grund dafür haben, Gelder dort zu deponieren, wo es nur eine minimale Finanzmarktaufsicht gibt.

Mir fehlt eine entsprechende kaufmännische Bildung, um mich mit Finanzregulierung, Trusts oder Fonds auszukennen. Mir ist klar, dass es eine Person in diesem

Haus gibt, die es sicherlich tut und in Kürze ein Frühstück erwartet. Allerdings kenne ich Konstantin Rouillard zu schlecht, um ihn ins Vertrauen zu ziehen und eine innere Loyalität meiner Tante gegenüber – ganz schlichtweg dafür, dass sie nun einmal meine Tante ist – hält mich davon ab, diese für den Schredder bestimmten Unterlagen herumzuzeigen.

Ich schiebe alles zu einem ordentlichen Stapel zusammen und deponiere ihn im Schreibtisch. Es ist besser, wenn ich zunächst darüber nachdenke, was ich aus dem Müll gezogen habe, bevor ich voreilig handele.

Außerdem verfärbt sich das Licht langsam ins Rot hinein. Während der Himmel selbst noch ein blasses Novemberblau trägt, sind die ausgefransten Wolken davor in Magenta, Lachsorange und in Horizontnähe messinggelb angestrahlt. Weiter oben zieht bereits der Nachthimmel auf und die Wolken dort sind violett bis dunkelgrau.

In spätestens einer halben Stunde ist das letzte Licht verglommen und mit ihm ein weiterer Kalendertag, der sich in die Vergangenheit einfügt. Was für mich ein Ende darstellt, ist für Konstantin und die anderen Vampire erst der Beginn dieses Tages. Wir könnten unterschiedlicher nicht sein: Der eine kommt, wenn der andere geht. Ein wenig ist es wie die ganze Dynastie der Vampire, die das Zeitalter der Menschen abgelöst hat. Uns gibt es immer noch, doch sind wir lediglich nahrhafte Relikte.

Ich war noch nicht geboren, als die Seuche kam. In meiner Welt hat es schon immer Blutsauger gegeben. Um die Zeit davor beneide ich die Menschen früherer Tage. Aber um keinen Preis wollte ich gelebt haben, als es passierte. Als die Medizin scheiterte. Als ein Bürgerkrieg über die ganze Welt hereinbrach. Als immer mehr sich verwandelten und der Gegner immer öfter aus der eigenen Familie kam.

Inzwischen ist die Auseinandersetzung beendet. Der Sieger steht fest und ich gehöre zu jener Volksgruppe, die nun mit dem Zahlen der Repressalien beschäftigt ist. Es gibt mir ein Gefühl davon, wie das Leben in Sklaverei schon immer in der Geschichte der Menschheit gewesen sein muss: Unterdrückung, keine Gerichtsbarkeit, Willkür.

Mir ist klar, dass ich in meinem neuen Leben ebenfalls Pflichten habe, und so wasche ich mich und kleide mich an. Als ich meine Haare zu einem Zopf zusammenbinden will, fällt mir ein, dass Konstantin meine Haare offen haben möchte. Ich kämme sie kräftig durch und untersuche dann die rosa Striche auf meiner Wange. Frisch verheilte und bereits blasser werdende Haut. Es scheint, dass er weniger gewalttätig ist als meine Tante. Jedenfalls hoffe ich, dass es dabei bleibt.

Ich ziehe eines meiner drei schwarzen Servierkleider an: das schlichte, gerade geschnittene Etuikleid. Dazu meine flachen Schuhe. Die Sachen von gestern werde ich später waschen. Nämlich dann, wenn ich weiß, wo überhaupt die Waschmaschine in diesem riesigen Prachtbau steht, der mehr Zimmer zu haben scheint, als ein Ameisenhügel Ameisen beherbergt.

Dienstbereit gehe ich hinunter ins Erdgeschoss. Konstantin hat mir gesagt, dass dort das Personal untergebracht ist. Daher spekuliere ich darauf, dass auch Arbeiten wie Kochen hier stattfinden.

Als ich in der großen Eingangshalle ankomme, sehe ich

mich um. Einen Flügel des Hauses habe ich noch gar nicht betreten. Ich wähne die Küche in der Nähe vom Speisezimmer, doch sicher bin ich mir nicht. Glücklicherweise tritt in diesem Moment Konstantins Chauffeur aus einem Zimmer vor mir. Er hat eine Zeitung unter seinem Arm klemmen.

„Guten Abend“, grüße ich ihn höflich.

„Hallo.“ Er mustert mich mit neutralem Blick. Ich kann keine Ressentiments darin erkennen.

Mit dem Daumen deute ich in die Richtung, aus der ich kam. „Vielen Dank für das Raufbringen meiner Tasche.“

Er lächelt ungezwungen. „Kein Problem. Wenn ich meine Kaffeetasse in der Hand habe, trage ich deutlich mehr Gewicht mit mir herum. Viel hast du nicht, wie?“

„Nein“, gebe ich zu.

„Könnte mir vorstellen, dass sich das bald ändert“, sinniert er, als wüsste er über Konstantins Pläne Bescheid.

„Ich weiß nicht“, sage ich ausweichend. „Ich bin übrigens Elise.“

Er kommt auf mich zu und streckt mir die Hand entgegen. Eine ungewöhnliche Geste für einen Vampir. Ich ergreife sie.

„Desmodan“, stellt er sich vor.

Sein Griff ist kräftig, aber nicht gewaltsam. Er ist größer als ich, was keine Überraschung ist. Im Grunde ist nur dann jemand kleiner, wenn ich Liliputaner treffe. Seine Augen sind von einem warmen Braun. Blondes Haar rahmt sein junges Gesicht und sein Äußeres ist sehr gepflegt.

„Ich suche eigentlich die Küche“, erkläre ich ihm und

hoffe, dass er mir weiterhelfen kann.

„Dort entlang. Ich zeige sie dir.“ Ohne Eile geht er voran. „Man kann sich hier leicht in der Fülle der Räume verlieren. Zum Glück sind die Gänge klar strukturiert. Das letzte, was der große Kasten braucht, ist ein Labyrinth.“

Ich nicke dezent. „Gefällt Ihnen das Haus denn nicht?“

„Falls Konstantin vorhätte, es zu verschenken, nehme ich es gerne. Keine Frage. Aber wirklich brauchen kann doch keiner so viel, oder?“

„Es ist sicherlich eine Statusfrage“, steuere ich vorsichtig bei.

„Stimmt, darauf legen wir großen Wert. Trotzdem schade um den ungenutzten Platz.“ Seine offene Art verleitet mich zu einem Gespräch mit ihm.

„Was würden Sie in den leeren Bereichen unterbringen?“

„Na, eine Kleinstadt oder so etwas.“ Er macht eine weitreichende Geste. „Jedenfalls Leute, die sich daran erfreuen können, statt nur davon zu träumen.“

„Wohnen Sie hier?“, erkundige ich mich.

„Ja, mein Zimmer ist am Ende des Ganges. Ganz dort hinten.“ Er zeigt mit dem Finger in die Richtung.

„Dann gehören Sie zum engeren Personenkreis um Konstantin Rouillard?“

„Das kann man so sagen“, stimmt er fröhlich zu. „Ich begleite ihn wortwörtlich auf Schritt und Tritt.“ Als Fahrer bleibt das wohl nicht aus.

„Sie kennen sich länger?“ Es scheint ihn nicht zu stören, dass ich ihm Fragen stelle. Ich bin froh, dass er es mir nicht nachträgt, mein Gepäck geschleppt zu haben, ganz gleich wie leicht er es fand.

Er reibt sich mit der Hand über den Hinterkopf. „Zehn Jahre etwa.“

„So lange?“, frage ich verblüfft. So alt sieht er gar nicht aus. Müsste er da nicht noch im Sandkasten gesessen haben?

„Sicher. Sein Vater hat mich damals für ihn eingestellt“, erläutert er.

Ich frage mich als was. Hat er Konstantin auf einem Laufrad durch die Gegend gebracht? Offensichtlich hat sich Desmodan sehr gut gehalten. Er kann doch nicht wirklich seit zehn Jahren schon Auto fahren, oder?

„Das war zu einer Zeit“, fährt er fort, „als Konstantin die Firma noch nicht übernommen hatte und Personalentscheidungen durch seinen alten Herrn getroffen wurden. Als der Wechsel kam, hat Konstantin mich behalten. So schlecht kann ich es also nicht machen.“

„Sie kennen seinen Vater?“

Es fällt mir schwer, mir Familie Rouillard vorzustellen. Vermutlich ein Sinnbild von Luxus und Perlenketten an den Hälsen der Frauen. Ähnlich wie ich es von Tylandora und anderen meiner entfernten Verwandten kenne. Kühle Eleganz und Raubtiere, die sich als menschenähnliche, blasse Wesen tarnen.

„Ja, die ganze Familie.“ Ich nicke und hoffe, dass er mir mehr erzählt. Er scheint darüber nachzudenken, was er sagen kann. Doch da erreichen wir bereits die Küche. „Hier ist Armands Reich. Er ist der Chefkoch. Wenn du Fragen hast, kann er dir sicher helfen.“

Dann nickt er knapp und geht davon.

Ich sehe mich in der riesigen Küche um. Granitarbeitsplatten, Granitboden, Fronten aus Edelholz und Edelstahlarmaturen, vielleicht Chrom. Da bin ich kein Spezialist.

Aus der Vorratskammer tritt ein fülliger Vampir in weißer Arbeitskleidung mit einem Korb voller Leckereien. Sein Haar ist bereits grau und ein gepflegter Bart ziert sein Gesicht und versteckt teilweise seine langen Zähne.

„Du musst Elise sein", sagt er in dem Moment, da er mich entdeckt. Er hat einen satten französischen Akzent. Ich nicke höflich und er winkt mich hinein. „Konstantin hat mir schon gesagt, dass du kommen wirst und sein *Petit Déjeuner* servierst. Ich habe fast alles vorbereitet und richte nur schnell die letzten Dinge. Ich bin übrigens Armand."

„Hallo", grüße ich ihn. „Ihr Essen war sehr lecker."

„Ah, ja." Er nickt eifrig. „Allerdings hat dir mein Dessert nicht zugesagt."

Verlegen sehe ich ihn an. „Doch, es sah köstlich aus. Ich war nur so satt. Bitte entschuldigen Sie, dass ich es stehenließ. Das war sehr unhöflich."

„C'est vrai. Aber wenn man satt ist, ist man satt. Besser du machst es so. Andernfalls siehst du bald aus wie ich und das wollen wir doch nicht."

Er reibt sich über seinen Bauch und zwinkert mir zu. Seine gute Laune überrascht mich. Ich hatte nicht damit gerechnet, dass alle vampirischen Bediensteten meines Herrn so freundlich sind. Bei Tylandora war das nie der Fall. Im besten Fall wurde ich ignoriert.

Armand stellt eine kleine Vase mit einem Blümchen aufs Tablett und legt in Damast eingeschlagenes Besteck neben den Silberdeckel, der sich über den Teller wölbt. *„Bien.* Nun kannst du es ihm bringen. Der Aufzug ist gleich hier."

Er zeigt es mir und geht wieder seiner Arbeit nach. Sicher bereitet er das Hauptmahl und einige Häppchen für Zwischendurch vor.

Ich trete in den Lift – es ist eine nette Untertreibung, den großen Fahrstuhl als Speiseaufzug zu bezeichnen – und gleite lautlos hinauf in den obersten Stock. Die Kabine liegt hinter einer Nische versteckt, die in den Gang mündet, in dem sich unsere Zimmer befinden. Ich balanciere das Tablett auf die große Tür zu, hinter der sich die Privaträume meines Herrn befinden. Mein Herz schlägt schneller und eine seltsame Nervosität macht sich in mir breit, nun, da ich ihn gleich sehen werde. Ich hole tief Luft und klopfe dann.

Aus einer Sprechanlage, die in der Wand eingelassen ist, höre ich seine Stimme: „Komm rein, Elise. Es ist offen."

Ich drücke die Türklinke herunter und trete ein. Was ich sehe ist mehr als extravagant. Weiß und Gold herrschen vor, harmonisch verbunden in Ornamenten und Marmor. Ein Zimmerbrunnen plätschert vor sich hin, der im Inneren mit feinsten Perlmuttplättchen beschichtet ist. Die Muschelformen an Wänden und Säulen setzen das Thema fort.

Ich entdecke ein herrliches Relief an der Wand, das von fossilen Muschelsegmenten durchzogen ist. Perserteppiche liegen überall am Boden. Die Wände sind teilweise mit Stoff bespannt, teilweise scheint es sich um Tapeten aus Blattgold zu handeln. Damast und Brokat dienen als Vorhänge oder Bezüge von Möbeln. Der Stil ist auf eine eher orientalische Weise aristokratisch.

Verzaubert laufe ich weiter und spähe durch eine

offene Tür. Indirektes Licht leuchtet den Raum aus, der stark an ein türkisches Bad erinnert. Er ist riesig und mit blauen Fliesen ausgekleidet, die Blumenmuster und Arabesken zeigen. Im Boden ist eine Wanne eingelassen, zu der Stufen hineinführen. Der süße Duft von Vanille und Jasmin liegt in der Luft.

„Das ist mein Badezimmer“, höre ich eine Stimme seitlich von mir.

Ich drehe mich um und stehe vor einem Bereich seiner Räumlichkeiten, der im Dunkeln liegt. Mir wird klar, dass ich nur dem Licht gefolgt bin, doch Konstantin Rouillard dort nicht finde. In den Schatten erkenne ich ein überdimensionales Himmelbett.

Dann leuchtet eine Lampe mit sehr dezentem Schein neben ihm auf. Er nimmt die Hand vom Schalter und richtet sich in seinem Kissenberg auf. Seine Bettwäsche ist aus weißem Damast, das Bettgestell aus verzierten Tropenhölzern. Vier lange Bettpfosten schrauben sich von den Ecken empor und stützen ein gewaltiges Dach aus schwerem Stoff. Obwohl er ein großer Mann ist, geht er in dem Bett fast verloren.

Er reibt sich mit der Hand durchs Haar und die Decke rutscht tiefer. Irgendwie hatte ich angenommen, er würde edle Schlafanzüge von Designern tragen, doch obwohl der Winter vor der Tür steht, ist sein Oberkörper unbekleidet. Ich kann das Adergeflecht unter seiner Haut schimmern sehen. Sein Körper ist flach und trainiert. Nicht auf eine Bodybuilding-Art, dafür lässt sein Alltag ihm vermutlich zu wenig Zeit. Ich tippe auf ein paar Liegestütze hier und da, eventuell Hanteln. Mein Onkel benutzt sie beim Telefonieren, den Hörer in der einen Hand, ein Gewicht in der anderen. Status und

Eitelkeit – wichtige Themen bei Vampiren, besonders in den gehobenen Kreisen.

Konstantin hat keine Haare auf der Brust. Körperbehaarung ist bei Vampiren ohnehin reduziert. Tylandora war darüber stets erfreut. Mein eigener Erfahrungsschatz mit Männern in dieser Hinsicht ist nicht existent. Es ist das erste Mal, dass ich einen Mann halbnackt im Bett sehe, ganz in echt, nicht bloß in einem Film.

Mein Körper hat seine eigene Weise, auf den Anblick zu reagieren. Herzflattern und Bauchkribbeln entfachen mein Inneres. Am liebsten würde ich ihn ausgiebig betrachten, eine Mischung aus Neugier und unleugbar Anziehung. Doch ich bin hier, um Frühstück zu servieren, und zwinge mich dazu, ein Bein vors andere zu setzen und das Tablett zu ihm zu tragen.

„Ein Gruß aus der Küche“, murmele ich und stelle es bei ihm ab.

Ich stehe so nah bei ihm, dass ich förmlich die Wärme, die vom Bett abstrahlt, spüren kann. Sicher hat er es sehr kuschelig unter der Decke. Ich unterdrücke mühsam ein Zittern in mir. Der Gedanke löst eine Fantasie aus, die nichts mit Personalfragen zu tun hat. Ungebeten stelle ich mir vor, wie ich unter seine Decke krieche und er mich in seine Arme schließt. Verdammt, ich kenne ihn kaum. Doch meine Hormone scheinen sich für solche Details nicht zu interessieren.

„Das sieht gut aus“, unterbricht er meinen Gedankengang.

Verlegen schaue ich zu ihm und bete, dass er nicht ahnt, was in mir vorgeht. Er legt den Silberdeckel beiseite und rollt das Besteck aus der Serviette.

„Hast du schon gefrühstückt?“, fragt er mich.

„Noch nicht.“

„Dann setz dich.“

Argwöhnisch beäuge ich das Bett. Er klopft mit der flachen Hand auf den Rand und lädt mich zu sich ein. Meine Beine versuchen sich in dem unnötigen Experiment, knochenlose Quallen zu imitieren, und ich sinke an Konstantins Seite.

Er spricht ganz ungezwungen weiter, so als wäre überhaupt nichts dabei. Wie kann er so ungerührt bleiben, während mein Herz bis zum Hals hämmert?

„Konntest du schlafen?“, erkundigt er sich.

„Ja, vielen Dank.“

„Magst du lieber Lachs oder Melonenschiffchen mit Schinken?“

Er deutet mit seiner Gabel vom einen zum anderen. Armand ist ein wahrer Künstler im Anrichten der Speisen. Dass er nicht noch Kohlrabi-Schwäne geschnitzt hat, ist auch alles.

Ich bekomme jetzt auf keinen Fall Fisch herunter, obwohl es nicht wirklich Frühstück für mich ist, sondern Abendessen. Trotzdem bin ich gerade erst aufgestanden.

„Melone“, sage ich daher.

„Eine gute Wahl.“

Er schiebt mir ein Stück herüber. Dann nimmt er sich selbst vom Lachs. Kauend sitzen wir beieinander und ich frage mich, was die Szene so grotesk macht. Konstantin stellt mir das Glas mit Saft hin.

„Ich schätze, bei den Getränken brauche ich dich nicht fragen, welches du möchtest.“

Er deutet mit dem Kopf auf ein Warmhaltekännchen und schenkt sich selbst daraus ein. Dicke, rote

Flüssigkeit fließt ins Glas und ich weiß sofort, dass es Blut ist. Ein Schaudern rinnt meinen Rücken hinab. Ich weiß, dass es aus einem Menschen heraus geflossen ist. Blut hat unterschiedliche Qualitäten, so wie Weine. Nicht, dass mir das auffallen könnte. Ernährung und Blutfettwerte spielen genauso eine Rolle wie Eisenmangel. Auch Drogen und Alkohol sind relevant.

Tylandora hat stets behauptet, sie würde schmecken, ob jemand krank ist. Ich erinnere mich, wie sie einmal über mich herfiel, als es mir nicht gut ging. Danach wischte sie sich den Mund mit ihrem Unterarm ab und sagte nur missfällig: „Verpanscht". Wenn ich ihr gelegentlich nicht schmeckte, unterstellte sie mir Absicht. Das waren die Bisse, bei denen sie ihre Zähne aus mir riss, als wollte sie sich damit über mein Aroma beschweren. Es tat höllisch weh.

Ich schüttele den Gedanken ab und beobachte Konstantin. Er trinkt davon und seufzt zufrieden auf. Das Blut scheint ihm zu munden. Sicherlich hat Armand diverse Kochrezepte in seinem Repertoire, die über Blutwurst hinausgehen. Vampire machen sich zu wenig bewusst, dass sie einen Teil des Menschen verzehren, von dem sie trinken. Ich rede nicht allein von den chemischen Inhaltsstoffen unseres Blutes, Nährwerte oder Aminosäuresequenzen. Sie können einem Stücke der Seele rauben. Es kam vor, dass Tylandora mich innerlich leer gesaugt hat. Besonders dann, wenn ich wusste, dass es eine Bestrafung sein sollte. In solchen Momenten haftete all dem ein sehr schäbiges Gefühl von Missbrauch an. Dachten Vampire jemals über so etwas nach? Ich bin ihre Nichte und sie behandelte mich wie Nahrung. Wie ein Produkt.

„Alles okay bei dir?“, erkundigt sich Konstantin.

„Natürlich“, lüge ich.

Eilig trinke ich von meinem Saft, um sein Misstrauen nicht zu wecken.

„Ich habe mir noch nie Frühstück ans Bett bringen lassen“, gesteht er. Sein Blick sieht aus, als würden wir nun ein süßes Geheimnis teilen.

Verwirrt runzele ich die Stirn. „Es gibt für alles ein erstes Mal.“

„Ich bin froh, dass du das weißt.“

Wieso habe ich das Gefühl, dass wir nicht mehr vom Frühstück reden?

Er drückt auf ein paar Tasten an seinem Bett und die Rollläden beginnen hochzufahren. Letzte Farbreste schimmern am Horizont. Darüber hängt die anbrechende Dunkelheit wie ein Vorhang.

„Ah“, seufzt er wohlig. „Ich liebe es, wenn eine neue Nacht beginnt.“

Sonnenuntergänge stimmen mich eher melancholisch. Als würde etwas erlöschen, das mir Freiheit schenkt. Nichts ist schöner, als Sonnenstrahlen auf der Haut zu spüren. Sie wärmen mich bis in die Seele. Es scheint fast wie ein Omen, dass der Himmel blutet, bevor die Nacht anbricht. Es ist so bezeichnend für das, was folgt. Der Gedanke lässt mich frösteln. Konstantin scheint mein Unbehagen nicht zu bemerken.

„Vom Turm ist der Blick noch besser“, erklärt er.

„Wieso habt Ihr nicht dort Euer ...“ Ich presse die Lippen zusammen. Seit wann ist dieses Wort so intim?

„Bett?“, beendet er den Satz. „Ich bin zu faul, um dauernd die Treppe hochzusteigen. Das Badezimmer ist hier unten. Ich wollte auf derselben Ebene mein

Schlafzimmer haben.“

„Natürlich“, wispere ich.

Mit einem Schlag wird mir allzu bewusst, dass ich im Bett eines Mannes bin. Zwar sitzend und mit Kleidung, doch ich habe hier im Grunde nichts verloren.

„Willst du es mal sehen?“, fragt er lapidar.

Das Schlafzimmer?

„Den Turm?“, ergänzt er.

„Oh. Eigentlich …“ Ich zucke die Schultern. „Okay.“

Verlegen blicke ich aus dem Fenster. Schlafzimmer, Mann, Bett, nackte Haut, Nacht – wenn mir jemand diese Begriffe geben würde, um eine Szene wahllos zu beschreiben, würde ich nicht an Frühstücken denken. Und ich tue es nicht. Zum Glück ist es so schummrig im Raum, dass er hoffentlich nicht sieht, wie ich erröte. Ich weiß zwar, dass Vampire im Dunkeln deutlich besser sehen als Menschen, allerdings habe ich keine Ahnung wie diese Sicht dann genau aussieht.

„Lass uns erst aufessen“, schlägt er vor und schiebt mir ein weiteres Stück Melone zu. Irritiert sehe ich ihn an. „Sag mir nicht, dass du schon wieder satt bist. Ich hatte mal ein Meerschweinchen, das mehr gegessen hat.“

Seine Gedanken sind jedenfalls woanders. Ich glaube ihm nicht, dass sein Meerschweinchen mehr essen konnte.

„Klingt nach einem mutierten Haustier“, nuschele ich und esse einen Bissen.

„Nicht doch, auf Acramantus lasse ich nichts kommen.“

Ich verschlucke mich fast. „Acramantus? Hört sich eher nach einem Schwarzmagier an. Wir reden aber schon von einem Nagetier, oder?“

Er grinst mich schelmisch an. „Er war nicht irgendein Nager. Er war *mein* Nager."

„Bloß gut, dass er nicht verstand, wie man ihn nannte."

Konstantin hebt ironisch eine Braue. „Sicher hätte er lieber Krümel oder Pausbacke geheißen."

„Also wer von uns beiden hat jetzt Probleme mit Namen?", meine ich flapsig, bevor ich darüber nachdenken kann, dass man Witze über Vampire nicht unbedingt bei Vampiren macht. Als seine Augen sich weiten, füge ich sofort ein „Tut mir leid" an.

„Ist das eine dieser unnötigen Entschuldigungen?", fragt er und schiebt sein Tablett auf die Seite.

„Auf keinen Fall." Hektisch zeige ich zum Teller, denn ich kann ihn unmöglich in seinem Bett küssen. „Ich würde noch mehr Schinken nehmen."

„Ich haue dich richtig aus den Latschen, wenn ich dich küsse, wie?" Er reicht mir etwas vom Tablett und spricht wie zu sich selbst: „Mag Schinken lieber. Das ist ein herber Schlag."

„Ich wollte nicht ...", setze ich an.

„Wenn du dich jetzt entschuldigst", warnt er und hebt einen Finger, „liegst du schneller in diesem Bett", er bohrt den Finger demonstrativ in die Matratze, „als du fertig sprechen kannst. Du brauchst nicht um Verzeihung bitten, wenn wir Scherze machen. Ich bin froh, dass du es tust und mich nicht so verkrampft behandelst, wie deine Tante. Ich will, dass du offen bist."

Ja, es haut mich aus den Latschen, wenn wir uns küssen. Ich bringe es nicht über mich, diesen Satz laut auszusprechen. Wir essen fertig und es schmeckt köstlich.

Schließlich sagt er: „Lass das Tablett ruhig stehen. Ich

ziehe mir schnell etwas über."

Kurz starre ich ihn an, bevor mir klar wird, was er sagt, und fliehe förmlich aus seinem Schlafbereich. Soll das heißen, er war die ganze Zeit nackt unter dem Bettzeug? Und trotzdem hätte er mich für eine weitere Entschuldigung in sein Bett gezerrt?

Ich bin ziemlich durcheinander und versuche einzuordnen, wie ich das gefunden hätte. Tatsächlich weiß ich es einfach nicht. Einerseits bin ich erleichtert, andererseits enttäuscht.

„Die Treppe ist gleich hier", sagt er und steht plötzlich hinter mir.

Ich drehe mich um und er ist bekleidet. Freizeithosen und ein Kaschmirpullover. Deutlich legerer als gestern mit seinem formellen Anzug. Er führt mich um eine Nische herum, hinter der sich die Treppe auftut. Elegant wendelt sie sich nach oben, puristische Metallstufen ohne Gold oder teuren Stein.

Der Ausblick aus den Fenstern, die immer wieder in den Wänden auftauchen, ist atemberaubend schön. Der See liegt tief unter uns, der Park wirkt plötzlich übersichtlich, Bäume und Felder erstrecken sich vom Grundstück fort hinein in die Schwärze des aufgezogenen Abends. In der Ferne ragt die Stadt als Lichtermeer auf. Aus einer anderen Sicht liegen die Hügel als schattige Gebilde vor mir und ein kleiner Fluss schlängelt sich silbrig durchs Gelände, gesäumt von den schwarzen Konturen der Büsche und Bäume. Es ist spektakulär. Hundert Mal schöner als bei meiner Tante.

Als wir den Turm erklommen haben, befinden wir uns in einem märchenhaften Raum, der viel bescheidener anmutet, als der Prunk unterer Etagen. Doch das runde

Zimmer, das die ganze Turmfläche einnimmt und kaum aus Wänden, sondern gefühlt nur aus Glas besteht, ist so idyllisch mit seinem Holzboden und den gespannten Balken an der Decke, dass es mich viel mehr einlädt, als all der Marmor.

Es vermittelt ein Gefühl von Freiheit. Im Raum stehen kaum Möbel, nur ein breites Sofa mit Beistelltisch und einem gemütlichen Fell am Boden. Nichts in dem Zimmer lenkt von der Aussicht ab. Hier könnte ich stundenlang verweilen, Melodien summen, tanzen, lesen und einfach nur hinaus schauen.

„So schön", flüstere ich.

„Ich komme gerne her, wenn ich mal den Luxus hinter mir lassen will."

„Das hier ist Luxus", wende ich ein.

Er nickt. „Zugegeben. Aber anders."

Ich gehe hinüber ans Fenster und lehne meine Stirn an die kühle Scheibe. All die Hektik der Stadt ist so fern. Von hier sieht sie irgendwie hübsch aus.

„Stört es dich?", fragt er mich.

Ich drehe mich zu ihm um. Er steht noch immer an der Treppe, einen halben Raum von mir entfernt. „Was denn?"

„Dass du nun so isoliert bist. In der Stadt findest du andere Häuser und Bewohner. Außer meinem Haus gibt es weit und breit nichts an diesem Ort."

Es gibt dich.

„Nein, es stört mich nicht."

„Gut." Er reibt sich voller Tatendrang die Hände. „Die Nacht ist jung, wir sollten etwas unternehmen. Was meinst du?"

Am liebsten würde ich gar nichts tun, einfach nur hier

bleiben und ewig hinaus blicken, bis die Müdigkeit mich übermannt oder die Sonne wieder aufgeht. Der Morgenhimmel muss malerisch von diesem Zimmer sein.

„Normalerweise sagt mir Tylandora, was ich tun soll. Wenn sie keine Aufgaben hatte, war ich verpflichtet, mich in meiner Kammer zur Verfügung zu halten."

„Ich wünschte, ich hätte dich schon früher von ihr fortholen können." Bedauern liegt auf seinem Gesicht.

Das wünsche ich mir auch. Am besten wäre es, wenn ich bei meinen Eltern hätte aufwachsen können. Wünsche können sehr einsam sein. Ich wende mich ab und schaue hinaus. Mit meinem Finger ziehe ich Linien über das Glas, male die Umrisse der Stadt nach.

„Am Anfang fiel es mir sehr schwer bei ihr", gestehe ich und alte Erinnerungen wandern durch meinen Kopf. „Ich wusste, wie Leben sein kann. Ständig habe ich Dinge vermisst, die ich von früher kannte, und später habe ich mir Dinge gewünscht, die ich nicht kannte. Irgendwann kam der Punkt, an dem mir alles egal würde, weil sich nichts änderte und ich sowieso nichts beeinflussen konnte."

So viel Schwärze kommt hoch, so viel Dunkelheit kratzt unter meiner Oberfläche. Ich lecke über meine Lippen. „Irgendwie erträgt man es und irgendwann ist sogar die Hoffnung tot. Ich habe versucht, mich über Kleinigkeiten zu freuen – etwa, wenn ich leckere Essensreste bekam. Wenn die Tage länger wurden. Wenn ich mitten in der Stadt ein Eichhörnchen sah oder Vögel singen hörte."

Ich lächele bei der Erinnerung und male weiter Linien aufs Glas. Meine Fingerkuppe fühlt sich klamm an.

„Wenn ein Tag verging, an dem niemand mich drangsalierte. Glück kann auch in kleinen Dingen stecken. Aber …" Ich schlucke und mein Hals ist trocken. „Aber alles war kalt, wisst Ihr? Niemand war herzlich oder lachte mit mir. Ich habe mich weniger einsam gefühlt, wenn ich allein war, als unter ihnen."

„Mit *ihnen* meinst du Vampire?", fragt er vorsichtig.

„Ja."

„Ich bin auch einer", sagt er schlicht. Er bringt alles in mir durcheinander. Es ist lange her, dass ich mich bei einem Vampir wohlfühlte.

„Ich weiß", antworte ich und bin mir nicht sicher, ob ich das emotional begreife. „Mir ist klar, dass ich kein Leben ohne einen vampirischen Vormund haben kann."

Ich höre seine Schritte auf dem Boden und sehe seine Spiegelung in der Scheibe. Konstantin steht nur noch eine Armeslänge von mir entfernt.

„Damit hast du dich abgefunden."

„Ja", flüstere ich.

„Ist mein Zustand für dich erträglich?" Diese Frage scheint ihn umzutreiben.

„Natürlich. Ich habe nicht grundsätzlich etwas gegen Vampire", erkläre ich ihm. „Meine Eltern waren Vampire. Daher kann ich nicht alle verteufeln. Wie könnte ich dann ihr Andenken wahren?"

Er nickt.

„Ich wünsche mir keinen anderen Herrn. Es geht mir so gut wie seit dreizehn Jahren nicht mehr. Ihr habt mir mehr gegeben, als ich mir zu träumen erlaubte."

Es fällt mir leichter, es ihm in der Spiegelung der Scheibe zu gestehen. Das macht ihn beinahe so unwirklich wie im dunklen Zimmer beim Empfang.

„Du mir auch“, flüstert er.

Ich schließe meine Augen und lege die Hand flach aufs Glas. Für ein paar Herzschläge steht die Zeit still. Was sollte ich ihm gegeben haben? Konstantin Rouillard kann sich alles kaufen. Er steht auf der Gewinnerseite dieser Welt. Ich habe sein Haus gesehen, sein weltmännisches Auftreten. Es muss schwer sein, sich überhaupt noch etwas zu wünschen, wenn man längst alles hat. Vor allem Eltern. Familie. Liebe.

„Wenn du einen Wunsch frei hättest, Elise, was wäre das?“

Kinder.

Bestimmt will er ausgerechnet das hören. Eine Achtzehnjährige, die sich nach Familie und Nähe sehnt. Meine eigene Kindheit war viel zu kurz. Aber noch einmal Kindheit zu erleben, geben zu können, was ich mir selbst so sehr wünschte. Glückliches Lachen und bedingungslose Liebe. Heitere Tage. Bunte Bilder malen und an einem Baby schnuppern zu können. Mir ist klar, dass andere Frauen in meinem Alter profane Dinge wollen. Schmuck oder Kinobesuche. Doch das kratzt nur an der Oberfläche. Ich wünsche mir eine Familie. Doch wie sollte das gehen?

„Ich will wieder träumen können“, sage ich daher nur.

„Erzählst du mir auch wovon?“

Es fällt mir so schwer, das zu verstehen: sein echtes Interesse an mir als Person. Was treibt ihn dazu? Ich schaffe es nicht, ihm zu antworten. Das würde eine Form von Vertrautheit voraussetzen, die wir nicht haben.

Als ich nicht antworte, nimmt er meine Hand, zieht mich vom Fenster weg und in seine Arme. Er fängt an, mit mir zu tanzen, obwohl keine Musik spielt. Die

Schritte sind leicht. Erst bin ich verkrampft, doch als er bloß tanzt, taut etwas in mir auf, und ich folge seinen Bewegungen.

Dann dreht er mich in seine Arme und raunt: „Vielleicht wollen wir dasselbe."

Ich stolpere regelrecht von ihm davon und starre ihn an. „Das ist nicht sehr wahrscheinlich."

Er steht da und macht keine Anstalten, mich zurück zu zerren. Ich habe Gänsehaut und reibe über meine Arme.

„Dir ist kalt", sagt er. „Wir sollten dir ein paar Sachen besorgen. Dein Kleid hat nicht mal Ärmel."

Sein forderndes *Komm* bleibt aus. Konstantin streckt mir seine Hand entgegen und wartet. Er lässt mir Zeit. Zögernd lege ich meine Hand in seine und er führt mich die Treppe hinunter. Erst nehme ich an, dass wir ganz nach unten gehen, doch wir bleiben in seinen privaten Räumen. Er bringt mich zu einem Sofa und holt einen Laptop. Nach ein paar Eingaben sind wir auf einer Modehomepage.

„Wir sollten alle Kategorien durchgehen. Du brauchst sowieso von allem etwas."

Ich staune über die Vielfalt und bei den Preisen wird mir ganz anders. Dieser Shop ist exklusiv, das steht fest. Zum Glück wählt er keine Nerze oder solche Dinge aus. Er steht auf schlichte Eleganz und macht mir Vorschläge wie: „Das würde dir gut passen" oder „Was meinst du zu dem?"

Ich meine, dass ich bisher nur drei Dienstbotenkleider, zwei Hosen und zwei Pullover hatte. Dazu etwas Baumwollunterwäsche in Weiß. Doch er scheint zu finden, dass ich mindestens zehn Kleider, genauso viele Röcke und Hosen und dutzende Pullover und Shirts haben sollte, die aus Materialien wie Seide und Babyalpaka gefertigt sind. Er klickt auf Mäntel und Jacken, Schals und Mützen aus Kaschmir oder Handschuhe aus Nubukleder.

„Das ist viel zu viel", winde ich mich.

„Wie war das mit dem nicht beschweren über verwöhnt werden?" Er sieht mich belustigt an.

„Da war mir das Ausmaß noch nicht klar."

„Elise, das sind bloß ein paar Kleinigkeiten. Ich werde dir nicht länger beim Frieren zusehen. Und dieser kratzige Pulli, den du hast: Woraus ist der gemacht? Aus Baumrinde? Niemand läuft in meinem Haus so herum. Es ist eine Schande, dass Tylandora das zuließ."

Status spielt für Vampire bei ihrem menschlichen Personal nun einmal keine Rolle. Selbstverständlich bildet Konstantin eine Ausnahme. Vermutlich hält er seine Angestellten für seine Visitenkarten, eine Art Fortsetzung des äußeren Eindrucks seiner selbst.

Tief in mir drin kommt Vorfreude auf. Ich habe seit dem Tod meiner Eltern keine Geschenke mehr erhalten, erst recht keine kostspieligen. Ich bin durchaus Frau genug, um mir schöne Kleider zu wünschen. Der Drang aller Mädchen danach, sich wie eine Prinzessin zu fühlen. Oh, ich bin aufgeregt. Glücklich, wie ich merke. Ich sitze neben ihm auf der Couch, nur eine Handbreit entfernt. Ein Mann von seiner Position, der mir seine Zeit schenkt, seine Aufmerksamkeit und offensichtlich auch einen Teil seines Geldes.

„Danke", sage ich aufrichtig.

„Gerne. Ähm ..." Verlegen kratzt er sich den Nacken. „Vielleicht solltest du dir lieber selbst Unterwäsche und Strümpfe aussuchen."

Okay, das ist peinlich. Ich nicke zustimmend und er schiebt mir den Computer herüber. Konstantin steht höflich auf und geht in einen anderen Bereich seiner Räumlichkeiten. Zum Glück schaut er mir dabei nicht zu.

Mein Versuch, das bisherige Sortiment aus hellen Baumwollschlüpfern zu erweitern, scheitert am mangelnden Angebot. Ich bin etwas ungläubig, hätte angenommen, dies wäre ein Standard-Verkaufsartikel. Stattdessen kann man „nur“ zwischen Seide, Satin, Spitze und derlei Dingen wählen. Etwas wie Fünferpacks gibt es ebenfalls nicht.

Als ich einen cremefarbenen Slip mit dezenter Spitze finde, bin ich einigermaßen beruhigt, obwohl es im Vergleich zu meiner bisherigen Unterwäsche sozusagen der Ferrari ist. Ich will schon im Warenkorb angeben, dass ich dieses Exemplar einfach zehnmal nehme, doch bevor ich bestätige, halte ich inne. Ich werfe einen scheuen Blick über die Schulter und kann Konstantin nirgends finden. Unschlüssig kaue ich auf meiner Unterlippe. Ach wieso nicht?

Erneut öffne ich das Sortiment und entscheide mich dafür, verschiedene Slips und BHs zu kaufen. Farblich bleibe ich im Pastellbereich; gelb, blassrosa, hellblau und lindgrün. Im Grunde hätte ich es dabei bewenden lassen können, doch dann entdecke ich eine Farbe, die mich an die Morgendämmerung erinnert – ein herrliches Purpur.

Es wandert mit dem passenden BH in den Warenkorb und ich schmunzele, während ich Strümpfe und ein paar Hemden auswähle, die das Wort nicht verdienen, weil sie nur hauchzarte, schimmernde Stoffe mit viel Spitze sind. Das sind eher Dessous als Unterwäsche.

Ich argwöhne, dass Konstantin die Seite für seine

bisherigen Freundinnen genutzt hat. Sofort frage ich mich, wer sie waren und was er mit ihnen getan hat. Gibt es zurzeit eine Frau in seinem Leben?

Entschlossen schiebe ich den Gedanken beiseite. Solche Fantasien helfen mir nicht weiter. Er hat mich geküsst, richtig. Mir ist klar, dass es für mich eine andere Bedeutung hat als für ihn. Was in meiner Erfahrung einmalig war, stellt in seiner Welt etwas dar, das er zuletzt mit fünfzehn getan hat. Herumknutschen wie ein Teenager. Ich bin einer, er nicht. Eifersucht kann eine hässliche Natter sein.

„Hast du etwas gefunden?“, höre ich ihn hinter mir und schrecke auf.

„Oh, ... ja habe ich.“ Hastig füge ich den letzten Artikel dem Warenkorb hinzu und gebe ihm den Laptop zurück.

Er setzt sich neben mich. „Okay, dann schicke ich die Bestellung ab. Wollen wir draußen spazieren gehen?“

Ich nicke munter. Bei Tylandora war ich so oft eingesperrt, dass ich es liebe, draußen zu sein.

„Gut, dann geh dir deine Jacke holen, ich komme gleich nach“, schlägt er vor.

Ich laufe in mein Zimmer und ziehe meine Wintersachen aus dem Schrank. Das Servierkleid ist zu dünn und ich wechsele in Hosen und zwei Pullis, die ich übereinander trage. Schal und Mütze folgen, ab in die Jacke und schon stehe ich fertig verpackt vorm Spiegel.

Ich sehe aus wie immer und kann mir nicht vorstellen, wie ich mit den neuen Sachen aussehen werde. All diese Kleidung, die er mir da bestellt. Ich bin aufgeregt, lebe allein mit ihm auf dieser Etage. Warum hat er mich nicht im Erdgeschoss untergebracht? Hat er Armand auch so viel Kleidung besorgt? Irgendwie kann ich es mir nicht vorstellen, doch noch viel weniger passt das Bild in meinen Kopf, weshalb ich für ihn etwas Besonderes sein sollte.

Als ich die Tür aufschwinge, steht er mit zum Klopfen erhobener Hand vor mir, und wir lächeln beide. Mein Mund wird trocken, meine Wangen glühen und mein Herz tanzt in meiner Brust. Obwohl ich diese Symptome ständig bei ihm habe, gewöhne ich mich einfach nicht daran. Es scheint eher schlimmer zu werden.

Wir laufen nach unten und durch die Haustür hinaus. Die Nacht ist herrlich frisch und klar. Sterne funkeln am Himmel. Vom See steigt Dampf auf und breitet einen feinen Nebel über dem Ufer aus. Bald wird alles zugefroren sein.

„Läufst du dort mit Schlittschuhen?“, frage ich ihn und nicke hinüber zum Wasser.

Er grinst mich an. „Das habe ich zuletzt gemacht, als ich klein war. Kannst du es?“

„Nein, ich hatte keine Schlittschuhe. Es muss schön sein.“

Konstantin lächelt. „Das ist es nur, wenn man es kann. Sonst fällt man ziemlich viel und hart. Bis Weihnachten hatte ich so viele Flecken am Körper, wie es Türchen im Weihnachtskalender gibt. Irgendwann konnte ich es zum Glück und im nächsten Jahr bin ich nur noch hingefallen, wenn ich zu waghalsig über das Eis schlitterte.“

Schnee knirscht unter unseren Schritten und wir spazieren über sein weitläufiges Grundstück. Die Dunkelheit schluckt die Konturen und jede Tiefe verliert sich in den Schatten. Nachts fällt es mir schwerer, Entfernungen abzuschätzen. Ich weiß, dass es ihm nicht so geht, dass er mehr sieht. Anders als ich ist er kein Kind der Sonne mehr.

Ihre Wärme fehlt mir gerade ziemlich. Die Kälte dringt durch meine Kleiderlagen und meine Füße werden taub. Konstantin beäugt mich misstrauisch, als ich meine Hände reibe.

„Verdammt, ich hätte dich nicht nach draußen schleppen sollen“, murrt er.

„Mich hat niemand geschleppt“, stelle ich klar und muss schmunzeln, als ich mir ausmale, wie er mich über die Schulter wirft und durch die Gegend hievt wie einen Teppich. „Der Gedanke ist ziemlich lustig.“

„Wirklich schwer wäre das nicht. Eine Katze zu tragen dürfte anstrengender sein.“

Was kennt er für Katzen? Andererseits war schon sein Meerschweinchen verdächtig.

„Ich wiege durchaus mehr als ein Stubentiger“, informiere ich ihn.

Nicht genug, dass sich sein Chauffeur über die Leichtigkeit meines Gepäcks ausließ, nun macht Konstantin auch noch Witze über mich. Ich will nicht, dass er mich zu knochig findet oder als niedlich erachtet. Er soll mich nicht für ein kleines Mädchen halten. Ich weiß, dass ein Mann wie er kein Mädchen braucht.

„Ich kann dir glatt beim Denken zusehen“, erklärt er und hält mich fest.

Wir stehen unter der Trauerweide am Ufer in den Schatten der Nacht, fern von den Lichtern der Fenster seines Hauses. Ich bemerke, dass nur der untere Stock beleuchtet ist. Die oberen Etagen liegen in Dunkelheit.

„Was geht in dir vor?“, hakt er nach.

„Nichts Wichtiges“, beteuere ich.

„Willst du nicht mit mir reden oder traust du dich nicht?“

Ertappt schaue ich auf meine Füße und winde mich unter seinem Blick.

„Bin ich so furchteinflößend?“ Er klingt besorgt.

Mir fällt sein Telefonat mit Marcellus ein und dass er den Vampir, der mich gestern überfiel, ins Krankenhaus befördern sollte. Mir geht durch den Kopf, wie er mich hinter sich schob und meiner Tante forsch entgegentrat. Ich erinnere mich an seine Wut darüber, dass ich mich umbringen wollte und wie er mich gebissen hat. Aber Angst habe ich nicht vor ihm.

„Nein, ich fürchte mich nicht.“

Sein Blick wird schmal. „Irgendwie muss ich dich doch dazu bringen können, lockerer zu werden.“

Ich verspanne mich bei seinen Worten, weil ich nicht weiß, wie er das anstellen will.

Er lacht. „Okay. Das klappt schon mal gut.“

Konstantin denkt nach und sieht sich um. Dann hat er eine Idee. „Schnapp dir eine ordentliche Portion Schnee“, verlangt er.

Befremdet sehe ich ihn an, tue jedoch, was er aufträgt. Was will er mit Schnee?

„Jetzt mach eine Kugel daraus“, instruiert er mich weiter.

Ich presse alles zu einem runden Gebilde in meinen Händen zusammen. Sie sind vor Kälte ganz taub.

„Und nun wirf mich damit ab.“

Was?

Er deutet auf sein Gesicht und bringt sich in Stellung wie ein Sportler, der zum Ringkampf bereit geht.

„Ziel einfach auf meine Nase, wenn dir das hilft.“

Nein, das hilft mir nicht.

Er wölbt herausfordernd eine Augenbraue. „Du kannst so herrlich spontan sein“, frotzelt er. „Wenn du es brauchst, befehle ich es dir eben. Schieß los.“

Konstantin grinst mich an und ich starre auf den Schneeklumpen in meiner Hand. Das ist eine blöde Idee. Ich bin mir sicher. Tylandora hätte mich dafür eine Woche eingesperrt und obendrein das Essen gestrichen. Außerdem hätte ich eine Tracht Prügel kassiert.

Wenig enthusiastisch hebe ich meine Hand und lasse den Schneeball unsicher heraus purzeln. Er landet auf seiner Schuhspitze. Eins zu null für die Schwerkraft.

Konstantin lacht frech.

„Du wirfst wie ein Mädchen“, zieht er mich auf. „Das üben wir noch mal. Mach einen Neuen.“

Alles in mir sträubt sich, doch ich hebe den zerbrochenen Klumpen auf und forme ihn neu. Hilflos schaue ich nach links und rechts und finde nirgends ein Loch im Boden, um darin zu versinken. Es war schon vorher eine blöde Idee und es bleibt eine blöde Idee. Skeptisch schaue ich an.

„Ich bin ein Vampir.“ Er fängt an, mit den Fingern seine Schönheitsfehler aufzuzählen. „Ich kommandiere dich herum. Manchmal mache ich mich über dich lustig. Ich trinke dein Blut. Du bedienst mich. Komm schon! Zahle es mir heim.“ Er nickt mir zu wie ein Vater, der seinem Sohn Sport beibringt.

„Darf ich bitte wieder ins Haus gehen?“, frage ich sehnsüchtig.

„Natürlich“, antwortet er zuckersüß.

Ich lächele dankbar.

„Nicht“, beendet er den Satz. „Das muss dich richtig

ärgern, oder? Lass es raus."

Ich habe wirklich Lust, ihm eine zu kleben. Um diesen Zirkus hinter mich zu bringen, schwinge ich den Schneeball in seine Richtung. Er klatscht gegen seinen Hals und hinterlässt weiße Krumen auf seiner Kleidung.

„Ja!", lobt er. „Treffer!"

„Sind wir jetzt fertig?" Hoffnung stirbt bekanntlich zuletzt.

„Du hast meine Nase nicht getroffen. Wir sollten weiter üben."

Das war Absicht. Ich wollte seine Nase nicht treffen. Er macht mich irre. Wieso will er, dass ich ihn bewerfe? Missmutig forme ich einen neuen Schneeball und sehe ihn mit meinem ganzen, fehlenden Elan an.

„Also los, nächste Runde." Konstantin klopft sich in die Hände und haucht seinen Atem hinein. „Du wirfst in mein Gesicht", weist er mich an. „Denk daran, wie ich dich gestern im Auto gebissen habe, obwohl es dir nicht gut ging." Er klingt schuldbewusst. „Das war armselig von mir. Lass es mich büßen. Zeig mir, wie du das fandst."

Mein Herz sackt in meinen Magen. Wie ich es finde, dass er mich gebissen hat? Dass er mir nahe war und ich in seinen Armen? Die Erinnerung baut sich vor meinem inneren Auge auf. Fast spüre ich seinen Mund an meinem Hals. Ja, ich habe deswegen Gefühle, allerdings andere als er denkt.

Ich lasse den Arm hängen und der Schneeball kullert zu Boden. „Das macht mich nicht wütend."

Er schaut mich überrascht an. Man sieht nicht jeden Tag einen Vampir aus allen Wolken fallen. Die Entgeisterung auf seinem Gesicht ist unbezahlbar.

„Ich habe den halben Tag wachgelegen und darüber nachgedacht“, gesteht er tönern. „Dass ich es nicht hätte tun sollen. Dass es nicht richtig war. Es hat dich gar nicht gestört?“

„Nein“, flüstere ich.

„Ich denke immerzu daran, dich zu beißen.“

Konstantin tritt an mich heran und nimmt meinen Kopf zwischen seine Hände. „Von dir zu trinken.“ Er schiebt meinen Schal beiseite und streicht mit dem Daumen über meinen Puls. „Dich zu schmecken.“ Sein Arm schlingt sich um meine Taille und presst mich an ihn. „Einen Teil von dir in mir zu haben.“

Schwarze Augen sehen mich an, gerahmt von blasser Haut und dunklen Linien. Seine Zähne sind lang und er leckt mit der Zunge darüber. Abermals entweicht alle Energie aus meinem Körper. Hypnotisiert hänge ich in seinem Griff, spüre seiner Nähe unter den Schichten unserer Kleidung nach. So groß. So stark. Unerreichbar für mich.

Er legt seine Lippen auf meinen Hals. Ich fühle seine Zähne und seine Zunge. Sein heiß Atem liebkost meine Haut. Ich lasse meine Hände über seinen Rücken streifen und ich schmiege mich an ihn. Sein Körper wärmt die Kälte von mir fort und als er mich beißt, lasse ich meinen Kopf in den Nacken sinken. Seine Hände sind überall, halten mich und nehmen mich in Besitz.

Konstantin bringt mich ein paar Schritte vom vereisten Ufer fort, stolpert mit mir zu einem Bereich mit aufgeschichtetem Schnee und zieht mich nach unten, bis ich darauf liege. Sein Körper drückt sich schwer auf mich.

Er greift nach meinen Händen, schiebt sie über

meinem Kopf zusammen und trinkt gierig von mir. Er drängt sich zwischen meine Beine und ich spüre seine Hüften und harte Erregung. Er ist überall an mir.

Der kalte Schnee in meinem Rücken, die Wärme und sein Gewicht auf mir, Zähne in meiner Haut. In der Nacht, die uns umgibt, fühle ich so unbeschreiblich viel. All diese Eindrücke und mein Innerstes wühlen mich auf. Ich kann kaum stillhalten, will mich bewegen und meine Unruhe herauslassen, doch ich bin fixiert unter ihm. Dass ich es nicht ableiten kann, macht es umso intensiver, zwingt mich, noch mehr zu fühlen. Mehr und immer mehr.

Seine Finger kneten meine Hände im Takt seiner Schlucke, im Takt seiner Hüften. Mir wird anders, schwindlig und heiß. Gerade als ich denke, nicht mehr ertragen zu können, verschließt er die Wunde mit seiner Zunge.

Eine Hand gleitet an meinem Arm hinab zu meinem Haar, spielt damit, zieht daran, bis mein Kopf im Nacken liegt. Dann erobert er meinen Mund ohne jede Vorwarnung. Auf seinen Lippen schmecke ich Blut. Mein Blut. Es ist verrucht und intim. Seine Zunge schlängelt sich in mich und bewegt sich zu seinen Hüften.

Konstantin rollt uns herum, bis ich auf ihm liege. Eine Hand hält meinen Kopf, die andere wandert auf meinen Po und beginnt, ihn zu kneten. Er lässt nicht zu, dass ich meinen Mund von seinem nehme, obwohl ich völlig atemlos bin.

„Öffne meinen Mantel“, weist er mich an und setzt seine Küsse fort.

Ich stemme mich halb hoch und tue, was er sagt. Dann greift er links und rechts um mich und hüllt mich in seinem Mantel ein, sperrt meine Hände mit darin ein. Er drückt mich so nah an sich heran, dass er den Mantel in meinem Rücken schließen kann und beide Hände frei hat, um mich zu berühren.

Ich genieße die Wärme, die mich umfängt, die noch größere Nähe. Meine Finger betasten seinen Torso. Ich bin gefangen in diesem Kokon aus Kleidung. Im Schutz der Dunkelheit und unter geschlossenen Augenlidern traue ich mich, ihn zu erkunden und zu berühren.

Wir liegen ewig so da. Er küsst mich, bis meine Lippen taub und geschwollen sind. Schwerkraft und enge Kleidung halten mich in Position und ich liege auf ihm, wie ein Reiter auf seinem Pferd: mit beiden Beinen seitlich um ihn geschlungen. Meine Hüfte schmiegt sich an seine. Weich gegen hart. Er ist unglaublich hart und hört nicht auf es zu sein. Seine Erregung scheint anzuwachsen. Trotz der kälter werdenden Nacht ist mir so heiß, als würde mich ein Feuer verbrennen. Auch Konstantin scheint den Frost in seinem Rücken nicht zu spüren.

„Spaziergänge mit dir gefallen mir", raunt er schließlich und spielt mit seinen Zähnen an meiner Unterlippe. „Aber wir sollten nach drinnen gehen und uns aufwärmen, bevor wir erfrieren, ohne es zu merken. Obwohl es ein schöner Tod wäre."

Er öffnet seinen Mantel und wir schälen uns schwerfällig aus dem Schnee und stehen auf. Meine Gelenke sind starr wie Holzstücke und ich mühe mich ab, die steifen Knochen in Bewegung zu bringen.

Wir gehen zum Haus. Es ist kein weiter Weg, doch Gedanken kehren zurück in meinen Kopf und mir wird klar, was wir gerade getan haben. Ich schaffe es nicht, ihn anzusehen. Je näher wir dem Gebäude kommen, umso mehr scheint uns die Realität einzuholen, und ich fühle mich seltsam befangen nach unseren glühenden Küssen.

Sein Blick ruht auf mir, surrt unter meiner Haut. Ich kann förmlich die Energie spüren, die von ihm abstrahlt, als würde sich seine Aura verfinstern. Ihm gefällt nicht, dass ich mich einigele. Je mehr ich das weiß, umso mehr mache ich es; eine Unsicherheit in mir, die sich verselbständigt.

Mit dem Lift fahren wir nach oben und langsam bemerke ich, dass meine Kleidung vom Schnee durchnässt ist. Das klamme Gefühl dringt durch meine Nervosität und ich zittere.

„Du solltest dir etwas Trockenes anziehen“, sagt er, als wir vor meiner Tür angelangen. „Ich gehe rüber.“ Er deutet auf die große Tür zu seinem Bereich. „Wenn du fertig bist, möchte ich, dass du mir ein heißes Bad einlässt.“

„Natürlich“, entgegne ich verlegen.

Sein Blick ist durchdringend. Dann nickt er, als hätte er eine Entscheidung getroffen. Mit eiligen Schritten verschwindet er in seinen Privatbereich.

Ich fühle mich völlig zerschlagen, als ich zurück in mein Servierkleid wechsele und über unseren Kuss am See nachdenke. Innerlich könnte ich mich dafür ohrfeigen, dass ich ihn kaum ansehen konnte. Es hat ihn frustriert und vermutlich enttäuscht.

Seufzend verlasse ich mein Zimmer und gehe hinüber. Ich kann Konstantin nicht sehen und verschwinde ins Bad. Er hat das Licht darin eingeschaltet. Ein orangegoldener Farbton, der sich warm über die Flächen legt.

Der Raum ist umwerfend. Es gibt keine wirklichen Fliesen, wie ich anfangs dachte, sondern nur winzige Mosaikplättchen aus Dunkel- und Hellblau mit Gold, die sich zu herrlichen Ornamenten vereinen. Die Muster sind wiederkehrend und überwiegend floral. Die Decke besteht aus einer flachen Kuppel, die innen dunkelblau und kreisförmig ist. Von ihr streben gezackte Goldtropfen fort. In den Wänden sind Spitzbogennischen mit reingoldenen Kanten und Bereichen, die aussehen, wie ein Sternenhimmel. Eindeutig orientalisch und märchenhaft schön.

Ich gehe zu der im Boden eingelassenen Wanne und betätige den Hahn. Aus einer breiten Schale strömt eine kräftige Wasserfontäne in das etwa drei auf drei Meter große Becken, das an ein türkisches Bad erinnert.

Neugierig betrachte ich die unterschiedlichen Badezusätze, die in einem Wandregal aufgereiht sind. Ich schnuppere an Salzen und ätherischen Ölen. Die Flakons sind aus Blau, Gold und Türkis. In einer großen Phiole ist eine Art Mandelmilch. Der Duft ist herrlich. Ich finde Honig, der aus Orangenblüten hergestellt wurde, und allerlei Essenzen wie Rosenöl und eine Art Zimtpaste. In muschelförmigen Schalen befinden sich frische und getrocknete Blütenblätter. Der Mann liebt Luxus.

Ich entscheide mich für sehr viel Mandelmilch und Honig und garniere das Ganze mit Rosen- und Orchideenblüten. Baden wie Kleopatra. Ich knie mich an den Beckenrand und prüfe mit der Hand die Temperatur. Es dürften angenehme siebenunddreißig Grad sein. Zufrieden stehe ich auf und wende mich zur

Tür. Konstantin steht darin und beobachtet mich.

„Das duftet gut, Elise."

Worte und Blick passen nicht zueinander. Was er sagt ist zwanglos und entspannt. Selbst seine Stimme klingt unbekümmert. Doch in seinen Augen brennt eine merkwürdige Glut, die durch den orangen Schein des Lichts verstärkt wird.

Ich bleibe stehen und rühre mich nicht. Mein Mund wird trocken und ich spüre sehr deutlich, wie mein Brustkorb sich aufgeregt hebt und senkt. Konstantin ist anders. Er bewegt sich nicht. Das muss er auch nicht, um trotzdem alles zu verändern. Dunkle Adern, schwarze Augen und jeder Muskel in ihm scheint sich zu straffen. Er hat mich heute schon gebissen: behutsam und sehnsüchtig. Doch jetzt sieht er aus wie ein Raubtier. Etwas Wildes hat sich in seinen Blick gestohlen und passt nicht zu dem, was wir gerade geteilt haben. Es ist, als wäre er ein anderer Mann, ein Teil von ihm, den ich noch nicht gesehen habe. Dunkler. Getrieben.

Unwillkürlich möchte ich zurückweichen, doch da ist nur die Wand und neben mir das Becken. Außerdem gibt es nichts Dümmeres, als vor einem Vampir im Blutrausch davonzulaufen. Das würde all seine Jagdinstinkte wecken. Im Grunde gibt es wenig, was man tun kann, wenn ein hungriger Vampir vor einem steht. Fliehen ist keine Option. Das stachelt sie nur an und macht sie unbeherrschter. Auf Vampire zugehen wird sofort als Einladung gewertet.

Es bleiben somit nur zwei Auswege. Erstens: Ein noch verlockenderer Blutspender als man selbst es ist. Das fällt hier flach, denn ich bin mit ihm allein. Oder zweitens: Mitteilen, dass man bereits einen Herrn hat, dessen Eigentum man ist, und hoffen, dass der hungrige Vampir keinen Ärger mit ihm wünscht. Auch das ist kein Hilfsmittel in meiner Situation, denn mein Herr steht bereits vor mir und ist der mit dem Appetit.

Wenn ich wenigstens etwas in meiner Hand hätte, um mich daran festzuklammern. Das Bedürfnis ist übermenschlich. Ich weiß nicht, weshalb er plötzlich so anders ist. Bisher hat es mich zu ihm hingezogen, doch im Augenblick weckt er meine Fluchtinstinkte. Er wirkt unkontrolliert. Jetzt gerade ist er nicht der Mann von gestern Nacht, der durstig davongeht. Und Durst allein kann es nicht sein, denn ich weiß, dass er eben erst getrunken hat. Ich war dabei. Was könnte seine Beherrschung stärker aushebeln als das?

Ich habe keine Idee, wie ich mit diesem neuen Aspekt von ihm umgehen soll.

„Gefällt dir mein Bad?“, fragt Konstantin mit rauer Stimme.

Sein Bad? Will er sich mit mir über diesen Raum unterhalten? Ich werde nicht schlau aus ihm.

Benommen nicke ich und verschränke die Arme vor der Brust. Ich stehe vor ihm und fange zu zittern an. Es liegt absolut nicht an der Temperatur. Ein warmer Dunst hängt wie eine Glocke im Raum und drückt auf uns herunter. Schweiß rinnt zwischen meinen Schulterblättern hinab. Die Wanne hat eine Überlaufrinne und ich höre es plätschern.

„Es gibt eine Königsmoschee in Isfahan“, erzählt er. „Sie ist wunderschön. Ich habe eine Schwäche für schöne Dinge, Elise.“ Konstantin sieht mich durchdringend an. „Also habe ich den Stil des Gebäudes in meinem Bad imitiert. Ich musste es einfach haben.“ Sein Blick verbrennt mich. „So wie dich."

Er setzt sich in Bewegung, direkt auf mich zu. Unbewusst biege ich meinen Rücken nach hinten, doch meine Füße sind wie angewurzelt. Zischend sauge ich den Atem ein. Er ist viel zu nah. Es gibt kein Entkommen. Konstantin hat mich in ein Zimmer geschickt, das keine Fluchttür hat, und mich eingekesselt zwischen sich und der Wand. Ob gezielt oder nicht vermag ich nicht zu sagen. Vampire handeln oft instinktiv. Es ist Teil ihres Verhaltensmusters, ihre Beute in Nischen zu treiben.

„Fällt es dir auch so schwer, nicht ans Küssen zu denken?", flüstert er.

Meine Handflächen schwitzen und ich bebe am ganzen Körper. Vermutlich bin ich das dümmste Beutetier auf dem ganzen Planeten. Obwohl all meine Antennen auf Flucht geschaltet sind, treibt mich etwas zu ihm, was über Vernunft hinausgeht. Etwas, das uns nicht auf Vampir und Mensch reduziert. Ich weiß, wie er sein kann. Er hat es mir gezeigt. Mehr als einmal. Wie viel ist davon übrig, wenn seine Kontrolle sich in den Instinkt verabschiedet? Wie viel von diesem anderen Teil seiner Persönlichkeit kann ich mögen?

Ob ich an unsere Küsse denke? Pausenlos. Sogar in meinen Träumen. Was soll ich ihm sagen?

„Komm mit mir in die Wanne, Elise. Ich will, dass du mich badest." Seine Hände legen sich um meine Taille, bevor ich ausweichen kann. „Du bist so wunderschön, so menschlich."

Er drückt sich gegen mich und ich spüre seine Fingerspitzen, die über meinen Rücken wandern und tiefer hinab zu meinem Po. Schwarze Flecken tanzen vor meinen Augen. Ich fühle mich betäubt. Er wendet den Blick nicht von mir ab. Dunkle Pupillen, die mich zu hypnotisieren scheinen. Ich verliere mich in seinen Augen.

Nervenaufreibend langsam bewegen sich seine Finger auf mir und krempeln den Rockteil meines Kleides hoch, bis ich spüre, wie mein Hintern nur noch durch Unterwäsche bedeckt ist. Schwankend halte ich mich an ihm fest, bekomme seinen Pullover zu fassen und bemühe mich, nicht zusammenzuklappen. Seine Hände fassen unter meinen Rocksaum und schieben den Stoff nach oben, legen meinen Bauch und meinen Rücken frei.

„Heb deine Arme“, fordert er mich auf.

Es fällt mir unendlich schwer, ihn loszulassen, doch ich gehorche ihm. Ich spüre seine Blicke, seine Wirkung. Er ist ein Mann in einem schwülen Badezimmer, der eine Frau auszieht. Mich. Es ist in keiner Weise vergleichbar mit den Küssen draußen im Schnee in der Dunkelheit und im Schutz unserer Kleidung.

Alles an Konstantin Rouillard ist intensiv und gleicht einer Achterbahnfahrt. Im einen Moment soll ich ihn noch mit Schneebällen bewerfen, im nächsten entkleidet er mich in seinem Badezimmer. Mal gibt er mir Kontrolle, dann beherrscht er mich. Sein Wunsch, dass ich mich entspanne, weicht ständig der Ernüchterung darüber, dass ich es nicht tue. Es ist ein Wunder, dass ich davon kein Schleudertrauma bekomme.

Ich schließe meine Augen, während er das Kleid über meine Schultern streift, über meinen Kopf und von mir weg. Es landet mit einem leisen Rascheln auf dem Boden. Ich lasse meine Arme sinken und will sie vor mir verschränken, doch er legt seine Hände darauf und hält mich fest.

„Ich will dich ansehen“, sagt er. „Und ich will, dass du mich ansiehst.“

Ich presse meine Lippen aufeinander und öffne die Augen, sehe ihn befangen an. Sein ganzes Äußeres ist animalisch und seine Spannung so fühlbar, als stünde man zu dicht an einem Energiefeld.

„Ich will, dass du mich badest“, wiederholt er.

Konstantin greift unter den Saum seines eigenen Pullovers und streift ihn in einer fließenden Bewegung ab. Er landet neben meinem Kleid am Boden. Jetzt kann ich seinen Oberkörper komplett sehen. Breite Schultern, glatte Haut, flacher Bauch. Ein paar Härchen wachsen unterhalb seines Nabels und verschwinden unter dem Hosenbund.

„Ich will, dass du es schaffst, mich nach einem Kuss anzusehen.“ Frust vibriert in seiner Stimme.

„Deswegen sind wir hier?“, flüstere ich. „Weil ich vorhin verlegen war?“

Heißt das, wir wären jetzt nicht nackt, wenn ich es geschafft hätte, ihm nach unserem Schneemambo in die Augen zu sehen?

„Dass du bei mir bist ist richtig“, erklärt er. „Dass du es nicht richtig findest, ist falsch.“

Er streckt seine Hände nach mir aus, greift hinter meinen Rücken und zieht mich an sich. Haut auf Haut. Die Berührung trifft mich wie ein Schlag, mitten in meinen Brustkorb. Ich bekomme keine Luft.

„Diese Anziehung zwischen uns ist echt“, murmelt er und öffnet den Verschluss meines BHs. Er schiebt die Träger über meine Arme. Ich versuche, mich zu entziehen, doch er legt meine Brüste frei und wirft das

Stück Kleidung beiseite. Er hält meine Hände fest. In einem unschuldig anmutenden, weißen Höschen stehe ich vor ihm. Es ist nichts Aufreizendes, doch Konstantin schluckt schwer und saugt mich regelrecht mit seinen Blicken auf, leckt über seine Lippen und Zähne.

„Der BH hat mich schon gestern gestört“, gesteht er. „Warum willst du das vor mir verstecken? Du bist so schön.“ Er atmet tief durch. „Ich will mit dir baden.“

Er scheint meine Zweifel zu bemerken und drückt meine Hände: „Keine Sorge, ich werde nicht mit dir schlafen. Aber ich will dich. Es ist sinnlos, das zu leugnen. Ich kann meine Gier nach dir nicht verbergen. Vor allem nicht, wenn ich die Hose erstmal aus habe.“

Oh Gott! Allein die Vorstellung, dass ich sehen werde, was ich schon durch Kleiderlagen gespürt habe ...

„Du solltest nachsichtig mit mir sein, Elise. Immerhin habe ich vorhin deine Sachen bestellt und die Unterwäsche im Warenkorb ist nichts, was mich daran denken lässt, meine Steuererklärung zu machen.“

Ich laufe rot an. Wieso bin ich nicht auf die Idee gekommen, dass er sich anschaut, was ich ausgewählt habe?

„Mach dir nichts draus“, raunt er und berührt meine Wange. „Dann habe ich die Spitzen-BHs gesehen. Na, und? Im Moment sehe ich vor allem, wie du aussiehst, wenn du keinen trägst.“

Er lächelt zufrieden und lässt seinen Blick über meinen Körper wandern. Ich will mich wegdrehen, doch er schiebt mich gegen die Wand. Die Steinplättchen sind kühl in meinem Rücken und ich zucke zusammen, weil der Kontrast so stark ist.

Er blickt auf mich herunter und streicht über mein

Haar. „Ich habe dir gesagt, dass ich mehr will, als ein Grünschnabel“, erinnert er mich. Stimmt, das hat er. „Möchtest du lieber hier draußen mit mir stehenbleiben oder in die Wanne?“

Ich sehe auf das milchige Wasser. So weiß, dass es meinen Körper vor seinen Blicken verbergen kann.

„Wanne“, wispere ich.

Er tritt ohne Widerworte einen Schritt zurück. „Soll ich dein Höschen ausziehen, oder möchtest du es tun? Du badest hoffentlich unbekleidet.“

Wieso muss ich noch nackter sein?

„Könnt Ihr Euch bitte umdrehen?“ Ihn weiter zu siezen schafft Distanz, doch ich sehe, wie es ihn wurmt. Nach einem Moment des Schweigens, wendet er sich ab. Eilig ziehe ich mich aus und fliehe ins Becken.

Er hat zwei Gesichter. Ein sehr menschliches und ein sehr getriebenes, vampirisches Wesen. Seine Worte gehen mir durch den Kopf: *»Wir sind Raubtiere, Elise. Und Menschen sind unsere Beute.«* Es ist Teil seiner Natur, mein Jäger zu sein und mich zu erbeuten. Es gibt Vampire, die nur so sind. Aber etwas an ihm ist besser.

Das Wasser hat sofort eine beruhigende Wirkung auf mich und ich spüre, wie verfroren ich von draußen noch bin. Es ist herrlich warm und ein angenehmer Duft geht von ihm aus. Ich weiß, dass es Konstantin Beherrschung gekostet hat, mich freizugeben und ins Wasser zu lassen.

„Danke“, sage ich, als nur noch mein Kopf herausschaut. Meine Haarspitzen werden nass. Da ich mir keinen Zopf machen sollte, treiben sie offen wie Pflanzen im Wasser.

Er dreht sich zu mir um und betrachtet mich. Ein Lächeln spielt um seinen Mund. Dann öffnet er Knopf und Reißverschluss seiner Hose, hakt die Daumen in den Bund und streift sie zusammen mit seiner Unterwäsche nach unten.

Soll das die Retourkutsche für meine formelle Anrede sein?

Verdammter Mist!

Selbstsicher und ohne Eile steigt er aus den Sachen und kommt über die Stufen zu mir ins Wasser. Bevor ich meinen Blick abwenden kann, sehe ich deutlich etwas zwischen seinen Beinen aufragen. Oh, mein Gott. Ich hatte keine Ahnung wie groß ein männliches Geschlecht aussieht. Besorgt weiche ich zurück an den Beckenrand und presse meine Beine zusammen. In hundert Jahren passt *das da* nicht dazwischen! Ich weiß genau, wie er sich vorhin auf mir bewegt hat. Rhythmisch und einen Akt imitierend, der völlig eindeutig ist.

„Elise", erinnert er mich. „Ich habe dir versprochen, dich hier nicht zu entjungfern, und ich halte mich daran. Selbst wenn es mich wahnsinnig macht. Natürlich wenn du willst, dann ..."

Er lässt die Worte in der Luft hängen. Wovon träumt der Kerl eigentlich nachts? Halt nein, das will ich gar nicht wissen. Hastig schüttele ich den Kopf.

Konstantin seufzt wenig überrascht und deutet auf einen großen Schwamm. „In dem Fall also nur baden. Ich möchte, dass du mich damit abreibst."

Nervös greife ich danach. Konstantin bleibt, wo er ist, und so muss ich zu ihm kommen. Das Becken ist so tief, dass man fast überall darin stehen kann, außer am Rand, wo eine Sitzkante entlangläuft.

Ich gehe auf ihn zu, tauche den Schwamm ein und beschreibe damit Kreise auf seinem Rücken. Langsam fahre ich über seine Haut.

Er schließt entspannt die Augen und legt den Kopf in den Nacken. „Kannst du singen?“

„Ein bisschen.“

„Würdest du mir etwas vorsingen? Bitte.“

Verflucht, er hat mich nackt gesehen und ich ihn. Er kennt die Wäsche, die ich mir ausgesucht habe. Da kommt es darauf auch nicht mehr an. Ich denke kurz nach und stimme ein Lied an, das ich aus einem alten Film kenne. Eine Melodie, die mich immer sehnsüchtig gemacht hat. Ich singe *Moon River*. Während ich das tue, werde ich ruhiger. Dass er seine Augen geschlossen lässt, verschafft mir Freiraum. Ich bewege den Schwamm über seine Arme mit den dunklen Härchen, seine Brust und den Bauch. Eine bestimmte Stelle spare ich aus. Immer im Kreis gehe ich um ihn herum. Rücken, Arm, Brust, Arm und wieder von vorn.

„Nimm etwas von dem Öl“, seufzt er. „Ich möchte, dass du meine Schultern massierst.“

Ich lege den Schwamm beiseite, nehme mir Öl und träufele es auf meine Handflächen. Es duftet sinnlich und ich schnuppere mit geschlossenen Augen daran. Dann lächele ich und tupfe mir etwas davon hinter die Ohren. Ich bewege mich durch das seidige Wasser zurück zu ihm und verteile es auf seiner Haut. Ohne den Schwamm oder unsere übliche Kleidung fühlt es sich völlig anders an, ihn anzufassen, und mein Herz beginnt zu rasen. Glatte Haut auf Muskeln und Sehnen. Tausend Empfindungen vibrieren durch meine Finger in meinen Körper hinein. Kein Vergleich zu meinen bisherigen Erfahrungen. Ich muss mich darauf konzentrieren, überhaupt zu atmen.

Er lässt seine Schultern unter meinen Händen rotieren. „Mhm“, stöhnt er. „Das ist gut.“

Da kann ich nicht widersprechen. Seine Haut ist warm und geschmeidig vom Wasser und Öl. Ich walke die verspannten Muskeln. Immer, wenn ich einen Knoten lockere, höre ich seinen Atem und merke, wie er sich unruhig unter meiner Berührung windet. Meine Hände wandern seinen Rücken hinauf bis zum Haaransatz. Es gefällt mir, ihn zu verwöhnen.

„Wo hast du das gelernt?“, fragt er träge.

„Bei meiner Tante. Sie wollte stundenlang massiert werden.“

„Kann ich ihr nicht verdenken. Für so ein kleines Persönchen hast du ziemlich Kraft in den Fingern.“

Ich knuffe ihn in den Hals und er hebt reflexartig die Schulter.

„Hey“, beschwert er sich, doch er lächelt.

Schweißperlen tropfen von seinen Haarspitzen und laufen an den Schläfen hinab. Seine Haut glänzt im Licht und ich studiere eingehend seinen Oberkörper bis zu dem Bereich, wo er im trüben Wasser verschwindet. So viel Mann und ich kann ihn ungehindert erkunden. Er erteilt mir eine seltsame Lektion gegen meine Scheu.

„Fallen dir nicht die Hände davon ab?“, erkundigt er sich.

„Nein, das ist jahrelange Übung.“

Wem mache ich eigentlich etwas vor? Es ist nicht annähernd so mechanisch wie die Massagen bei meiner Tante. Vor allen Dingen gefällt es mir bei ihm besser. Ich weiß nicht, wann ich vergessen habe, dass ich nackt bin. Vermutlich in dem Moment, da er seine Augen geschlossen hat. Oder seit es mich zu sehr ablenkt, dass er nackt ist. Wenn er mich nicht beobachtet, fällt es mir leichter, zu tun, was ich möchte. Wie kann Haut so sexy sein? All die Schatten und Wölbungen im fahlen Licht.

Mattigkeit breitet sich in mir aus. Ich genieße es, in diesem Duftbad zu treiben. Das warme Wasser und sein beruhigendes Plätschern lullen mich ein. Meine Gedanken strömen davon.

„Und wo hast du singen gelernt?“, will er wissen.

„Im Stillen für mich allein“, antworte ich, ohne nachzudenken. „Soll ich noch etwas für Euch singen, Herr?“

Vielleicht ist es, weil ich nicht bei der Sache bin. Automatisch nenne ich ihn *Herr*, obwohl wir uns im Schnee sehr vertraut geküsst haben und er mir gerade durch Nacktheit beibringt, seinem Blick nicht auszuweichen.

Ihn zu siezen, um ihn zu ärgern, weil ich mich splitternackt ausziehen musste, ist eine Sache. Ihn *Herr* zu nennen, als wäre ich bloß sein Eigentum und die Zweisamkeit im Schnee hätte nichts mit Nähe zu tun gehabt, eine völlig andere.

Ich höre, wie er tief Luft holt, und mein Fehler wird mir bewusst. Er schlägt seine Augen auf und hält meine Hände fest.

„Tut mir leid, ich wollte nicht ...“, setze ich an und mir ist egal, was er von Entschuldigungen hält.

„Da hätte ich beinahe etwas vergessen“, unterbricht er mich und lässt mich stehen. Er geht zum Beckenrand, nimmt sich Öl und kommt zu mir zurück. Sprachlos beobachte ich ihn. Was tut er da?

„Dreh dich um“, verlangt er.

„Aber ...“

„Jetzt, Elise.“ Seine Augen fixieren mich. „Wenn du mich *Herr* nennst, solltest du auch gehorchen.“

Ich schlucke und tue, was er will. Dann spüre ich seine Hände auf meinen Schultern und Oberarmen. Er verteilt Öl darauf und reibt es über meine Haut. Mit einer Hand schiebt er mein Haar über eine Schulter und legt meinen Nacken frei. Mir ist klar, dass er mich beißen wird, und alles in mir spannt sich an und wartet den Schmerz ab. Ich fühle seine Lippen an meinem Hals, seine Zunge, die darüber kreist. Ganz sanft zwickt er mich mit seinen Zähnen, nichts, was mir auch nur einen Kratzer beschert.

„Ich wollte dir doch beibringen, meinen Namen zu benutzen und nicht mehr *Herr* zu sagen“, flüstert er an meinem Ohr und saugt mein Ohrläppchen in seinen Mund. Seine Zunge schlängelt darum und er saugt lustvoll daran. Gänsehaut jagt über meinen Körper und eine fiebrige Unruhe packt mich.

„Eigentlich glaubte ich, das wäre mit dem Kuss draußen behoben. Dann dachte ich Nacktheit und eine Massage in der Wanne müssten helfen“, fährt er mit rauchiger Stimme fort und streift an meinen Armen hinauf über meine Schultern. „Doch wie mir scheint, muss ich gründlicher vorgehen.“

Seine Hände beschreiben einen Bogen nach vorn und gleiten zu meinen Brüsten. Vor Schreck mache ich einen Schritt zurück, doch dort steht er und ich lande in ganzer Länge auf seinem Körper. Beine an Beinen, Rücken an Brust und was noch verstörender ist: Ich spüre seine Erektion an meinem Po. Hart und deutlich.

Er drückt sich an mich, murmelt sein Gefallen in mein Ohr und kreist mit den Händen über meine Brüste. Ich bin schockiert und erregt zugleich. Mein Atem geht hektisch. Seine Handflächen reiben rau über meine Haut. Er scheint die beiden Gewichte zu prüfen, die in seinen Händen ruhen.

„Ich werde nicht mit dir schlafen“, verspricht er erneut, während er sich an meinem Hintern auf und ab bewegt.

In mir tobt ein Widerstreit. Einerseits ist es verrückt, viel zu früh und viel zu viel, und andererseits ist es nicht genug und ich will nicht, dass er aufhört, weil es so gut ist. Ich bin jung, aber ich bin nicht vierzehn. Natürlich habe ich mir vorgestellt, dass ein Mann mich anfasst. Ich habe mich selbst berührt seit ich sechzehn war. Doch es war völlig anders als diese Intimität in der Wanne. Heiß und nass von Öl und Schweiß.

Ich habe mich fast umgebracht und dies ist mein neues Leben. Ich will es fühlen! Intensiv und köstlich. Wir sind verborgen im cremigen Wasser und der Mann, um den meine Fantasie kreist, ist nackt auf meiner Haut. Mir wird so heiß. Schweißperlen rinnen zwischen meinen Brüsten hinab.

„Ich werde dir meinen Namen beibringen, Elise, bis du mich nur noch *Herr* nennst, wenn wir Rollenspiele machen.“

Rollen was?

„Und ich werde dir das *Du* beibringen und zwar sehr gründlich.“

Seine Rechte wandert von meiner Brust über meinen Bauch und völlig unumwunden hinab zwischen meine Schenkel. Ich spüre seine Finger an meiner intimsten Stelle und keuche auf. Oh, süßer Himmel! Er berührt und küsst mich ungeniert. Für ihn scheint das so natürlich, dass es auf mich abfärbt, und ich beginne zu glauben, dass es so sein sollte.

„Sag meinen Namen“, verlangt er und reibt sich an meinem Po.

Ich habe das Gefühl, wahnsinnig zu werden. „Kon... Konstantin“, stammele ich mühsam.

Er schiebt sein Knie nach vorn zwischen meine Beine und stemmt sie kurzerhand auseinander. Dadurch verschafft er sich noch mehr Zugang und die Berührung seiner Finger wird intensiver. Ich treibe hilflos auf meiner Lust dahin und fasse unkontrolliert hinter mich, halte mich an seinen Hüften fest und kralle meine Nägel in seine Haut.

Ein wohlgefälliges Stöhnen dringt aus seiner Brust. „Sag du“, fordert er.

„Oh Gott“, wimmere ich.

Vor Erregung bewege ich mich auf seiner Hand. Er ist viel zu gut, in dem, was er tut. Ja, er ist kein Grünschnabel.

Ich höre ihn leise lachen, sein Mund an meinem Hals vibriert förmlich davon. „Der Spitzname gefällt mir. Aber du sollst mich trotzdem duzen, Elise.“

Ich stöhne immer mehr. Der Kontakt wird unerträglich intensiv.

„Sag *du*“, wiederholt er.

„Du“, flüstere ich.

„Ja“, stimmt er zu und seine Bewegungen werden schneller und drängender. Mein Mund ist trocken vom Stöhnen, meine Kopfhaut prickelt und ich winde mich auf seiner Hand. Die Kontrolle über meinen Körper ist dahin.

„Komm für mich, Elise“, flüstert er.

Ich weiß, dass es nicht der Befehl eines Herrn an sein Eigentum ist. Er will es als Mann, beobachtet mich dabei und genießt es. Oh, heilige ... Wenn er mich jetzt fragt, ob er mit mir schlafen darf, würde ich ja sagen. So erregt bin ich, dass ich nur noch fühlen will. Alles reduziert sich auf diese unglaubliche Lust, die er mir bereitet, bis ich völlig verloren bin. Ich habe das Gefühl zu zerfließen.

„Sag meinen Namen, wenn du kommst", keucht er.

Ich kreise auf ihm und stöhne erlöst auf. Ein Höhepunkt rauscht durch meinen Körper und lässt mich kraftlos zurück. Konstantin streichelt mich weiter, bis ich die Berührung nicht mehr aushalte. Bis es zu viel und zu intensiv ist. Ich entziehe mich ihm.

Er krallt seine Hände in meine Hüftknochen. Ich spüre überdeutlich, dass er noch hart ist. Vor ein paar Tagen war er ein Fremder und jetzt steht er mir näher, als irgendjemand sonst.

Langsam purzeln Gedanken in meinen Kopf, als würde mein Verstand zurückkehren, und mir fällt ein, dass ich vergessen habe, seinen Namen zu sagen.

„Konstantin", murmele ich nachträglich.

Ein Lachen perlt über seinen Mund. „Das bin ich."

Mit einem Knurren dreht er mich um. Ganz Mann. Ganz Vampir. Er ist noch immer hungrig, diesmal nicht nur auf Blut. Ich erkenne nun, was diese Wildheit in seinem Blick ist. Nicht Blutdurst allein. Jedoch hat mir niemand erklärt, dass Vampire auch bei Erregung transformieren.

Er schlingt seine Arme um mich und zieht mich an sich. Sein Mund presst sich auf meinen und er beginnt, mich gierig zu küssen, und macht mich völlig atemlos. Eine Hand wandert an meinen Hinterkopf und dirigiert unseren Kuss, die andere legt sich auf meinen Po und knetet meine Backen. Es ist dieselbe Haltung, die wir vorhin im Schnee hatten, doch es hat sich mit Kleidung komplett anders angefühlt. Keineswegs so verrucht. Nicht annähernd so intensiv.

Er schiebt mich zum Beckenrand und stellt sich zwischen meine Beine. „Ich will dich so sehr meine süße, köstliche Elise."

Konstantin küsst mich weiter und reibt sich erneut an mir. Diesmal von vorn. Ich bin gerade erst gekommen und noch völlig erledigt von der Wärme des Wassers und der Befriedigung, die er mir geschenkt hat. Er geht behutsam vor, übertreibt es nicht mit dem Druck.

Obwohl er noch immer keine Erlösung gefunden hat, ist er nun entspannter. Als hätte er keine Ruhe finden können, bis ich ihn ansehe, bis ich seinen Namen sage, bis er mich zum Kommen bringt und eine Intimität zwischen uns aufbaut, die wir vorher nicht hatten. Merkwürdigerweise funktioniert es.

Sein Mund verschlingt meinen, während er sich zwischen meinen Beinen bewegt, ohne den letzten Schritt zu gehen. Nie zu viel und plötzlich auch nicht mehr genug. Beinahe übergangslos schafft er es, mich zu erregen. Mir wird warm und wärmer und mein Atem beschleunigt sich. Seiner geht stoßweise und ich kann seinen Hunger beinahe auf meiner Zunge schmecken. Er ist mit seiner in meinem Mund, mal spielerisch, mal fordernd.

Seine Hand durchwühlt mein Haar. Konstantin setzt die Küsse mein Kinn hinab fort zu meinem Hals. Er umkreist meinen Puls mit der Zunge uns sucht nach der richtigen Stelle. Ich berühre seinen Rücken, streichele ihn und als er mich beißt, kralle ich meine Nägel in seine Haut, sodass er aufstöhnt. Der Schmerz an meinem Hals vermischt sich mit der Lust zwischen meinen Beinen. Er trinkt von mir. Langsame, bedächtige Schlucke, als würde er jeden Tropfen genießen wie nichts zuvor. Wenn Tylandora Recht hat, verändert sich der Geschmack des Blutes durch verschiedene Einflüsse. Vielleicht auch durch Erregung.

Seine Zähne sind hart und unnachgiebig in meinem Hals. Eine andere Härte als die, mit der er mich zu reizen weiß. Ich schließe meine Augen und umklammere seinen Po, lenke die Bewegungen zwischen meinen Beinen und reibe mich an ihm. Er überlässt mir den Rhythmus. Seine Rechte greift zwischen uns und umfasst sein Glied. Konstantin beginnt, sich zu befriedigen, während er mich befriedigt. Während er von mir trinkt.

Ich keuche und kreise mein Becken wellenförmig an ihm. Das Geräusch seiner Schlucke und sein schweres Atmen erregen mich maßlos. Ich schlinge meine Beine um seine Hüften und schlage meine Nägel in seinen Hintern. Ich fühle, wie sich seine Pobacken unter den Stößen anspannen und lockern, anspannen und lockern. In diesem Moment gäbe ich viel dafür, wenn ich ihn dabei sehen könnte. Ich stelle es mir vor, wie er zwischen meinen Schenkeln arbeitet.

„Ah!“ Zischend sauge ich den Atem zwischen meinen Zähnen ein und zerspringe in tausend Teile. Als ich komme, habe ich ihn zwischen meinen Beinen wie in einem Schraubstock.

Konstantin stöhnt kehlig und laut, ein Urgeräusch, das ich noch nie vernommen habe. Seine Hand packt fester zu, reibt an sich erbarmungslos rauf und runter. Sein Takt ist animalisch und heftig. Er trinkt gieriger von mir und zwingt sich, kleinere Schlucke zu nehmen, um mich nicht zu entkräften.

Dann beißt sich sein Kiefer an mir fest, seine Zähne sind bis zum Anschlag in mir versenkt und ein ersticktes Brüllen rollt durch seinen Brustkorb. Er hält in seinen Stößen inne. Ich halte ihn in meinen Armen, als er kommt. Das schwappende Wasser beruhigt sich. Sein Brustkorb wird geradezu friedlich. Er nimmt seine Zähne aus mir und schlängelt mit seiner Zunge über die Bisswunde. Konstantin scheint dafür alle Zeit der Welt zu haben. Geradezu träge versorgt er meinen Hals und leckt sich dann die Lippen sauber. Er umarmt mich fester, krault über meinen Rücken und haucht Küsse auf meine Haut.

Ich hatte keine Ahnung, dass es so sein würde. Und obwohl er mich zweimal befriedigt hat, bin ich technisch gesehen noch eine Jungfrau. Er hat Wort gehalten, hat sich beherrscht und mich nicht in seiner Wanne genommen. Aber es war weit, weit weg von nur baden. Ich will ihn so sehr für mich.

Seine Nähe ist wie Balsam. Nicht bloß, weil er sich so unglaublich gut anfühlt und dafür sorgt, dass ich mich unbeschreiblich gut fühle. Vermutlich ist das passiert, was Frauen oft zum Verhängnis wird, wenn sie einen Mann zu nah an sich heran lassen: Sie verlieren ihr Herz.

5. VERLIEBT

Alles Zeitgefühl ist verschwunden. Irgendwie scheint das Leben nur noch aus Herzschlägen zu bestehen. Er liebkost mich mit seinem Mund. Küsse voller Zärtlichkeit, die nichts von dem Hunger in sich tragen, der zuletzt von uns Besitz ergriffen hat. Nachspiel nennt man das wohl. Ich finde Gefallen daran, bei ihm zu sein. In seinen Armen. Die Dunkelheit ist aus seinen Augen verschwunden und er sieht mich mit seinem tief grünen Blick an.

„Beschwerden sind an deinen Arbeitgeber zu richten", neckt er mich.

Ich lächele ihn versonnen an. Er ist der einzige Mann in meinem Leben und ich will keinen anderen.

„Wenn das so ist ...", ziehe ich ihn auf.

Er hebt spöttisch eine Augenbraue, eine Angewohnheit, die ich sehr mag. „Es ist so schwierig, heutzutage zufriedenes Personal zu finden."

„Hattest du das hier ..." Ich zeige mit dem Finger

zwischen uns hin und her. „... von Anfang an vor?“

„Allerdings“, gesteht er. „Ja.“

„Hast du mich deswegen gekauft?“

Er legt seinen Kopf schief und betrachtet mich. Seine Finger streichen über meine Wange und Lippen. „Nicht allein deswegen. Es ist mehr eine Art Nebenprodukt.“

„Und wovon?“, will ich wissen.

Diesmal zeigt er mit seinem Finger auf sich und mich. „Von uns.“

Ich schlucke schwer. „Uns? So wie Herr und Dienerin?“

„Nein.“ Er lächelt. „Rate weiter.“

„Okay. Uns – so wie Mann und Frau mit Bedürfnissen?“

Das lässt ihn grinsen. „Einen Versuch hast du noch.“

„Uns – so wie ...“

Wie das, was ich mir wünsche?

„Nun?“, fordert er mich auf, den Gedanken fortzuspinnen. In seinem Lächeln entdecke ich eine gewisse Erwartung, so als hofft er auf eine bestimmte Anfrage.

Ach, was soll's? Ich hatte gerade fast Sex. *Trau dich*, ermahne ich mich selbst.

„So wie in einer Beziehung?“

Er tippt mit seinem Finger an meine Nasenspitze. „Die unverschämt hübsche Kandidatin hat hundert Punkte.“

„Aber wieso? Konstantin, ich bin nur ein Mensch.“

„Genau deswegen“, ist seine einfache Antwort. „*Weil* du menschlich bist. In uns steckt so viel Unmenschliches. Als wir Vampire wurden, haben wir einen Teil unserer selbst verloren. Glaubst du, ich will so eine Frau? Ich kann nicht mal glauben, dass du so einen

Mann willst. Nicht nach allem, was du an schlechten Erfahrungen ertragen hast.“

Wie kann er nur denken, dass er nicht gut genug für mich ist?

„Du warst nie so zu mir“, stelle ich klar.

„Ich gebe mir Mühe.“ Er sieht mich nachdenklich an. „Aber ich habe von dir getrunken, als es dir schlecht ging, dich mit meiner Nähe bedrängt, dich zurück ins Leben gezerrt. Geduld ist keine meiner Stärken. Du bist jung und unerfahren. Ich weiß das und konnte die Finger trotzdem nicht von dir lassen. Ich habe dich verführt.“

Ein wohliger Schauer breitet sich über meinen Nacken aus. „Ich habe nie nein gesagt. Du hast mich manchmal überrumpelt, doch nichts davon war gewaltsam.“ Ich seufze. Was soll bloß werden? „Eine Beziehung zwischen Vampir und Mensch ist nicht unbedingt gern gesehen.“

Konstantin zuckt die Schultern, als gäbe er nichts darauf. Mit seiner Hand nimmt er Wasser auf und verteilt es über meinem Schlüsselbein. Er sieht dabei zu, wie es über meine Brust abwärts fließt. Ein Lächeln formt sich auf meinem Mund. Es ist ziemlich simpel, wovon er fasziniert ist.

„Meine Eltern sind so ein Paar“, sagt er gedankenverloren und schaufelt genüsslich Wasser über meine Haut. „Meine Mutter ist Mensch, genau wie du. Sie diente meinem Vater, wurde in die Familie hineingeboren durch ihre Eltern, die ebenfalls meiner Familie gehörten. Mein Vater hat sie von klein auf gekannt. Und irgendwann waren sie in einem Alter, wo sich die Gefühle ändern. Dann hörst du auf, über Klettergerüste zu turnen und dir die Schaukel zu teilen. Er hat immer noch von ihr getrunken, aber er wurde davon nicht mehr satt, sondern immer hungriger." Sein Blick sucht meinen. „Ich will das auch, verstehst du? Eine menschliche Beziehung."

Seine Eltern waren eine Sandkastenliebe? Damit hätte ich nicht gerechnet.

„Also hast du mich bei meiner Tante im dunklen Zimmer gesehen und dachtest: *Nehme ich sie mal mit*?"

Er schüttelt den Kopf. „Ich habe dich schon gesehen, als ich reinkam. Mit deinem schwarzen Kleidchen und dem Tablett voller Kristall. Getarnt als Bedienstete mit diesem strengen Zopf. Doch das war egal."

„Ach, wirklich?" Es gefällt mir, wenn er davon berichtet, wie ich ihm auffiel. Es ist die romantische Geschichte vom Beginn unserer Beziehung.

Er nickt schelmisch. „Ich habe es mir einfach weggedacht."

Soviel zu romantisch. Er war ein Lustmolch! Ich klapse ihm mit der Hand auf die Brust und er imitiert ein Schnurren.

„Darauf stehst du also?", neckt er.

„Hey!" Ich haue ihn gleich noch mal.

Konstantin wackelt mit den Schultern und lässt seine Augenbrauen hüpfen. „Komm und schlag mich, ich war so unartig." Er besitzt doch tatsächlich die Frechheit, sich lustig zu machen. „Mit dem Weihnachtsmann war das nie so geil. Patsche noch mal drauf. Kann sein, dass ich diesmal was merke."

Ich trete ihm auf den Fuß.

„Oh, ja, du hast Feuer", bestätigt er grinsend.

„Hör auf zu lachen!"

„Was soll ich denn dann machen?", fragt er lauernd. „Vielleicht etwas mit dir?"

Ich wedele abwehrend mit den Händen. „Noch mal kann ich wirklich nicht."

„Das bezweifle ich, aber ich will es mal gelten lassen."

„Zu großzügig. Vielen Dank."

„Deine neuen Kleider kommen erst morgen und die scheußlichen alten kannst du unmöglich wieder anziehen", sinniert er. „Wir müssen dann wohl nackt bleiben."

„Sag mal, bist du nicht gerade ... ähm ...?"

„Gekommen? Und wie." Er nimmt meinen Kopf zwischen seine Hände und gibt mir einen langen Kuss. „Ich bin froh, dass du mich endlich duzt und entspannt bist", meint er zufrieden. „Das gefällt mir viel besser."

„Außer bei Rollenspiel, richtig?"

Er schmunzelt wie ein Kater, der Sahne gestohlen hat. „Das ist richtig."

„Was für Rollenspiel?"

„Na ja. Ich mag es, wenn wir uns vorstellen, dass die Umstände andere sind, dass eventuell sogar wir selbst andere sind. Wir könnten uns jeden Tag neu kennenlernen und jeden Tag anders. Du kannst sein, wie du sein willst."

„Kann ich das nicht auch so?" Das Konzept erschließt sich mir nicht ganz.

„Schon, aber wenn du eine Rolle spielst, fühlst du dich freier. Denn dann bist es ja nicht mehr du, die handelt, sondern die Fantasieperson. Außerdem hast du mich im echten Leben bereits kennengelernt. Wenn du so tust, als würden wir es noch einmal tun, bist du bereits im Rollenspiel. Ich habe überhaupt nichts gegen den Gedanken, dass wir noch ein paar Mal nachspielen, wie ich dir das Du beibringe. Du könntest mich also weiter

Herr nennen, ich könnte es dir immer wieder abgewöhnen."

Also davon träumt er nachts.

„Du könntest noch einmal spielen, dass du erst ein Teenager bist, und mich stundenlang küssen, während wir auf meine Klamotten warten", schlage ich vor.

„Soll ich auch so tun, als hätte ich noch nie Sex gehabt?"

„Ja", flüstere ich und küsse ihn. „Ja. Was, wenn wir uns schon lange kennen, du schon lange von mir trinkst, aber du plötzlich nicht mehr satt wirst?"

„Elise", brummt er hungrig. Er reagiert darauf. Sein Körper reagiert ganz unmissverständlich auf diese Vorstellung.

„Du hast doch immer eine Beziehung wie die deiner Eltern gewollt", reize ich ihn weiter.

„Und ich kann dir versichern, dass ich diese Fantasie noch mit keiner anderen Frau je durchgespielt habe." Er knabbert an meinem Mund.

„Warst du schon einmal mit einer Menschenfrau zusammen?"

„Nur zum Trinken."

Konstantin küsst sich zu meinem Hals. Ich lege den Kopf in den Nacken, um ihm Spielraum zu verschaffen. Das Wasser plätschert um uns herum und ich fühle mich herrlich schwerelos.

„Und Ihr hattet dann keinen Sex?", forsche ich weiter.

„Nein. Den hatte ich ausschließlich mit Vampirinnen." Er beginnt, mir einen Knutschfleck zu verpassen.

„Warum?", frage ich heiser.

Es dauert eine Weile bis er antwortet. Er betrachtet sein Werk und lächelt zufrieden.„Nenne es albern. Ich wollte, dass es etwas bedeutet, wenn ich der Richtigen begegne."

„Woher weißt du nach nur einem Tag, dass ich das bin?"

Er legt seine Hand flach auf meinen Bauch. „Weil ich auf mein Bauchgefühl höre." Konstantin beginnt, Kreise auf meiner Haut zu malen. „Ich habe es dich schon einmal gefragt: Glaubst du an Chemie? Glaubst du an Bestimmung?"

„Irgendwie schon."

„Na, ich auch." Er lächelt und zieht mich in seine Arme, fort vom Beckenrand. Langsam beginnt er, mit mir im Wasser zu tanzen. Wir sind völlig frei.

„Hattest du viele Frauen?"

Ist das nicht die Frage, die alle Frauen stellen, und sich gleichzeitig für ihre Eifersucht verfluchen?

„Ja, aber sie waren nicht wichtig", erklärt er offen. „Es ging nur um körperliche Bedürfnisse."

Ich schmiege meinen Kopf an seine Schulter. „Was war mit der, die du stundenlang geküsst hast?"

Er schmunzelt. „Das war im Grunde keine Heldentat. Wir waren beide pubertär, beide ahnungslos. Sie fand, dass sie eigentlich noch nicht bereit war. Ich versuchte, sie anzumachen, und habe mich an ihr gerieben. Das Ende vom Lied war, dass ich in meiner Hose gekommen bin, weil ich absolut nichts steuern konnte. Ich schätze mal, es war so was wie Mitleidsknutschen von ihrer Seite."

Ich muss grinsen. Es fällt schwer, mir vorzustellen, wie dieser äußerst talentierte Mann in seiner Anfangszeit vorzeitige Pannen mit seiner Kleidung hatte. Das ist irgendwie zu komisch. Ein Kichern bebt durch meinen

Brustkorb und Konstantin piekt mir mit einem Finger in die Seite.

„Bring mich nicht auf die Idee, dir zu beweisen, dass ich jetzt länger kann."

Ich nicke ihn verständnisvoll an. „Daher willst du heute keine Kleider mehr anziehen."

Er lacht und packt mich. „Du hast wohl Witzwasser getrunken, hm? So gehst du also mit vertraulichen Informationen um. Du verwendest sie gegen mich. Deinen Herrn und Meister und Gebieter und ..." Er sucht nach Worten.

„Großimperator."

„Oh, ja", raunt er.

„Kaiser der Welten."

„Rrrrr."

„Beflecker nichtsahnender Hosen", gluckse ich.

„Oh, das gibt Ärger", informiert er mich, als hätte ich sein Auto ein Dreirad genannt.

Ich schlüpfe aus seinen Händen und fliehe zur Treppe. Er bleibt mir auf den Fersen und schnappt nach mir. Doch meine Schulter ist noch immer ölig von seiner Massage und ich entkomme ihm. Auf nassen Sohlen spurte ich durch die Tür und biege in seinen Schlafbereich.

„Bleib stehen!", verlangt er.

Als er nach mir fassen will, schlage ich einen Haken und steuere auf die Treppe zu, die nach oben führt. Ich erklimme die Stufen zum Turm und höre seine Schritte direkt hinter mir. Mir ist bewusst, dass er mich einfach so überwältigen könnte, doch anscheinend mag er mir Vorsprung geben.

Oben angekommen wird mir die Tragweite meines

genialen Plans bewusst. Hier ist weit und breit kein Ausgang. Der Vampir hat mich erneut in eine Sackgasse getrieben und lässt sich nun alle Zeit der Welt, seine Beute abzuholen. Gemächlich nimmt er die letzten Stufen, während ich mich hinter dem Sofa postiere, das damit zumindest zwischen uns steht. Er trägt ein selbstgefälliges Lächeln zur Schau und sonst gar nichts.

„Hier bekomme ich dich nie", zieht er mich auf.

„Ich habe plötzlich Magenknurren. Wir sollten uns was anziehen und in die Küche gehen", teste ich eine Ausrede.

„Anziehen ist heute leider aus. Willst du nackt runter?"

Um meine peinlichen Erinnerungen für die Zukunft aufzupeppen? Eher nicht.

„Eigentlich bin ich gar nicht mehr hungrig." Fieberhaft suche ich nach einer anderen Behauptung. „Ich muss jetzt dringend noch ..." Kreativwasser habe ich jedenfalls nicht getrunken. „Ähm ... Postkarten schreiben. Gibt es hier in Transsylvanien einen Briefkasten?"

„Süße, gib deine Post einfach mir. Ich bin der Bote. Flüsterpost ist mein Spezialgebiet und ich kann dir wirklich was flüstern, wenn ich dich in die Finger bekomme."

Oh Mann, er ist so was von nackt. Mir geht auf, dass ich es auch bin.

„So, das war schön", probiere ich es mit Abbrechen. „Lass uns eine Pause machen und wir setzen das morgen fort. Ich bin so schrecklich müde." Demonstrativ reibe ich mir die Augen.

„Ja? Ich auch. Wie der Zufall so spielt, habe ich unten ein Bett stehen."

Ich schlucke schwer und sehe ihn an. Mit den Händen

stütze ich mich an der Couch ab.

„Soll ich da jetzt immer schlafen?“, flüstere ich.

Konstantin wird sofort ernst. Ich kann es an seiner Körperspannung erkennen.

„Das würde mir gefallen.“

„Nur, dass wir uns erst einen Tag kennen, und plötzlich bin ich nackt und hatte schon intimen Spaß mit dir. Zweimal hintereinander.“

Er lächelt. „Da wärst du die erste Frau, die sich beschwert, dass sie zu schnell kommt.“

„Das meinte ich eigentlich nicht“, sage ich verlegen.

„Okay, ich verspreche dir etwas. Ich werde dich auf jeden Fall küssen, beißen, berühren.“ Von dem Versprechen bekomme ich Bauchkribbeln. Inwiefern soll mich das beruhigen, wenn ich künftig in seinem Bett bin?

„Aber ich werde nicht mit dir schlafen“, fährt er fort. „Bis du mich darum bittest. Darauf gebe ich dir mein Wort. Du bestimmst den Zeitpunkt.“ Er kommt auf mich zu und streckt seine Hand nach mir aus. Ich gehe ihm entgegen und nehme sie. „Würde ich dich am liebsten sofort ausfüllen? Oh, ja. Wird es mir schwerfallen, mich zu beherrschen? Absolut. Bedeutet es, dass du mich provozieren darfst, ohne dass ich bis zum letzten Schritt gehe? Ja. Ich will, dass du mich reizt. Spiele mit mir. Bring mich um den Verstand. Das alles darfst du, okay?“

Ich sehe ihn staunend an. „Wieso gibst du mir so viel Macht?“

„Damit du weißt, dass wir gleichberechtigt sind.“

„Aber das sind wir nicht wirklich“, wende ich ein.

„Elise, gib uns etwas Zeit, okay? Mir ist klar, dass du deine Vergangenheit nicht einfach abschütteln kannst.

Deine Tante hat dir Unterschiede eingeprügelt. Für dich ist der Gedanke neu, dass Vampire auch anders sein können. Ich wusste mein ganzes Leben, welche Beziehung ich suche.“

Ich schüttele den Kopf und lächele wehmütig. „Nein, mir ist der Gedanke nicht neu. Es ist nur sehr lange her. Meine Eltern waren immer gut zu mir. In ihren Augen war ich nicht defekt oder behindert. Solange sie lebten, hat meine Tante sich zusammengerissen. Sie hat viele Gesichter.“

„Der Preis dafür ist vermutlich, ohne Herz herumzulaufen.“

Ich schmiege mich an seinen Körper. Er ist so warm und hoch gewachsen. Seine Arme legen sich um mich und halten mich. Das Gefühl ist unbeschreiblich. Eine Nähe, die ich mir so lange schon gewünscht habe. Ich zeichne das Geäst seiner Adern unter der Haut mit meiner Fingerspitze nach und er bekommt eine Gänsehaut.

„Ich weiß auch nicht, warum es mir mit dir so leicht fällt“, gebe ich zu. „Vielleicht, weil ich sterben wollte und durch dich noch am Leben bin. Hättest du mich nicht gekauft, hätte mich niemand unterbrochen ...“

Seine Hände graben sich in meine Schultern. „Erinnere mich bloß nicht daran“, flüstert er.

„Alles, was jetzt passiert, ist gewissermaßen extra. Ein Bonus obendrauf. Du hast mich nicht nur gekauft. Mein Leben gehört dir. Ich gehöre dir, Konstantin. Auf eine Weise, die nichts mit Besitz oder Vormundschaft zu tun hat.“

„Mhm, das hoffe ich doch.“

Er zieht mich mit sich auf den Fellteppich hinab, der

vor der Couch liegt. Es ist herrlich weich. Im Grunde fehlt nur ein prasselndes Kaminfeuer. Ich meine, mich zu erinnern, dass ein Kamin in seinem Zimmer steht, allerdings brannte kein Feuer darin. Ich ertappe mich dabei, wie ich mir Dinge mit ihm ausmale, im Moment nur für die nähere Zukunft, doch ich plane. Es ist lange her, dass ich das getan habe. Meist lebte ich von Tag zu Tag, einen Schritt nach dem anderen und habe in kleinen Dimensionen gedacht. Plötzlich scheint alles möglich.

Er streckt sich auf dem Boden aus und ich lege mich an seine Seite und meinen Kopf auf seine Schulter. Mit der Hand beschreibe ich Kreise auf seiner Brust. Er hält mich und küsst meine Stirn, krault meinen Rücken und spielt mit meinem Haar. Es fühlt sich absurd vertraut an, obwohl ich ihn kaum kenne.

Konstantin erzählt mir von seinem Leben, lustige Anekdoten aus seiner Kindheit oder der jüngeren Vergangenheit. Ich werde nicht müde, ihm zuzuhören und einfach bei ihm zu sein. Lange beobachte ich ihn, besonders seinen Mund beim Sprechen. Er hat volle Lippen mit einem wunderschönen Lächeln. Seine Nase ist schmal und leicht gebogen. Er ist noch blasser, als ich es bin. Ich betrachte das Geäst feiner Adern unter seiner Haut, die auch durchschimmern, wenn er nicht im Blutrausch ist, allerdings nicht so stark wie dann.

Er hat ein reliefreiches Gesicht, nicht flach oder breit. Weder wirkt er feminin, noch wie ein Boxer. Ein Gesicht, wie tausend andere und doch für mich ganz besonders. Ich zeichne die Linien und Umrisse nach, während er spricht. Augenbrauen, Haaransatz, Nasenrücken, Kinn. Er lächelt irritiert, doch er erzählt weiter. Als mein

Finger an seinem Mund vorbeikommt, fängt er ihn mit seinen Zähnen ein, umschließt ihn mit den Lippen und umspielt ihn mit seiner Zunge.

Mir stockt der Atem und ich sehe ihn sprachlos an. Sein Blick wird verhangen, dunkel. Seine Zähne noch länger. Die Adern treten schwarz hervor. Er rollt mich auf den Rücken und sich obenauf. Ich spüre sein schweres Gewicht auf mir, obwohl er sich auf seine Ellbogen links und rechts von mir stemmt. Lange, schlanke Beine verweben sich mit meinen, sein Geschlecht drückt hart gegen meine Hüfte und sein Bauch ist heiß auf meiner Haut. Er nimmt mein Gesicht zwischen seine Hände und beginnt, mich zu küssen. Hungrig und besitzergreifend.

Die Zeit treibt dahin, Minuten verrinnen zwischen Lippen und Berührungen. Wir flüstern unsere Namen und hauchen einander Küsse auf. Schließlich verschmilzt seine Zunge förmlich mit meiner, sein Mund küsst mich schwindlig und meine Lippen prickeln.

Ich lächele ihn an und schenke ihm einen unschuldigen Augenaufschlag. „Sie küssen sehr gut, Herr. Soll ich das für Sie tun?“ Mit den Zähnen zwicke ich ihn in die Unterlippe und er stöhnt auf, schiebt sich zwischen meine Schenkel und spreizt sie dadurch.

„Beiß mich, Elise“, flüstert er heiser.

Ich zwicke ihn fester in die Lippe.

„Mehr.“ Sein Verlangen rollt durch dieses eine Wort. Ich beiße ihn. Kräftiger, doch noch immer vorsichtig. „Noch mehr.“

„Ich will dir nicht wehtun.“

Er legt den Kopf schief und betrachtet mich amüsiert. „Und was mache ich, wenn ich meine Zähne in dich schlage, bis ich eine Ader finde?“

„Ich kann das nicht“, murmele ich.

„Das weiß ich, dafür fehlen dir die langen Eckzähne. Allerdings kannst du mich fester beißen. Es muss nicht bluten. Ich will nur deine Bissspuren tragen. Ein paar Flecken dürfen es schon sein. Zeichne mich, Elise. Kennzeichne mich mit deinen Zähnen.“

Sein Mund wandert an mein Ohr und seine Zunge macht mich kribbelig. „Besitze mich, Elise. Es ist Teil meiner Kultur, sich zu markieren, wenn man zusammengehört. Ich weiß, du bist Mensch und nicht Vampir, doch ein paar Eigenheiten könnten wir übernehmen, oder? Das Beste aus beiden Welten.“

Ich spüre ein scharfes Stechen an meinem Ohrläppchen und Konstantin saugt daran, bis sich die Wunde schließt. „Ich liebe es, zu beißen“, raunt er. „Und ich liebe es, gebissen zu werden.“

Unsicher knabbere ich an meiner Unterlippe und er schüttelt den Kopf.

„An meiner, nicht an deiner“, scherzt er und bringt seinen Mund an meinen. „Bitte.“

Ich schlucke und lecke über meine Lippen. Irgendwie ist es verrucht und macht mich an, weil ich weiß, dass es ihn anmacht. Ich nehme meinen Mut zusammen, lege meine Zähne um seine Lippe und prüfe sie auf ihren Halt darin. Seine Hände krallen sich in mein Haar und ich spüre, wie sein Herz schneller schlägt, fühle es durch seinen Brustkorb hindurch an meinem. Konstantin kanalisiert seine Erregung durch kreisende Hüftbewegungen. Sein Atem geht stockend. Jeder Atemzug ist ein heißwarmer Luftstrom an meinem Mund. Ich hole Luft, wenn er sie ausstößt, sauge sie tief ein, halte selbst meinen Atem an und beiße dann fest zu.

Es ist ungewöhnlich schwer. Noch immer fürchte ich, ihm wehzutun. Doch er hält meinen Kopf voller Leidenschaft und presst sich in ganzer Länge auf mich. Sein Gewicht erdrückt mich regelrecht, als wollte er in mich hineinkriechen.

Konstantin stöhnt schwer auf. Als ich zarter zu ihm werde, raunt er nur: „Mach weiter."

Ich schlinge meine Beine um seine Hüften, meine Arme um seinen Rücken, dränge mich ihm entgegen und schlage meine Zähne in ihn. Mir ist klar, dass ich ihn mehr als nur ein bisschen quetsche. Spätestens, als ich Blut schmecke, weiß ich, dass er es deutlich gespürt haben muss. Für mich ist es lediglich ein salzig-metallisches Aroma. Nichts, was mich erregt oder ekelt. Ich weiß wie Blut schmeckt. Punkt.

Aber Konstantin windet sich auf mir und stößt kehlige Geräusche aus, als wäre dies eine Form der ultimativen Befriedigung. „Ja", keucht er.

Ich gebe seine Lippe frei und keine Sekunde später beißt er in meine. Unser Blut verbindet sich. Er verteilt es mit seiner Zunge und zwickt nach. Dann küsst er mich atemlos, heftig und ungezügelt. Ich schmecke ihn, mich, uns. Zwei Leben, die sich verbunden haben.

Irgendwann versorgt er meine Wunde. Doch seine eigene lässt er unberührt. Seine Lippe ist angeschwollen und lila.

Ich knabbere an seinem Kinn entlang zum Hals und beiße ihn erneut. Er keilt mich wie im Rausch unter sich ein. Ich sauge an seinem Hals, als würde ich von ihm trinken, obwohl es diesmal nicht blutet. Er genießt es. Konstantin glüht am ganzen Körper und Schweiß bedeckt seine Haut.

„Kratz mich“, verlangt er und ich ziehe meine Nägel über seinen Rücken, so gut ich kann. Sie sind nicht besonders lang. Tylandora wollte sie kurz und unlackiert. Schließlich war ich nur Personal und keine Frau von Stand.

Ich spüre, wie ihm das ein Lachen entlockt. „Zeig mal her.“ Ich halte ihm eine Hand hin, und er betrachtet die kurzen, blassen Nägel. „Oh, Elise, würde es dir etwas ausmachen, sie wachsen zu lassen?“

Ich muss schmunzeln und schüttele den Kopf.

Seine Augen leuchten zufrieden. „Gut, und was hältst du von Farbe? Rot? Blutrot. Ginge das?“

„Natürlich, Herr. Was immer Ihr Euch wünscht.“

„Mhm, ich mag es, wenn du unartig bist.“

„Wegen der roten Nägel?“, erkundige ich mich beiläufig. „Meint Ihr das?“

„Ich meine, dass ich dir mal wieder das Du beibringen sollte“, knurrt er leidenschaftlich.

„Ach, ich fürchte, dafür haben wir jetzt keine Zeit“, erkläre ich fröhlich.

Er runzelt die Stirn. „Ich habe ganz viel Zeit, das versichere ich dir.“

„Ich komme um vor Hunger. Wir haben seit Stunden nichts gegessen.“

Außer uns gegenseitig.

Er will einen Blick auf seine Uhr werfen und stellt fest, dass sein Handgelenk leer ist.

„Na, gut“, räumt er ein und wir entwirren uns aus unserer Umarmung. Ich merke, wie mir die Sehnen meiner Oberschenkel schmerzen, weil er zu lange dazwischen lag. Andererseits fühlt es sich auf eine bestimmte Art gut an. „Aber nur, weil ich versprochen habe, dich auf eine gesunde Konfektionsgröße zu bringen, mein kleiner Hungerhaken."

Konstantin steht auf und zieht mich mit sich hoch. Dann haucht er mir einen Kuss auf. Kurz und doch liebevoll. Wir gehen hinunter in seinen Schlafbereich.

Er schaut auf seinem Handy nach der Uhrzeit und flucht. „Mist, ich habe einige Anrufe verpasst. Würde es dich stören, wenn ich das hier kurz erledige?"

„Nein, überhaupt nicht." Ich deute Richtung Badezimmer. „Aber ich werde mir schnell was anziehen und die Küche plündern, ja?"

„Okay. Ich komme gleich nach."

Ich husche davon, nutze die Toilette und streife mir mein schwarzes Kleid über, das am Boden liegt. Es hat Feuchtigkeit gezogen, doch zum Glück fällt es bei dem Stoff nicht auf. Auf einer der Mosaikablagen entdecke ich einen Kamm und ordne schnell meine zerzausten Haare. Himmel, wie ich sonst aussähe. Glücklich lächele ich mein Spiegelbild an. Gestern habe ich mich völlig anders betrachtet. Ich streiche mein Kleid glatt und gehe hinaus. Als ich seinen Bereich verlasse, höre ich ihn telefonieren.

Ich laufe zur großen Empfangshalle zurück, weil mir seine gewundene Treppe und die hohe Kuppel mit der Deckenmalerei so gut gefallen. Auf halbem Weg fällt mir ein, dass ich unser Tablett hätte mitnehmen können, doch dann ist es mir egal genug, um nicht wieder umzukehren. Ich treffe an der Treppe ein, als sein Butler jemandem die Tür öffnet.

„... geht sonst immer an sein Telefon", höre ich eine Frauenstimme.

Eine elegante Vampirfrau ganz in weißer Seide und weißem Nerz mit meterhohen Pumps betritt auf klackenden Sohlen die Halle. Theatralisch stemmt sie die Hände in die Hüften. Sie hat eine Sanduhrfigur mit üppigem Busen, ausladenden Hüften und einer Taille, die so getrimmt ist, dass ich eine Korsage darunter vermute. Ihre Lippen sind kirschrot bemalt. Sie zieht einen Schmollmund. Ihre Haare sind goldblond und zu einer Hochsteckfrisur aufgetürmt. Ihre ganze Erscheinung schreit nach Geld, Drama und einem naturgegebenen Anrecht auf Bewunderung. Sie ist wirklich eine Erscheinung und gehört eher auf einen Empfang des Auswärtigen Amtes als in eine einsame Halle ohne Festivität, ganz gleich wie luxuriös es hier ist.

„Also, Barnabas, wo steckt Stanis?“, fragt sie mit anklagendem Unterton.

Stanis?

„Oben in seinen Privaträumen, Miss Maribella.“

Sie verlagert ihr Gewicht auf ein Bein und lässt die Schuhspitze des anderen auf den Boden trommeln. „Warum geht er dann, verdammt noch mal, nicht an sein Telefon? Ist der Satellit runtergefallen?“

Der Butler räuspert sich verlegen. „Gewiss nicht, Madame.“

Er wirft einen flüchtigen Blick in meine Richtung und die blonde Frau dreht sich zu mir herum und mustert mich aus schmalen Augen. Ich bin auf der Treppe stehengeblieben. Sie schürzt die Lippen und fordert mich dann mit ihrem Zeigefinger auf, zu ihr zu kommen. Ich schlucke und gehe folgsam hinunter, bleibe fünf Meter vor ihr stehen. Ich habe das dringende Bedürfnis, den Kopf zwischen die Schultern zu ziehen.

„Näher Mädchen“, fordert sie.

Artig leiste ich ihr folge und sie mustert mich aus herablassenden Augen.

„Viel ist an dir ja nicht dran.“ Dann schaut sie zum Butler. „Seit wann hat Stanis das dürre Ding?“

Sprachlos sehe ich sie an.

„Seit gestern, Miss Maribella.“

„Hm.“ Sie rümpft die Nase und inspiziert mich. Mir wird klar, dass ich mein schwarzes Dienstbotenkleid trage und sie mich sicherlich in die Angestelltenschublade steckt.

„Tja“, resümiert sie. „Wenigstens dürftest du nicht teuer gewesen sein.“

Mir bleibt der Mund offen. Ich bin schon oft beleidigt worden, doch nach all der Freundlichkeit, die ich in Konstantins Haus zu spüren bekam, trifft mich ihre Missbilligung wie ein kalter Guss. Sie schält sich aus ihrem Nerz, als ihr Blick an mir vorbeigleitet und sie ein Lächeln aufsetzt.

„Oh, Stanis, du hast dir endlich einmal bluthaltiges Personal zugelegt. Das wurde aber auch Zeit.“ Sie wirft den Pelz in meine Richtung und gefühlte zehn Kilo Tierhaare treffen mich wie eine Woge. „Häng ihn auf!“, instruiert sie mich. „Aber geh sorgsam damit um.“

Ich sehe mich nach Konstantin um, der mit langen Schritten auf uns zukommt.

„Du wirst nichts dergleichen tun“, sagt er und greift sich das Ding. Er tritt hinter sie und hilft ihr wieder hinein. Die Vampirin sieht völlig perplex aus.

„Was tust du da?“, fragt sie indigniert.

„Soweit ich mich erinnere, haben wir Schluss gemacht.“

Die beiden waren zusammen? Eifersucht trifft mich wie eine Keule in den Magen. Das da ist meine Vorgängerin? Verdammter Mist. Irgendwie potenziert das die Ansprüche an mich.

„Aber Stanis", sagt sie gurrend. „On und off. Das hatten wir doch schon öfter." Sie schabt mit ihren Nägeln unter seinem Kinn entlang, als wollte sie ihn damit verführen. „Ein bisschen Sex rückt deine Perspektive sicher wieder gerade. Außerdem wollte ich mit dir zum Medienempfang gehen."

Er fängt ihre Hand ein und nimmt sie von sich fort. „Diesmal hatten wir es beendet. Und vorbei heißt vorbei", stellt er ohne jede Regung klar.

Sie wird puterrot. „Männer wie dich finde ich überall!", tönt sie.

Er lacht sie aus. „Dann such mal schön."

„Stanis", winselt sie wie ein Kind, das den Kuchen nicht bekommt. „Seit wann bist du so abgestumpft?" Sie fasst sich an die Brüste. „Gefallen dir die beiden etwa nicht mehr?"

Sie lächelt ihn lasziv an. Ihre üppige Oberweite springt ihm förmlich entgegen. Es scheint ihr komplett egal zu sein, dass Personal anwesend ist. „Weißt du denn nicht mehr, wie geil es ist, wenn du deinen Schwanz dazwischen steckst und mich dabei in den Mund fickst?"

Sie leckt sich über die Lippen und ich will ihr nur noch ein Brett auf den Kopf knallen.

Dieses Miststück! Das ist mein Mann! Jedenfalls will ich das.

„Wenn ich jede Frau, die gut blasen kann, auf den Medienempfang schleppen würde, müsste ich mir ein größeres Auto zulegen", erklärt er ungerührt und schiebt sie zu Tür.

Auf ein Nicken seinerseits öffnet sein Butler die Tür und verkneift sich mühsam ein Grinsen.

„Das ist unerhört!“, keift die Blondine. *„Dir* sind doch jedes Mal die Augen rausgeploppt, wenn ich mal ein bisschen genuckelt habe.“ Sie hält ihm den Finger unter die Nase. *„Oh, ja, Maribella. Keine besorgt es mir so wie du“*, äfft sie ihn nach und verdreht dabei die Augen, als hätte sie Kuhwahnsinn.

„Dann wirst du unser Gerammel ja nicht vermissen. Wie du schon sagtest, du findest bestimmt einen anderen.“ Damit knallt er ihr die Tür vor der Nase zu und flucht deftig.

Ich stehe wie betäubt da und höre von draußen das Schimpfen einer verschmähten Frau: *„Du blöder Sack, mach die verfluchte Tür auf! Du schuldest mir was!“*

Konstantin dreht sich zu seinem Butler und deutet mit dem Finger auf die Tür. „Sie hat lebenslang Hausverbot, ist das klar? Schaff sie mir vom Grundstück und verwarne sie. Wenn sie nicht hören will, ruf Marcellus. Hauptsache, sie ist weg!“

„Ja, Sir“, erwidert Barnabas beflissen. Ihm scheint der Gedanke zu gefallen.

„Fickst du jetzt etwa die dürre Angestellte, du Arsch? Lässt du dich jetzt von dem Stumpfzahn beißen?“, kräht sie von draußen.

Er packt mich am Arm und zieht mich davon. Ich lasse mich völlig benommen fortschleifen. Als ich annahm, er würde nur promiskuitive Frauen kennen, hatte ich innerlich eigentlich einen Scherz gemacht.

Konstantin dirigiert mich in einen ruhigen Raum neben der Küche. Ich habe keine Augen für die

Einrichtung oder sonst irgendetwas. Er schiebt mich in einen Sessel, geht zur Anrichte und schenkt klirrend etwas in Gläser ein. In jeder seiner Bewegungen ist Wut erkennbar. Einen Moment fürchte ich, dass er den Dekanter zerknallt, als er ihn zurückstellt.

Er kommt mit zwei Gläsern zu mir und drückt mir eins in die Hand. „Bitte trink das, Liebes. Du bist aschfahl."

Ich schlucke beschwerlich. Mein Hunger ist wie ausradiert und ich habe Mühe, dass mir nicht schlecht wird. Konstantin legt den Finger unter mein Glas und lotst es zu meinem Mund. Mechanisch trinke ich einen Schluck. Zu viel, bevor mir einfällt, dass es Whisky ist. Die Flüssigkeit brennt sich mit der Wirkung flammbaren Alkohols meine Speiseröhre hinab, landet heiß in meinem Magen und entlockt mir ein Japsen.

„Gut, jetzt lebst du wieder", murmelt er und leert sein Glas. Konstantin kniet sich vor mich, stellt unsere Gläser beiseite und nimmt meine Hände.

Ich atme tief durch und starre hilflos an die Decke.

„Elise, es tut mir leid. Hörst du? Ich wollte nicht, dass sie herkommt. Ich habe ihre SMS, dass sie auf dem Weg ist, zu spät gesehen. Sonst hätte ich es ihr untersagt."

„Wie lange wart Ihr …?"

„Mal so, mal so. Es ging nie um Gefühle. Sie war verfügbar und ich war zu bequem mir eine andere zu suchen, obwohl ich es hätte besser wissen müssen."

„Dann habt Ihr …" Ich breche den Satz erneut ab. „Du magst eher üppige Frauen, oder?"

Er flucht. „Nein, sie war einfach nur da. Maribella hat weder Stil noch Manieren. Eine Zeitlang hat mir das gefallen, weil es bloß um Sex ging. Aber du hast sie selbst erlebt. Sie fing an, lästig zu werden, Forderungen zu stellen, sich als meine feste Freundin auszugeben und gesellschaftlichen Unsinn zu verbreiten. Ich habe ihr gesagt, dass das nicht läuft, und als sie damit nicht aufhörte, habe ich einen endgültigen Schlussstrich gezogen. Sie war einfach zu weit gegangen. Auch meinem Personal gegenüber."

Mittlerweile schaffe ich es, ihn anzusehen. „Wann war das?"

„Vor drei Wochen", räumt er ein.

Entsetzt starre ich ihn an. „Vor drei Wochen? So wie: *gerade erst eben*?"

„Ich fühle mich emotional sicher nicht an sie gebunden, Elise. Der Faktor Zeit spielt in diesem Fall keine Rolle." Er massiert meine Hände. „Hey", flüstert er. „Ich kannte dich zu dem Moment noch nicht. Ich wusste nicht, wann mir die Frau begegnen würde, mit der ich eine echte Beziehung will. Ich hatte keine Kristallkugel. Wenn ich gewusst hätte, dass wir so bald aufeinandertreffen, wäre es anders gelaufen. Vergangen ist vergangen. Sie ist vorbei."

„Sie steht draußen vor deiner Tür", erinnere ich ihn betroffen.

So vorbei finde ich das nicht. Ich hatte nicht angenommen, seine Verflossenen hautnah serviert zu bekommen. Erst recht nicht dermaßen detailreich und frivol.

Er zuckt die Schultern. „Na, wenn schon? Es ist kalt. Sie wird frieren, ihr werden die Beschimpfungen ausgehen und sie wird ihren letzten Stolz zusammenkratzen und verschwinden. Ich will nicht mehr von ihr reden. Sie ist nicht wichtig. *Du* bist wichtig."

„Und wenn du mich genauso fallenlässt wie sie?“, flüstere ich. Diese kalte Angst liegt auf meinem Rücken wie ein Leichentuch. Ich will ihn nicht verlieren.

„Shhh, nein. Das werde ich nicht.“ Er zieht mich an die Kante des Sessels und sieht mich eindringlich an. „Das werde ich nicht. Ich verspreche es dir und ich habe ihr nie etwas versprochen.“

Ich spiele mit meinen Fingern und sehe ihn unschlüssig an. „Ich wusste, dass du eine Vorgeschichte hast, und mir ist klar, dass du mich mit ihr nicht betrogen hast. Es tut nur so weh, verstehst du?“

Er nickt und überlegt.

Konstantin ist der einzige Mann in meinem Leben, bloß ich nicht die einzige Frau in seinem. Er ist viel älter als ich. Natürlich hat er gelebt. Auch auf diese Weise. Ich versuche mir einzureden, dass es nichts bedeutet. Gleichzeitig frage ich mich, was ich vor drei Wochen gemacht habe, als er sich noch mit ihr traf. Vermutlich war ich im Büro der Kröte putzen und Konstantin und sie haben Dinge gemacht, die ... so völlig unvertraut für mich sind. Ich weiß nicht mal, ob ich mögen könnte, was sie für ihn getan hat. Was, wenn er das braucht und ich mich nicht überwinden kann?

Halt! Stopp! Ich schiebe mir einen gedanklichen Riegel vor den Kopf. Er weiß, dass ich unerfahren bin. Er erwartet nicht, dass ich verrucht vor ihm strippe und dann loslege, als hätte ich es gelernt.

„Was kann ich tun, damit es aufhört, dir wehzutun?“, fragt er mich ernst.

„Du weißt, dass ich das alles noch nie gemacht habe“, sage ich. „Wie denkst du darüber?“

Er lächelt schief. Jenes Lächeln, bei dem nur ein

Mundwinkel involviert ist. Ich finde es höllisch attraktiv.

„Ganz ehrlich?", hakt er nach.

„Ja."

„Auf die Gefahr hin, dass du mich für chauvinistisch hältst, doch der Gedanke, dass ich für dich der erste und einzige Mann bin, ist verflucht anregend." Er grinst mich an.

„Dann hatte meine Tante also recht?"

Er kneift die Augen zusammen und ich kann ihm dabei zusehen, wie er überlegt, was sie alles gesagt hat.

„Dass es immer Männer gibt, die eine Blume zuerst pflücken wollen", helfe ich ihm auf die Sprünge.

Er hebt eine Augenbraue. „Ah, das. Ich glaube, sie sagte: »eine *hübsche* Blume pflücken«. Ansonsten bin ich schuldig im Sinne der Anklage."

Seine Offenheit ist entwaffnend.

„Erklärst du mir, warum das so ist?"

Konstantin lächelt gequält. „Also, du wärst in meinen Augen nicht weniger Wert oder so etwas Absurdes, okay? Ich möchte, dass dir das klar ist. Ich will in jedem Fall mit dir zusammen sein. Aber ..." Er wiegt den Kopf hin und her und hebt ergeben die Hände. „Es gibt immer nur ein erstes Mal, richtig? Es ist etwas Besonderes und es ist mir eine Ehre, wenn du es mir schenkst. Mir geht es nicht um Trophäen sammeln, das könnten andere Kerle durchaus als Sport betrachten. Ich weiß, dass es eine Bedeutung für dich hat. An das erste Mal erinnert sich doch jeder."

„Wie deines in der Hose?", necke ich ihn.

Er schüttelt bloß den Kopf. „Wie lange wirst du das gegen mich verwenden?"

„Wie viel Zeit hast du?"

Konstantin lacht. Dann sieht er mich energisch an. „Du gehörst mir und ich gehöre dir, okay?“ Er tippt sich an seine geschwollene Lippe und den Knutschfleck an seinem Hals.

Mir wird warm ums Herz und ich weiß, dass er es so meint. Wie eine Welle an den Strand, fließt die gute Laune zu mir zurück. Ich sehe mir das Ungetüm von Knutschsouvenir an und schnalze gespielt mitleidig mit der Zunge. So als hätte ich es ihm ja gleich gesagt und als hätte er es doch kommen sehen müssen.

„So etwas passiert, wenn man mit Teenagern rummacht. Die wissen nicht mal, wie man küsst.“ Ich tippe mir gegen die Schläfe, als würde da drin etwas fehlen. „Andauernd gibt es mondgroße Kussandenken. Das ist so peinlich. Na ja.“

Ich sehe die Erleichterung in seinem Blick.

Wie ein Bauer, der zurück aufs Feld muss, stemme ich meine Hände auf die Oberschenkel und stehe auf. „Die Küche ruft. Hat mich doch letztens so ein altes Eisen knochig genannt. Das war wirklich dreist.“

Er grinst wie jemand, der sich finstere Pläne ausmalt. Hat sicher etwas mit Rache zu tun.

„Tatsächlich. So ein *altes Eisen*?“, erkundigt er sich.

Ich nicke bekräftigend. „Ganz alt. Das war knapp. Ein bisschen eher auf der Welt und er hätte den Meteoriteneinschlag abbekommen, der die Dinos gegrillt hat. Arme Viecher.“

„Ich kenne gleich noch ein armes Vieh“, mahnt er.

Ich sehe gespielt beiläufig auf meine imaginäre Armbanduhr. „Mensch, schon so spät. Ich muss jetzt aber ab in die Küche und was auf meinen mageren Körper kriegen.“

„Wo du gerade *‚was auf deinen mageren Körper kriegen‘* erwähnst: Dein Hintern sieht aus, als hätte er es besonders nötig.“

Ich drehe ihm eine lange Nase. „Komm und fange mich doch, wenn deine Gicht mitmacht.“

Dann renne ich los wie der Teufel. Weit vorbei an der Küche, denn die ist direkt neben unserem Zimmer. Ich habe Konstantin auf den Fersen und seine langen Beine und die etwa siebzig Prozent mehr Muskelmasse geben ihm einen ordentlichen Vorteil. Er will mich jagen. Das ist mir klar. Ich selbst habe die Jagd auf mich eröffnet.

Was ist eigentlich in mich gefahren? Das gibt definitiv Zähne in den Hals.

Dann kommt mir der Küchenchef verblüfft entgegen. Ich flitze auf ihn zu. „Hilfe! Hilfe! Jungfrau in Nöten!“, rufe ich lachend und renne an ihm vorbei.

„Armand, was hast du ihr ins Essen getan?“, höre ich Konstantin hinter mir scherzen und merke daran, dass er deutlich aufgeholt hat. Er klingt bedrohlich nah.

Ich spurte um die Kurve und in den Lastenaufzug hinein, wo der Koch herkam. Wahllos hämmere ich auf eine der Zahlen für die einzelnen Stockwerke und bekomme die Drei in die Finger. Die Lifttüren beginnen zusammenzugleiten und dann ist es wie in einem klischeebeladenen Krimi: Bevor sie sich endgültig schließen, landet eine Männerhand dazwischen und drückt sie wieder auf.

Ich weiche an den Rand der Kabine zurück und bin aufgeputscht durch Adrenalin und Spaß. Konstantins Gesicht kommt zum Vorschein und mit einem langen Schritt ist er bei mir und stemmt seine Hände neben mir gegen die Wand. Er legt seine Stirn an meine und unterdrückt ein Lachen, während er Atem schöpft.

Die Türen schließen sich und der Fahrstuhl setzt sich in Bewegung. Wir fahren in den dritten Stock. Mit einem Ping gehen die Türen auf. Wir stehen einfach nur da, schauen uns in die Augen und sagen nichts. Hinter ihm schließt sich der Lift wieder und dann passiert nichts mehr. Kein Knopf wird gedrückt und niemand ruft die Kabine in eine andere Etage.

„Was bekomme ich fürs Hühnerfangen eigentlich?“, fragt er mich schließlich.

Es macht mir Spaß ihn zu ärgern, also sage ich: „Wenn du willst, schnitze ich dir etwas aus einer Karotte. Armand hat sicher eine. Du könntest es mit einer Schnur um den Hals tragen und mächtig angeben.“

„Im Hasenstall?“, meint er skeptisch. „Nächster Vorschlag.“

Ich grinse. „Das gute Gefühl, gewonnen zu haben?“, probiere ich es.

Er lacht leise. „Einen Versuch hast du noch.“

„Ich massiere dir deine abgeplagten Gelenke?“ In meine Stimme lege ich einen rauchigen Klang.

„Ach ja, die fiese Gicht.“ Er scheint über mein Angebot nachzudenken. „Was noch?“

„Wie was noch?“, frage ich konsterniert.

„Außer Massieren. Ich will mehr.“ Jetzt klingt er heiser.

Ich schnalze mit der Zunge und greife seine Worte von vorhin auf. „Es ist so schwierig, heutzutage zufriedene Herren und Meister zu bekommen.“

„Also, falls dir dein Hintern juckt“, verwarnt er mich.

„Dann kratze ich ihn mir an der Fahrstuhlwand?“, frage ich lieblich lächelnd.

„Nächster Vorschlag."

„Werde ich es einfach ertragen in dem guten Gefühl, dass ich dich geärgert habe?" Ich unterdrücke ein Kichern, weil er so herrlich gucken kann.

„Oh, Mann, der muss ja wahnsinnig jucken", raunt Konstantin nur. „Einen Versuch hast du noch."

„Dann frage ich Armand, ob er ein paar Kräuter gegen Jucken kennt?"

„Nicht doch, der ist schon schockiert genug."

Ich atme unsicher aus. „Etwa weil du etwas mit einem Menschen anfängst?"

„Ach, Quatsch! Er kennt meine Eltern. Eher weil ich Jungfrauen in Nöten bringe."

Die Antwort erleichtert mich. Das wäre eine Erklärung für das liebenswerte Verhalten seines Personals. Die familiäre Konstellation von Konstantin macht ihnen den Gedanken nicht fremd.

„Der gute Armand", sinniere ich. „Am besten gehe ich mal zu ihm und sehe, ob ich ihm beim Essen zubereiten helfen kann."

Ich versuche, mich an Konstantin vorbeizuschieben. Alles, was ich dafür ernte, ist eine Hand, die auf meinem Allerwertesten landet, sobald die Fahrstuhlwand nicht mehr schützt. Er massiert genüsslich eine Pobacke und sieht mich dabei neugierig an.

„Es juckt immer noch", klage ich und wackele mit meinem Hintern. Seine zweite Hand landet auf der anderen Backe und macht dort dasselbe.

„Schon mal im Fahrstuhl gevögelt?", fragt er mich, als ob ich ihm die Uhrzeit nennen soll.

Ich lächele ihn listig an. „Reizen? Wahnsinnig machen? Provozieren? Das alles darf ich und mir passiert nichts, oder wie war das?“

„Ich muss geistig umnachtet gewesen sein“, klagt er.

„Definitiv umnachtet. Ich kann bezeugen, dass es draußen dunkel war.“

„Armand würde nie so mit mir reden“, beschwert sich Konstantin gespielt schockiert.

„Du würdest ihm auch nie so den Arsch kneten“, zahle ich es ihm heim.

Er lacht und schüttelt sich gespielt. „Verflucht richtig. Das würde ich nie tun. Hast du dir seinen Hintern schon mal angesehen?“

Ich drehe gespielt nachdenklich die Augen nach oben. „Ja, schon oft, wenn du mich so fragst.“

Das bringt ihn dazu, meinen Hintern etwas fester durchzukneten. „Du spielst ganz schön mit dem Feuer“, warnt er.

Bei seinen Worten fällt mir etwas ein. „In deinem Zimmer steht ein Kamin oder?“

Etwas durcheinander sieht er mich an. „Ja, wieso?“

„Ich dachte nur, wenn ich bei dir schlafen soll ...“ Jetzt habe ich seine Aufmerksamkeit. „... dann würde ich es romantisch finden, wenn wir ihn anmachen.“

Konstantin leckt sich über die Lippen und nickt. Seine Hände versagen ihm den Dienst und liegen bewegungslos auf mir. „Ja sicher, Elise. Wenn du Wünsche hast – also ich bin froh, dass du mir das sagst.“

Ich schlinge meine Arme um seinen Nacken, stelle mich auf die Zehenspitzen und küsse ihn sanft. Ohne Zunge, ohne Zähne. Einfach so. Er schließt die Augen und erwidert den Kuss. Genauso zart. Ohne jedes Drängen.

„Vorhin war mein Appetit weg, doch jetzt würde ich

etwas essen können“, gebe ich zu. Mein Magen knurrt wie zur Bestätigung.

Konstantin drückt auf die Taste fürs Erdgeschoss und wir fahren hinunter. Er hält meine Hand, als wären wir eine Jugendliebe. Das lässt mich lächeln. Ich bin mir absolut sicher, dass er mit Blondie nie so dastand. Ich weiß, sie würde Gift und Galle spucken, wenn sie uns so sehen könnte. *»Lässt du dich jetzt von dem Stumpfzahn beißen?«*

Sie hat garantiert seine geschwollene Lippe gesehen und sich ihren Teil gedacht. Der Gedanke tröstet mich und beseitigt die Eifersucht, die mich vorhin geplagt hat. Er steht bei mir und nicht bei ihr. Um keinen Preis der Welt bin ich bereit, ihn zu teilen. Ich weiß, dass sie in diesem Moment mich beneidet. Das ist eine merkwürdige Situation.

Wir gehen den Flur zurück zur Küche und finden dort Armand und den Chauffeur Desmodan an einem Tisch sitzend vor, wie sie Zeitung lesen und einen Happen essen. Sie unterhalten sich über den Sportteil, als wir eintreten.

Konstantin hält meine Hand noch immer und macht keine Anstalten, von mir abzurücken oder zu verbergen, was er mit Worten beteuert hat. Mein Herz klopft schneller und ich sehe etwas bang zu den beiden, als würden sie Anstoß nehmen. Doch das passiert nicht. Beide lächeln.

Armands schaut auf unsere Hände und sein Lächeln wird noch breiter. Er zwinkert mir wohlwollend zu, wischt seine Hand an einer Schürze ab und steht auf. „Soll ich etwas anrichten?“

Sein Blick streift die Küchenuhr. Die Sonne wird bald

aufgehen. Ihm ist klar, dass wir nur Frühstück hatten.

Konstantin beäugt die Lebensmittel, die sich Armand und Desmodan hingestellt haben. Im Überwiegenden handelt es sich um beschmierte Brote und Baguette, ein paar Gläser Blut, einige Scheiben rohes Fleisch und blutige Wurst.

„Also, mir würde das genügen“, sagt er, „doch für Elise sollten wir etwas finden, das ihr mehr zusagt.“

Ich lächele verlegen. Essen mit Vampiren ist nicht unbedingt kompatibel mit meinen eigenen Speisevorstellungen. Doch es scheint sie nicht zu stören, mir andere Gerichte vorzuschlagen.

„Ich habe noch etwas Braten“, meint Armand und hebt einen Finger.

Er verschwindet zu seinen Vorräten, während Konstantin auf einen Stuhl am Tisch weist und mir behilflich ist, Platz zu nehmen. Er setzt sich direkt neben mich und bedient sich am Baguette.

„Tylandora hat nie in der Küche gegessen“, sage ich verblüfft.

„Sie hatte auch keine persönliche Beziehung zu ihren Mitarbeitern. Armand und Desmodan sind für mich langjährige Freunde. Ich kann mich auf sie verlassen und ich finde es hier gemütlicher, als alleine am großen Tisch zu sitzen. Meist haben wir ein paar Sportwetten laufen.“

„Konstantin ist zum Glück zu reich, um zu merken, dass er wenig Ahnung hat“, erklärt Desmodan. Mein Vampir schlägt lachend mit der flachen Hand nach dem Arm seines Chauffeurs und Armand kommt mit einigen Leckereien für mich zurück an den Tisch.

„*Alors*, bitte schön“, sagt er lächelnd.

„Danke."

„Wegen vorhin am Fahrstuhl ...", erklärt er betreten. „Also, wenn ich wirklich geglaubt hätte, dass du Hilfe brauchst, *ma petite*, dann ..."

„Schon gut."

Ich bin überrascht von seinen Worten. Immerhin ist er nicht mit mir befreundet und ich würde eher darauf spekulieren, dass er wegsieht, wenn sein Herr etwas tut, das nicht vorbildlich ist. Bei Tylandora stand mir niemals jemand bei.

„Ich würde nicht ernsthaft erwarten, dass Sie ...", beginne ich.

„Ah, ah, ah", hebt er abwehrend die Hände. „Erstens bin ich gegen Unrecht und zweitens solltest du mich nicht Siezen. Ich bin Armand." Er streckt mir seine Hand hin und ich schüttle sie dankbar. „Und der dort ist Desmodan, aber ihr habt Euch ja schon vorgestellt. Bei Konsti musst du aufpassen", erklärt er mir verschwörerisch.

Konsti? Hat hier jeder einen Spitznamen für ihn?

„Er tut nur so reich", fährt Armand fort. „Aber in Wahrheit ist er mehr einer von uns."

„Ach, wirklich?" Ich muss schmunzeln.

„Lass dir von den beiden nichts einreden", steuert Konstantin bei. „Ich bin ganz klar ein verzogener, reicher Snob."

Er will noch etwas sagen, doch sein Telefon klingelt. Nach einem schnellen Blick aufs Display, wendet er sich an mich: „Der ist wichtig. Stört es dich, wenn ich schnell ran gehe?"

„Nein, natürlich nicht."

Ich bin mehr als perplex über die Häufung

merkwürdiger Verhaltensweisen von den Vampiren in diesem Haus. Sie sind freundlich, stehen mir bei, sind bemüht, mir ein gutes Gefühl zu geben, fragen mich nach meiner Meinung.

Konstantin steht auf und geht hinaus. „Marcellus, was gibt es?“, höre ich ihn noch sagen, bevor sich die Küchentür hinter ihm schließt.

Armand deutet mit der Gabel in der Hand hinter ihm her. „Schuld ist natürlich seine Mutter, dem Himmel sei gedankt. Sicher weißt du schon, dass sie in jeder Hinsicht des Wortes menschlich ist, und sie hat ihn entsprechend erzogen. In all den Jahren gab es nie ein schlechtes Wort von ihm.“

„Es ist schön, dass du da bist“, stimmt Desmodan ein. „Mit Maribella wehte hier ein seltsamer Wind. Sie ist sehr launisch. Hat ihm nicht gut getan die Frau, oh nein.“ Er schüttelt den Kopf. „Dann sagt er mir bei Tylandoras Empfang, wir hätten noch einen Gast, den wir abholen. Er war total aufgeregt. Hat mich an mich selbst erinnert, als ich klein war und mich auf Geschenke freute. So habe ich ihn noch nie gesehen.“

„Du hältst sie vom Essen ab“, tadelt Armand. „Sie hat noch keinen Bissen von meinem Braten gegessen. *C'est indiscutable*. Das geht nicht.“

Ist Konstantin wirklich so von der Rolle gewesen? Mir geht unser erster Kuss durch den Sinn. Ich hatte es mehr unter dem Gesichtspunkt betrachtet, dass es mein erster und letzter sein würde. Für mich war es sehr besonders gewesen. Zu der Zeit habe ich nicht gewusst, dass es ein Anfang war. Ich frage mich, was in Konstantin vorging. Er hat gesagt, ich sei ihm schon beim Eintreten aufgefallen. Ich wünschte, ich könnte mich ähnlich genau erinnern, doch meine Bekanntschaft zu ihm begann in jenem Zimmer.

„Ich lasse mich gerne vom Essen abhalten. Bitte erzählt mir mehr über ihn“, dränge ich.

„Wir erzählen mehr, wenn du etwas isst, *oui*?“, schlägt Armand vor.

Ich nicke und häufe mir vom Braten auf die Gabel, nehme einen Bissen und würdige ihn mit einem „Mhm“.

Armand ist zufrieden und knetet seine kurzen, kräftigen Finger. „Einmal saßen wir in der Küche, redeten über Sport und die Welt und er war irgendwie nicht bei der Sache.“

Desmodan lehnt sich zu mir vor. „Da fragt er uns, ob es irgendwo noch eine normale Frau draußen gibt oder ob er zu viel wolle.“

„Wir kannten ein paar der Damen, die er so traf“, nimmt Armand den Faden wieder auf. „Es war klar, dass er im falschen Tümpel fischte.“

Ich nicke gefesselt. Die beiden beherrschen das Wechseln beim Erzählen perfekt. Ich tippe auf jahrelange Übung.

„Ich habe versucht, ihn mit meiner Schwester zu verkuppelt“, erinnert sich Desmodan.

„Ein hübsches Mädel“, bestätigt Armand. „Nicht so dumm wie die anderen. Aber der Funke wollte nicht überspringen.“ Er nimmt einen Schluck von seinem Glas und leckt sich das Blut von den Lippen. „Er hat sich nicht für sie interessiert. Ich hatte eine andere Partie für ihn. Meine Nichte lebt in Paris, sehr kultiviert und modisch.“

Armand macht Gesten mit den Händen, als wolle er feine Linien unterstreichen. „Ich dachte, die wird ihm gefallen.“ Er schüttelt ungläubig den Kopf. „*Mais non*, er hatte kein Auge für sie.“

„Aber wie kam es dann zu der Blondine von heute?“, frage ich irritiert.

„Das war die Schlimmste von allen“, meint der Fahrer abschätzig.

Der Koch nickt. „So ordinär und selbstverliebt. Hat sich hier regelrecht eingenistet.“ Armand sieht mürrisch aus. „Ich glaube, er hatte das Suchen satt und so hat er einfach eine genommen, von der er wusste, dass sie es auf keinen Fall ist. So war es leichter. Keine Komplikationen. Nur eine Bekanntschaft. Praktisch. Aber dumm.“

„Du brauchtest sie ja nur bekochen“, klagt Desmodan. „Ich habe sie herum chauffieren müssen. Immer wenn wir dachten, es wäre ausgestanden, hat er sich doch wieder mit ihr getroffen. Danach war er schlechter drauf als vorher. Das verstehe, wer wolle. Dass er sie heute vor die Tür gesetzt hat, hätte er so früher nicht getan.“

„Gut gemacht, Mädchen“, lobt mich Armand, als ob ich sie selbst hinausgeworfen hätte.

„Aber …“, will ich einwenden.

„Barnabas hat uns erzählt, was passiert ist“, erklärt er. „Konnte sich kaum das Lachen verkneifen. Sie hat immer zu ihm gesagt: ‚*Du inkompetenter Schwachkopf. Wenn ich erst Herrin hier bin, kannst du dir einen neuen Job suchen.*‘“ Armand imitiert ihren Tonfall und sogar den Gesichtsausdruck. Dann tippt er sich an die Stirn. „Doch unser Barnabas ist nicht blöd. Er hat es so inszeniert, dass sie ihn mal beschimpfte, als Konstantin nebenan war, ohne dass sie davon wusste. Das hat Ärger gegeben.“

„Vor drei Wochen?“, frage ich spontan.

„Oui, hat er es dir erzählt?“

„Ein bisschen.“

„Also, bei Barnabas hast du einen Stein im Brett, das steht fest. Er würde jede lieben, die ihm dieses Weib vom Hals hält. Wir dürfen doch annehmen, dass du bleibst, oder?“

Die beiden sehen mich an, als hätte ich in diesem Punkt eine Wahl. Das ist nicht wirklich der Fall. Natürlich möchte ich bleiben, allerdings könnte ich wenig daran tun, wenn es anders wäre. Das müsste ihnen klar sein.

„Ich denke schon“, antworte ich diplomatisch.

„Du möchtest doch bei ihm bleiben, *oui*?“, hakt Armand mit der ganzen Hoffnung eines romantischen Franzosen nach.

Das entlockt mir ein Lächeln. Mein Schauspieltalent ist reichlich bescheiden und mir ist bewusst, dass meine Gefühle über mein ganzes Gesicht plakatiert sind. Fehlt eigentlich nur die Leuchtreklame. „Ja, ich würde gern“, gestehe ich.

„Ah“, seufzt Armand zufrieden und tätschelt meine Hand. „Junge Liebe. Es gibt nichts schöneres, Mädchen.“

Ich laufe rot an. „Kann sein.“

Mir fällt ein, wie Konstantin mich in der Wanne berührt hat, wie wir stundenlang nackt im Turmzimmer auf dem Fell lagen und unsere Finger miteinander verwoben haben. Ich hatte wirklich noch nie etwas Schöneres erlebt. Und seine Küsse ...

Rasch nehme ich mir einen weiteren Happen vom Teller, bevor ich einen verklärten Blick bekomme und in die Luft starre, als wäre ich allein in meinem Bett.

Desmodan kratzt sich den Nacken und lächelt verlegen.

Hinter mir höre ich die Tür und drehe mich um. Konstantin steckt gerade sein Handy zurück in die Tasche. Für einen Moment ist sein Blick noch nicht bei mir und ich sehe, wie er seine Kiefer aufeinander drückt und über etwas brütet. Dann sieht er mich, setzt ein Lächeln auf und bemüht sich um Zwanglosigkeit.

Er tritt hinter mich, haucht mir einen Kuss auf die Stirn und legt seine Hände auf meine Schultern. „Alles erledigt. Ich hoffe, die beiden haben dich nicht tot gelangweilt."

6. TRÄUME

Ich betrachte seinen Rücken, während er vor dem Kamin kniet und versucht, das Feuer in Gang zu bringen. Wir haben das Essen in der Küche erledigt, uns nach lustigem Geplänkel von Armand und Desmodan verabschiedet und sind zum Schlafen nach oben verschwunden. Die Fenster sind bereits verdunkelt, um die bald aufgehende Sonne auszuschließen. Er hat sich an meinen Wunsch nach einem Feuer im Kamin erinnert und tut nun sein Bestes, um ihn zu erfüllen.

„Darf ich offen sprechen?“, frage ich.

Er sieht sich zu mir um. „Immer.“

„Irgendetwas bedrückt dich doch, oder? Seit dem Telefonat.“

Eine Weile schweigt er bis Flammen an den Holzspänen hochzüngeln. Er schichtet ein paar Scheite nach und stochert in der Glut. Als er mit seiner Arbeit zufrieden ist und das Feuer im Kamin knackt und knistert, kommt er zu mir. Oranges Licht erfüllt flackernd den Raum, zeichnet tiefe Konturen in die Gegenstände und lässt Schatten tanzen. Es ist unbeschreiblich schön und ich betrachte die Lohe, sitze auf dem Bett und ziehe die Knie vor die Brust. Mein Kopf liegt auf ihnen und mit den Fingern spiele ich an meinen Zehen. Konstantin verteilt meine Haare über meinem Rücken und den Schultern, kämmt mit seinen Händen hindurch und riecht daran. Ich weiß, dass sie nach Mandeln und Honig von unserem Bad duften. Er ist barfuß und steigt aufs Bett, lässt sich hinter mir nieder und umfängt mich mit seinen Armen. Sein Kopf gesellt sich zu meiner Schulter und wir beobachten den Kamin, ohne zu reden. Ich genieße seine Nähe und lasse mich in die Berührung fallen.

„Es gibt ein paar Entwicklungen“, sagt er schließlich. „Deine Tante versucht, einen Fuß in meine Geschäfte zu bekommen. Ihr scheint zu Ohren gekommen zu sein, dass du mehr für mich sein könntest, als Eigentum. Vermutlich will sie über die familiäre Schiene ihre Karten ausspielen.“

„Woher weiß sie von uns?“

Ich spüre, wie er hinter mir die Schultern zuckt. „Maribella, nehme ich an. Tylandora und Callistus sind alte Bekannte, vielleicht sogar Freunde, wenn es bei den beiden so etwas überhaupt gibt.“

Ich runzele die Stirn und erkenne die Verbindung nicht. Was hat Maribella mit den beiden zu tun? Ich habe sie noch nie bei meiner Tante gesehen. „Das verstehe ich nicht ganz.“

„Maribella ist die Halbschwester von Callistus“, klärt er mich auf.

Überrascht sehe ich zu ihm hinter. „Sie ist viel jünger

und sie sehen sich nicht einmal ähnlich.“ Verführerisch und blond gegen altersfleckig und grau. Weder Statur noch Gesichtszüge verraten etwas über ihre Verwandtschaft.

„Sein Vater hat noch einmal neu geheiratet nach der Scheidung. Aus dieser Ehe ging Maribella hervor. Die beiden sind etwa fünfundzwanzig Jahre auseinander und haben unterschiedliche Mütter. Nein, die Ähnlichkeit fehlt völlig. Und ansonsten gilt der alte Spruch: Die Welt ist klein.“

„Du kennst Callistus also besser?“ Damit habe ich nicht gerechnet.

Konstantin rümpft die Nase. „Nein, nicht wirklich. Ich habe ihn durch Maribella zwar auch getroffen, zu langweiligen Abendessen und dergleichen.“ Er seufzt entnervt. „Anfangs wollte er wohl Vorteile in der Verbindung sehen. Als wäre man immer gleich eine Familie, die zusammen Geschäfte tätigt. Ich mochte ihn von Anfang an nicht. Nachdem ihm klar war, dass ich nur mit Maribella ausgehe und sonst nichts, war er reichlich verschnupft.“ Er zuckt mit den Schultern. „Aber was wollte er tun? Mit dem Fuß aufstampfen und sich beschweren? Gewissermaßen tat mir Maribella leid mit so einer Familie. Es hat mich nicht gewundert, dass sie versucht hat, dort raus zu kommen und die Sache mit uns zu forcieren. Bloß, dass ich da nicht mitgespielt habe.“

Ja, zum Glück. Mir fallen deswegen tonnenweise Steine vom Herzen. Wenn ich ihn so über sie reden höre, wird mir klar, dass meine anfängliche Eifersucht unbegründet war. Ob mit mir oder ohne mich, er hat sich nicht für sie interessiert.

„Okay“, versuche ich den Faden fortzuspinnen. „Dann ist sie also zu ihrem Halbbruder, der zu meiner Tante und Tylandora wittert nun ihre Stunde voller Gelegenheiten. Mir ist nur nicht ganz klar, warum du besorgt bist.“

Konstantin lächelt matt. „Nichts Ernstes. Ich habe ihr einen kleinen Einfluss ermöglicht, um dich zu bekommen. Marcellus arbeitet bereits daran, damit wir sie wieder vor die Tür setzen können. Er stochert jetzt in ihren Geschäften herum. Mal sehen, was er findet.“

Er spielt mit einer meiner Haarsträhnen. „Ich bin deswegen nicht beunruhigt. Sie ist mir eher lästig. Dass ich mich mit Leuten wie Callistus oder Tylandora überhaupt herumschlagen muss, geht mir gegen den Strich. Aber lass uns davon nicht die Laune verderben.“

Ich schlucke und denke nach, sehe auf das Feuer und krieche förmlich in Konstantins Umarmung. Irgendwie hatte ich abhaken wollen, welche Vergangenheit ich bei meiner Tante hatte. Es ging mir darum, es hinter mir zu lassen, ganz ohne böses Blut. Ich wollte ihr trotz allem nie schaden. Doch nun drängt sie sich in Konstantins Leben und damit geht sie zu weit. Er hat recht, wenn er sagt, dass diese Frau keine Macht haben sollte.

„Möglicherweise weiß ich einen Ansatz für deinen Berater“, sage ich langsam.

„Meinst du Marcellus?“

„Ja. Ist er denn nicht dein Berater?“

„Eher meine rechte Hand. Was für ein Ansatz?“ Konstantin richtet sich auf und sieht mich gespannt an.

„Ich will nicht, dass du denkst, ich wäre illoyal, wenn ich dir etwas anvertraue.“

„Weil du mir etwas über deine Tante verrätst?“, hakt er

nach.

„Ja."

Er legt eine Hand unter mein Kinn und schaut mich bestimmt an. „Das tue ich nicht. Ich denke überhaupt nichts Schlechtes von dir. Wenn du dich unwohl dabei fühlst, mir etwas preiszugeben, dann brauchst du es nicht tun. Das wäre in Ordnung, Elise. Ich komme mit deiner Tante alleine klar. Doch falls du mir helfen magst, sinkst du auf keinen Fall in meiner Achtung, okay?" Sein Blick ist grün und klar und unmissverständlich.

Ich nicke und nehme seine Hand. „Tylandora hat mich in ihrer Firma putzen lassen und als ich das letzte Mal dort war, habe ich etwas gefunden. Ich habe mir nicht viel dabei gedacht, als ich es eingepackt habe. Ich war einfach bloß neugierig, weil *vertraulich* drauf stand."

Er bemüht sich, ein Schmunzeln zu unterdrücken. „Verstehe." Dass er seine Lippen zusammenpressen muss, lässt mich ihm die Sachlichkeit nicht abkaufen. Er scheint es urkomisch zu finden, weiß der Himmel, was ihm durch den Kopf geht.

Ich ignoriere seine Belustigung, denn schließlich ziehe ich ihn selber gerne auf. „Na, jedenfalls habe ich es mir genauer angeschaut und ich bin kein Profi bei so was, aber da können ein paar Zahlen in ihren Bilanzen und Kontobewegungen nicht stimmen."

Er stößt einen Pfiff aus. Sein Schalk weicht Neugier. „Doch gleich so etwas aufgespürt? Hast du es hier?"

Ich nicke, bedeute ihm zu warten und hole die Papiere.

„Das mit dem Knittern war ich nicht", fühle ich mich gleich bemüßigt klarzustellen. „Ich habe sie aus dem Mülleimer von Tylandoras Kröte."

„Von wem?", fragt er irritiert und nimmt den Stapel an

sich. Er hat schöne Hände. Ich weiß, was er damit gemacht hat.

„Ihr Buchhalter", erkläre ich und mir wird klar, dass er mit meinem Spitznamen nichts anfangen kann.

„Wieso nennst du ihn Kröte?"

„Weil er mich anwidert mit seiner verdreckten Art. Es war eine Zumutung, sein Büro zu putzen."

Er hebt eine Braue. „Na, hoffentlich war es nützlich."

Ich lasse Konstantin mit den Papieren allein und setze mich vor den Kamin. Es macht mir Spaß, mit dem Schürhaken im Feuer zu spielen und zu sehen, wie Funken aufwirbeln und sich die Form der Flammen verändert.

„Pyromanische Neigungen?", höre ich seine belustigte Frage.

„Nein, es ist nur so schön. Bei meiner Tante durfte ich nie am Feuer sitzen."

„Du bist jederzeit willkommen." Er senkt den Blick auf seine Unterlagen.

Ich lege etwas Holz nach. Es ist eine schöne Aufgabe, sich um den Kamin zu kümmern. Die Steine im Inneren sind rußschwarz. Es ist unmöglich, ihre ursprüngliche Farbe zu benennen. Bloß die Konturen lassen sich noch erkennen. Ich stelle mir vor, wie der Rauch nach oben abzieht und als Wolke von Konstantins Privatschloss davonweht. Irgendwo im kalten Morgenhimmel verliert er sich zu dünnen Schlieren und ist frei.

Mir kommt eine Idee. „Stört es dich, wenn ich nach oben gehe und mir den Sonnenaufgang ansehe?"

„Nein, geh nur."

Als ich aufstehe, drücke ich meine Gelenke durch und husche dann nach oben. Der Himmel sieht aus wie unter einem Milchfilm. Er ist fast weiß. Ein wirkliches Blau sehe ich nicht. Die Sonne steigt über den Hügeln auf. Der Fluss schimmert blutrot und Dunst hängt über den Ufern. Wie eine glühende Kirsche hebt sich der Feuerball über den Horizont und taucht die Nebelschwaden in rote Geistererscheinungen.

Es ist unbeschreiblich schön. Man sieht dem Morgen die nachhängende Kälte der Nacht an. Draußen könnte ich kleine Wölkchen atmen. Mir ist klar, dass ich mit Konstantin nie einen Spaziergang im Sonnenlicht machen kann. Er würde zu Asche verwehen, bevor sein toter Körper am Boden aufschlägt.

„Dann eben im Mondlicht", murmele ich und mache mich wieder auf nach unten.

„Das ist übel, Elise", erklärt er, als er den Stapel durch hat. „Damit kann Marcellus in jedem Fall etwas anfangen. Deine Tante hat die längste Zeit etwas mit meiner Firma zu tun gehabt."

„Was wirst du tun?" Unsicher nage ich an meiner Unterlippe.

Er atmet schwer aus. „Ich habe Freunde bei der Finanzaufsicht. Deine Tante kann zusammenpacken. Aber ich lasse ihr die Option, ins Ausland zu gehen."

„Du ..." Ich sehe ihn erschrocken an. „Du nimmst ihr die Existenz?"

„Ich habe gesehen, wie sie dich behandelt hat. Sie verdient eine Lektion, die ihr wehtut. Keiner sollte sich an dir vergehen. Dadurch legt er sich mit mir an. Ich rechne für gewöhnlich kalt ab." Sein Blick lässt keinen Zweifel daran. „Weil du deiner Tante gegenüber Nachsicht zeigen magst, vernichte ich sie nicht restlos. Sie kann sich verdrücken. Das ist mein Angebot. Ich lasse Marcellus mehr davon zusammentragen. Er weiß damit, wonach genau er zu suchen hat. Vermutlich ist das ohnehin nur die Spitze des Eisbergs. Ein einzelner, zufälliger Fund. Was läuft da noch alles, das nicht im Eimer gelandet ist? Oder was du nicht mitgenommen hast?“

Ich nicke still und schlinge die Arme um meinen Körper.

„Wäre es dir lieber, wenn sie damit durchkommt?“, fragt er mich ernst.

„Hat sie vielen Leuten Schaden zugefügt?“ Wie sie mich behandelt hat, ist eine Sache. Das könnte ich ihr vergeben. Nur wenn sie anderen übel mitspielt, ist es nicht mehr allein meine Entscheidung. Dann geht es um Verantwortung.

„Mit ihrer Habgier?“, fragt er entschieden. „Oh, ja. Sie ist das Gegenteil von Robin Hood. Sie klaut es den kleinen Leuten und verteilt es aufs eigene Konto.“

Ich denke an Edwynturo, den Portier, und andere Vampire, die sich schwer durchs Leben zu kämpfen haben. *»Wenn man bedenkt, dass es Vampire gibt, die sich kein Personal leisten können.«* Sie ist ihr ganzes Leben lang selbstsüchtig gewesen und hat anderen die Chancen verbaut. Auf Glück. Auf Erfolg. Auf Liebe.

„Tu es“, sage ich also.

„Euer Wunsch ist mir Befehl, schöne Dame.“ Er verneigt sich, legt die Unterlagen beiseite und klopft aufs Bett. „Du siehst müde aus, Elise. Und fast so blass wie ich. Das kann nicht gut sein für einen Menschen. Nimmst du deine Eisenpräparate?“

„Heute noch nicht“, gebe ich zu.

Er schüttelt den Kopf, steht auf und holt etwas aus

dem Nachtkästchen. „Das ist deine Seite vom Bett, wenn es für dich okay ist. Also ist das dein Schränkchen.“ Er klopft gegen die Schublade. „Gleich hier oben habe ich Eisen für dich. Mein Speichel regt deine Blutbildung an. Je mehr ich von dir trinke, umso mehr Blut bildest du neu. Ein paar Stoffe solltest du von außen zuführen, die deinen Körper dabei unterstützen.“

„Okay.“

Er drückt mir zwei Kapseln aus der Packung und legt sie mir auf die Hand. Ich finde es merkwürdig intim. Er reicht mir ein Wasserglas und sieht mir dabei zu, wie ich trinke. Unweigerlich frage ich mich, ob er dasselbe tut, wenn wir wirklich intim sind. Ich habe noch nie verhüten müssen. Ist die gängige Methode nicht, Hormone zu nehmen?

Dann ertappe ich mich dabei, wie ich denke, dass ich es genauso gut darauf ankommen lassen kann, wenn es einmal soweit ist. Der Natur ihren Lauf lassen. So wie es Jahrtausende in der Geschichte der Menschheit war. Was wäre so schlimm daran? Wie steht Konstantin zu dem Thema?

Oh, mein Gott, ich fasse es nicht, dass wir solche Dinge besprechen müssen. Vor ein paar Tagen war ich noch völlig einsam. Hätte mir jemand zu der Zeit erzählt, womit ich mich nun beschäftige, hätte ich es nicht geglaubt.

Ich schlucke die Kapseln, leere artig mein Glas und stelle es auf dem Frühstückstablett ab. Es befindet sich noch immer am Nachttisch und lässt mich darüber lächeln, wie die Nacht begonnen hat. Gedankenverloren sehe ich zu Konstantin, der nervös neben dem Bett steht, sich die Hände knetet und mich beobachtet.

„Ist es okay für dich, wenn du bei mir bleibst?“, fragt er vorsichtig.

Ich atme tief durch. Meine eigene Anspannung pulsiert durch meine Adern. Zum ersten Mal in meinem Leben werde ich nicht alleine schlafen, sondern im Bett eines Mannes. Nicht bei irgendjemandem, sondern bei Konstantin. Mir wird warm, wenn ich nur an ihn denke. Er lässt mein Herz schneller schlagen. Es schlägt nur für ihn.

„Ja.“ Ich will bei ihm sein und nirgendwo sonst mehr. Mir ist sein Haus egal. Ich wäre auch glücklich, wenn wir bloß ein Tipi in seinem Garten hätten. Auf dem Fell mit ihm zu liegen, hat mir mehr als alles andere bedeutet.

Nähe. In gewisser Weise dürstet es mich nach ihm. Anders, als er es empfindet, jedoch ähnlich intensiv. Weder wird mein Blick schwarz, noch treten meine Adern hervor. Es geschehen keine sichtbaren Veränderungen mit mir.

Wie kann Konstantin wissen, was in mir vorgeht? Ich versuche, meine Sehnsucht in meine Augen zu legen, und schaue ihn einfach an. Die Sekunden ticken davon.

Er versteht und lächelt. „Am liebsten würde ich das Kleid im Feuer verbrennen, aber ich schätze, es hat einige übelriechende Kunstfasern. Daher begnüge ich mich damit, es dir auszuziehen und zu entsorgen.“

„Dann habe ich nichts anzuziehen“, wende ich ein, obwohl ich weiß, dass die Expresslieferung heute Abend eintreffen wird.

„Betrachte es als symbolischen Neuanfang. Ansonsten bist du wohl solange meine Geisel.“ Es hört sich nicht an, als würde ihn das schwer zu schaffen machen.

„Vielleicht laufe ich kurzerhand nackt durchs Haus“,

necke ich ihn.

„Vielleicht vergisst du das ganz schnell wieder. “ Konstantin kommt auf mich zu. Er ist kein Männermodel, doch für mich ist er perfekt. Die etwas zu krumme Nase, die ihm einen süßen Charme verleiht, die Blässe, das Geflecht seiner Blutgefäße. Sein Gesicht ist nicht völlig symmetrisch, er ist etwas zu groß, etwas zu schlank. Das kompensiert er durch einen guten Charakter und Selbstsicherheit. Vor allem vermittelt er mir ein Gefühl, das ich zu lange vermissen musste. Ich schätze all seine kleinen Makel, die ihn erst abrunden. Die Art wie er geht und sich bewegt, wie er atmet, wenn wir uns küssen. Dass er mich gefunden hat, dass er mich will. Ja, ich glaube an Bestimmung. Wie groß könnten sonst die Chancen für das hier sein?

Er legt seine Hände auf meine Hüften und zieht mir das Kleid aus. „Ich gehe das nur schnell wegwerfen, okay?“

„Ist gut.“ Ich bin irritiert, als er am Papierkorb vorbei in ein Nebenzimmer läuft. Dort höre ich ihn rascheln und klappern und Schubladen auf und zu ziehen.

Was tut er da?

Schließlich kommt er lächelnd zu mir zurück und streicht sich durchs Haar. „Erledigt.“

Er verrät mir nichts von seiner Aktion, obwohl ich meine Verwirrung nicht verberge. Mit dem Rücken zu mir gewandt, beginnt er sich auszuziehen, alles runter bis auf die Shorts. Sie sitzen knackig um seinen Po. Schwarzer, sinnlicher Stoff. Kein schlechter Anblick.

Mir wird meine eigene weiße Baumwollwäsche bewusst. All die Jahre habe ich nie darüber nachgedacht, doch nun kommt sie mir schrecklich mädchenhaft vor.

Unsexy. Ich will schön sein für ihn. Zum Glück hat er Sachen bestellt.

„Na, gut“, meint Konstantin, ohne sich umzudrehen. „Ich baue in diesem Punkt einfach auf deine Neugier, okay?“

Ich hebe ratlos die Schultern. Wovon redet er?

„Okay“, sage ich monoton. Mir ist klar, dass irgendwas kommt, nur habe ich keinen Plan, was das ist.

„Tja, dann“, erklärt er und dreht sich um.

Ich lache los. Er ist so ein unmöglicher Kerl! Auf seinen Boxershorts hat er groß die Aufschrift »vertraulich« angebracht. Mir ist klar, dass er damit auf die Unterlagen anspielt, die ich der Kröte geklaut habe.

Konstantin grinst mich an und stemmt die Hände in die Hüften. „Ich hoffe, das funktioniert. Je länger du dort stehst und ich hier, umso blöder komme ich mir vor. Das ist dir klar, oder?“

Ich lache weiter.

„Ja, das geht sicher in meine *Flop Five* der ultimativen Liebeserfahrungen ein.“ Er schnalzt mit der Zunge und schüttelt den Kopf. „Ausgelacht werden. Puh, das ist heiß.“

Ich fasse mir an den Bauch und lasse mich aufs Bett fallen.

„Verstehe schon“, resümiert Konstantin. „Papier aus Mülleimern macht dich neugieriger. Zum Glück stecke ich das weg, wie ein echter Mann. In zwei, drei Monaten komme ich wieder raus.“

Ich klopfe mit der Hand neben mich aufs Bett und er lässt sich nicht zweimal bitten.

„Hey Flüsterpostbote“, raune ich und locke ihn mit meinem Finger, näher an meinen Mund zu kommen.

Sein Ohr berührt meine Lippen und ich gebe ihm einen sanften Kuss. „Ich stehe definitiv mehr auf dich, mit oder ohne Beschriftung."

„Also, doch besser als Papier?", vergewissert er sich.

„Absolut." Ich lächele ihn an. „Danke. Dafür, dass du es mir leichter machst. Denn ich bin nervös. Ich hätte nicht gedacht, dass ich jetzt lachen könnte."

„Gerne." Er grinst verschmitzt. „Lässt du dich nun in Geiselhaft nehmen?"

„Wenn es in Ordnung ist, dass wir nur kuscheln", entgegne ich zögernd.

„Kuscheln klingt gut."

Er geht ums Bett und schlägt die Decke zurück, lädt mich zu sich auf seine Seite der riesigen Matratze ein. Ich komme zu ihm und berühre ihn, küsse ihn und nehme seine Hand.

„Du bist sicher bei mir, Elise."

Ich vertraue ihm. Er öffnet meinen BH und lässt ihn zu Boden fallen. Wir sind beide nur noch an einer Stelle bedeckt. Er schwingt mich auf seine Arme und nimmt mich mit sich ins Bett. Ich lande unter ihm und halte mich an ihm fest. Konstantin schlingt die Decke über uns und ich erkenne seinen Duft auf seiner Bettwäsche. Ein maskuliner, sauberer Geruch, der mich einhüllt und bedeckt, so wie er mich mit seinem Körper bedeckt.

Er spielt mit dem Haar an meiner Schläfe, streichelt mich mit seinen Daumen an den Wangen und fängt an, mich zu küssen. Als wäre es das Natürlichste der Welt. Als müsste es immer so zwischen uns sein.

Die Kälte des Novembers ist vergessen. Das Feuer im Kamin und die Hitze seines Körpers wärmen mich. Das Bett ist so weich und federt unser Gewicht. Die

Bettwäsche aus Seide spielt mit meinen Sinnen. Ich schließe die Augen und verliere mich in seinem Kuss. Stunden vergehen. Irgendwann schmiegen wir uns aneinander und schlafen ein.

Als ich meine Augen aufschlage, rieche ich den herrlichen Duft von Kaffee. Die Fensterläden sind geöffnet und das letzte Abendrot dämmert wie ein Nachhall der Sonne ins Zimmer. Konstantin stellt ein Tablett auf den Nachttisch und lächelt mich an.

„Gut geschlafen?“, erkundigt er sich.

Ich räkele mich herzhaft. „Ja, so gut wie noch nie.“

„Ich wusste nicht, ob du Kaffee oder Tee lieber magst.“

Normalerweise trinke ich ein Glas Wasser, doch ich werde mich mal auf den Kaffee stürzen. Die Röstnoten zaubern dieses wunderbare Aroma, cremig durch Milch und süß durch ganz viel Zucker. Oh, ja.

„Kaffee“, sage ich bestimmt.

Er schenkt mir ein und reicht ihn mir mit den gewünschten Extras. Natürlich trinkt er seinen Kaffee wie ein echter Mann es tut: schwarz ohne alles. Auf welcher Schule wird das bitteschön beigebracht? So ist er doch viel zu bitter.

Ich nippe an meiner Tasse und puste dann noch einmal nach. Trotz der vielen Milch, ist er sehr warm. Als ich ihn endlich trinken kann, mischt sich unter die klassisch bittere Note des Kaffees auch der Geschmack von Getreide und Kakao.

„Mhm, ist der lecker“, stelle ich fest.

„Das wird Armand gerne hören, obwohl bei dir wenig nach Kaffee schmecken kann.“

„Ich betrachte es eher als Zucker mit Schuss“,

informiere ich ihn.

„Weißt du, ich mag dich trotzdem. Aber mit dem Black Bowmore, von dem ich eine Kiste geordert habe, lasse ich dich das nicht machen. Das würde doch zu weit gehen."

„Dir ist schon klar, dass eigentlich ich für das Frühstück zuständig bin?", erinnere ich ihn.

„Das war, bevor wir ein Paar wurden."

Wow! Innerlich klappt mir die Kinnlade herunter.

„Außerdem hast du so friedlich geschlafen, da wollte ich dich nicht stören. Wenn du deinen Schlaf brauchst, sollst du ihn bekommen."

„Erzähl mir mehr davon", flüstere ich ihm zu.

„Schlaf ist essenziell wichtig für die Regeneration deiner …"

„Nicht das", winke ich mit der Hand ab. „Das andere, bei dem wir ein Paar sind."

Er grinst und stellt seinen Kaffee weg, klaut mir meine Tasse und kommt zu mir unter die Decke. „Reden wird so überbewertet. Ich küsse dich lieber."

„Habe ich gemerkt." Ich befühle mein Kinn, das etwas wund von seinen Bartstoppeln ist.

„Liebesmale", sagt er stolz. „Daran musst du dich gewöhnen. Vampire kennzeichnen sich gerne."

Die Schwellung an seiner Lippe ist mittlerweile abgeklungen, doch an seinem Hals ist noch immer ein netter Fleck zu sehen, der viel mit einem Staubsauger zu tun haben könnte, wenn ich es nicht besser wüsste.

Sein Bartschatten gefällt mir und lässt ihn irgendwie wild aussehen. Ich weiß, dass wir unterschiedlich sind, dass er eine dunkle Seite in sich trägt, die weit von Menschlichkeit entfernt liegt. Alle Vampire können das:

verroht sein und kalt, jagen und erbeuten. In ihnen schlummert eine animalische Komponente, die viel mit Urtrieb und wenig mit Kultur und Mitleid zu tun hat. Es lässt mich ein wenig an Jedis denken und die dunkle Seite der Macht.

Konstantin hat sich nicht hineinziehen lassen. Er hat sich bewusst dafür entschieden, seine Freundlichkeit zu bewahren. Jedoch erinnere ich mich auch an sein Telefonat in der Limousine, als er in Auftrag gab, den Vampir, der mich angegriffen hat, ins Krankenhaus zu befördern. Brachial und von Vergeltung angetrieben. Ich weiß, dass er meine Tante abservieren wird. Wenn er mit Leuten eine Rechnung offen hat, tut er es mit seiner vampirischen Seite.

Er ist ein Mann mit zwei Gesichtern. Dessen bin ich mir bewusst. Allerdings kann ich ihn nicht für seine Natur verurteilen und ich stehe in seinem Bann. Konstantin hat mich einfach verzaubert. Er wirft mir nicht vor, *nur* ein Mensch zu sein, und damit für seine Rasse gewissermaßen befleckt. Und ich werfe ihm nicht vor, dass er an die Dunkelheit gebunden ist. Wir tragen alle unsere Fesseln. So einfach ist das. Und so kompliziert.

Als er mich küssen will, klingelt sein Handy und er atmet tief durch. „Eine Sekunde, ja?“

„Eins“, zähle ich.

Er lächelt und geht ran. „Ja? ... Okay, lege alles in den Lastenaufzug, ich hole es dann.“ Konstantin trennt die Verbindung. „Lust auf Weihnachten?“, fragt er mich.

„Du wirkst so gebildet“, meine ich keck. „Trotzdem ist dir das mit den Kalendermonaten nicht so klar, oder? November ...“ Ich wackle mit den Augenbrauen.

„Kein Weihnachten im November, hm?“, vergewissert er sich.

Ich schüttele den Kopf.

Er streckt sich bequem aus. „Soll mir Recht sein, dann bleibst du noch einen Monat länger nackt.“

„Hhh!“ Abrupt sauge ich den Atem ein.

„Expresslieferung vom Modenordpol“, informiert er mich und will mich für einen Kuss an sich ziehen. „Keine Sorge, Klamotten werden nicht schlecht. Wir können sie später ...“

Ich strampele mich frei und hopse aus dem Bett.

„Hey!“, höre ich Konstantin. „Ich kann mich auch ausziehen. Du bist nicht allein. Lass uns Liebe machen. Hey!“

Doch er lacht und ich weiß, dass er mich nur aufzieht. Ich flitze durch die Doppeltür seiner Suite und renne auf den Aufzug zu. Mir ist egal, dass ich nur mein Baumwollhöschen trage. Bisher war sein Personal ausschließlich unten. Ansonsten gibt es nicht so viel an mir zu sehen, weil ich meine offenen Haare nach vorne über die Schultern geworfen habe und damit gewissermaßen verhüllt bin.

Als ich beim Lift ankomme, höre ich ein Ping und Pakete über Pakete verstopfen die Kabine.

„Himmel, Arsch und Zwirn! So viel?“, staune ich.

Die schiere Menge der Bestellung wirkt in echt so viel ausladender, als es mit ein paar Klicks im Internet der Fall gewesen ist.

„Hey, Rennmaus.“ Konstantin taucht hinter mir auf und legt seine Hände an meine Hüften. „Ob das wohl reicht?“

„Reicht? Das Jahr hat nicht genügend Tage, um das

alles zu tragen."

„Ich habe auch nicht genügend Hände, um das alles zu tragen", jammert er gespielt. „Es ist sinnlos. Wie bei Sisyphus. Lassen wir es bleiben und gehen wieder ins Bett."

Doch ich greife schon nach dem ersten Paket und laufe damit zurück ins Schlafzimmer.

„Frauen! Sobald Ihr Kleider und Schuhe bekommt, haben Eure Ohren einen Wackelkontakt", munkelt er. Artig hilft Konstantin tragen und bringt zwei Pakete herbei.

Derweil habe ich einen Cutter gefunden und will den ersten Karton öffnen, als ich ihn hinter mir höre: „Du legst sofort das Messer weg."

Verwirrt halte ich im Schnitt inne und drehe mich um.

„Ich habe eine unschöne Erinnerung, wenn ich dich damit sehe. Bitte, lass mich das aufmachen."

„Du kannst mich nicht für alle Zeit von Messern fernhalten", erkläre ich mit wenig Energie.

„Das will ich auch nicht. Es gibt tolle, stumpfe Kindermesser. Die darfst du weiter benutzen. Alles andere verursacht bei mir einen Herzinfarkt und vorzeitiges Altern. Bitte."

Er streckt mir die Hand hin und ich lasse die Klinge einfahren und reiche ihm den Cutter.

„Das ist albern", moniere ich dennoch.

„Egal. Hauptsache du hast keine blutenden Arme."

„Ich würde doch jetzt nicht mehr ..."

„Es ist die Erinnerung, die es in mir wachruft", unterbricht er mich. „Ich hätte dich fast verloren. Im Moment kann ich dir nicht dabei zusehen, wie du mit scharfen Klingen hantierst."

„Ist gut."

Ich weiß, dass mein Arm nur durch ihn wieder so gut aussieht. Er hat die blutigen Spuren gesehen und mit seiner Zunge berührt. Als wäre er mein Arzt gewesen. Dennoch muss nun erst etwas in ihm heilen.

Ich lasse ihn das Päckchen öffnen. Irgendwie ist es ja süß, dass er so besorgt ist. Außerdem freue ich mich viel zu sehr auf meine Sachen – echte, schöne Sachen –, als dass ich mich mit diesem bedrückenden Thema aufhalten möchte. Für Konstantin ist jene Erinnerung ein sehr dunkler Ort. Ich war selbst dort. Allein mit einem Messer. Beim letzten Mal habe ich kein Päckchen öffnen wollen. Es ist befremdlich, wie sehr ich das Ende meines alten Lebens verdrängt habe.

Konstantin holt einen warmen Wintermantel aus dem Paket. Ich schlüpfe sofort hinein und kuschele mich darin ein. Er ist herrlich weich und schön. Vor einem bodenlangen Spiegel bleibe ich stehen und sehe jemand fremdes. Das kann unmöglich ich sein.

Ich fühle mich, wie ein Dienstmädchen, das seine Herrin bestohlen hat und Tagträumen von Wohlstand nachhängt. Ich weiß, wo ich hingehöre. Der Mantel sollte es auch wissen, doch er bleibt um mich geschlungen, ohne sich für meine Herkunft zu interessieren.

„Ich kann dir gar nicht sagen, wie sehr mich das anmacht", raunt Konstantin.

Ich blicke an mir herunter, völlig verhüllt in ein winterliches Kleidungsstück. Zugegeben, es ist äußerst edel, aber dennoch züchtiger als züchtig.

„Das?", stelle ich klar.

„Mhm." Er zwinkert mir zu.

„Deswegen laufen Frauen in Pornos also immer mit

Mänteln herum?“, erkundige ich mich unschuldig.

„Was weißt du von Pornos?“ Ich möchte schwören, dass seine Stimme plötzlich belegt klingt.

„Dass es sie gibt, zum Beispiel. Wieso, was weißt du denn darüber?“

Er lacht leise. „Das ist eine Fangfrage, die kein Mann gewinnen kann. Heißer Mantel.“

„Ja, er wärmt gut. Ich kann nicht klagen.“ Lächelnd streiche ich über das Material. „Was genau macht ihn so heiß?“

„Dass du darunter nackt bist, würde ich meinen.“

„Das stimmt so aber nicht“, stelle ich klar.

Er sieht mich wartend an.

Bin ich ehrlich so verrucht? Ach, was soll's? Das alte Ding muss sowieso dran glauben. Kurzerhand greife ich unter den Mantel – allerdings so, dass er mich ausreichend bedeckt –, hake meine Daumen in den Bund meines Höschens und ziehe es herunter. Dann richte ich mich auf, steige heraus und kicke es mit dem Fuß zum Papierkorb.

„Sag's noch mal“, verlange ich zwinkernd.

Konstantin schüttelt den Kopf. „Das war gar nicht klug von dir, meine Hübsche.“

„Ach? Ich glaube ja doch.“ Ich grinse ihn an. „Provozieren, heiß machen, tun was ich will“, zähle ich auf. „Und du bleibst artig. So war das doch, richtig?“

„Hast du das irgendwo schriftlich? Mein Gedächtnis ist im Alter so mies.“

Ich hebe warnend einen Finger. „Ich kann auch wieder in mein tolles Zimmer nach nebenan umziehen.“

Er kneift die Augen zusammen, als hätte er Zahnweh. „Du lernst viel zu schnell, gemein zu sein.“

„Eigentlich nicht“, murmele ich. „Meine Tante war da eine ziemliche Steilvorlage.“

„Auch wahr. So gesehen bist du mein braves Rehlein.“

Ich drehe mich mit dem Rücken zu ihm, schwinge meinen Mantel auf, in dem Wissen, dass er nichts sieht, und tänzele ein paar Schritte vor mich hin.

„Nackiges Rehlein“, singe ich fröhlich und fühle mich frei.

„Das darf einfach nicht wahr sein“, stöhnt er.

Ich lache, klappe meinen Mantel zu und drehe mich zu ihm um. „Der Mantel ist toll. Darf ich den behalten?“

„Ich bestehe sogar darauf.“

Wir widmen uns den anderen Kartons. Stunden vergehen, weil er darauf besteht, dass ich alles anprobiere. Er will mich darin sehen und bewundern und bei manchen Kleidern merke ich, wie ihm das Sprechen schwerfällt. Ich fühlte mich nie königlicher. Bezaubernde, feminine Kleider in schillernden Farben, manche dezent, andere regelrechte Haute Couture. Einige sitzen noch etwas locker, doch ich werde mich tapfer in die Sachen hinein futtern.

Am besten gefällt mir ein nachtblaues Kleid, die Farbe ist matt und glänzt doch gleichzeitig wie Tinte. Es ist zum Sterben schön. Eine enganliegende Korsage definiert meinen Oberkörper. Sie hat winzig kleine Ärmel aus zarter Spitze. Das Rockteil besteht Lagenweise aus Chiffon. Jede einzelne für sich ist durchsichtig, doch alle zusammen verhüllen mich. Bei jedem Schritt zeichnet sich die Kontur meiner Beine ab. Wenn ich stehe, fällt es glatt hinunter, doch durch die Stufen darin wirkt es lebendig. Und wenn ich gehe, fächern die einzelnen Säume auseinander, und manchmal kann man dabei eine Wade sehen.

Es ist so wunderschön, dass ich es am liebsten nicht mehr ausziehen würde.

„Dazu müsstest du deine Haare frisieren lassen“, sagt er begeistert.

„Ich kann sie selbst frisieren. Bei meiner Tante musste ich das regelmäßig.“

„Würdest du? Für mich?“ Seine Sehnsucht im Blick tut mir gut. „Jetzt?“

„Gerne.“

Ich gehe zurück in mein Zimmer, in dem eine Frisierkommode steht. Die hinteren Haare stecke ich auf. Die vorderen mache ich mit einem Brenneisen zu Korkenziehern. Aus dem Blumenbouquet auf meiner Anrichte entwende ich einzelne Blüten und drapiere sie geschickt an einigen Stellen in meinem Haar.

Als ich fertig bin, gehe ich zu Konstantin zurück und stelle fest, dass er sich umgezogen hat. Anzug und Fliege. Sogar der Bartschatten ist verschwunden.

„Kannst du zaubern?“, frage ich ihn.

„Das sollte ich eher dich fragen. Mich hast du jedenfalls verzaubert.“

Ich lächele glücklich. „Wofür hast du dich so fein gemacht?“

„Ich will dich zum Tanzen ins Turmzimmer entführen. Ich habe ein paar Songs ausgewählt“, verrät er.

„Liebend gern.“

Er nimmt mich bei der Hand und geht mit mir nach oben. Der voller werdende Mond scheint durchs Fenster und ich freue mich unbeschreiblich auf den nächsten Vollmond. Ich will ihn vom großen Balkon aus genießen. Konstantin betätigt einen kleinen Player, der hinter einer

Wandkonsole zum Vorschein kommt.

Es spielt eine Pianoversion von Beethovens »Für Elise« auf. Er kommt zu mir zurück und beginnt, sanft mit mir zu tanzen. Wir schweben zur Musik in einem Zimmer, das nur vom Licht der Wendeltreppe und dem Mond ausgeleuchtet wird. Bei jeder Drehung verschwindet Konstantins Gesicht in den Schatten. Nur seine Augen glänzen im Dämmerlicht.

Ich muss zu ihm aufschauen, trotz der Pumps, die ich trage. Sie sind nicht furchtbar hoch, denn ich muss erst lernen, damit zu laufen. Trotzdem fühlt es sich fantastisch an, auf Absätzen zur Musik in seinen Armen zu liegen. Meine ersten Absatzschuhe. Ich brauche nicht mehr klein bleiben. Nicht bei ihm. Er findet nicht, dass es mir nicht zusteht, mich größer zu machen.

Nach Beethoven beginnt ein Lied, das ich besonders liebe: »Moon River«. Vielleicht stimmt es ja, was im Lied gesungen wird: Vielleicht suchen Konstantin und ich nach demselben Ende des Regenbogens. Sind unsere Träume am Ende doch nicht so verschieden? Hier in diesem Zimmer sind wir ganz nah beieinander. Das fühle ich.

„Du hast gesagt, dass ein paar Dinge in deinem Kopf sind, die du mir nicht erzählen kannst, weil wir uns zu wenig kennen."

„Ja."

„Gilt das immer noch?"

Als er wieder so zum Licht steht, dass ich sein Gesicht sehen kann, halte ich uns an und suche nach Antworten.

„Eigentlich habe ich es dir schon verraten", sagt er. „Als wir über meine Eltern sprachen. Ich will eine menschliche Frau für mein zukünftiges Leben und meine

Kinder. Ich will, dass du das bist. Dafür habe ich dich gekauft. Nicht für Frühstück am Bett, nicht als Dienstbotin. Du hast mich nach deinen Aufgaben gefragt, aber so hätte ich dir das nicht sagen können, oder?“

Eher nicht. Da hätte ich durchaus einen kleinen Schock bekommen. Inzwischen habe ich Gefühle für ihn. Außerdem gehöre ich ihm, auch wenn er mich das nicht spüren lässt. Doch es ist klar, dass ich ihm nicht gehören und einen anderen Mann haben kann. Und ich will selbst eine Familie haben. Mehr als alles andere auf der Welt sehne ich mich nach dem, was ich hatte, bis ich fünf war. Er ist meine einzige Chance darauf. Er oder keiner. Ich habe selbst darüber nachgedacht, der Natur ihren Lauf zu lassen, es auf eine Schwangerschaft ankommen zu lassen, wenn es einmal so weit ist.

„Inzwischen sind wir ein Paar, das hast du gesagt.“ Ich sehe ihm tief in die Augen.

„Ja.“

„Du hast mich ausgesucht, damit ich deine Frau bin.“

„Ja“, stimmt er zu.

„Um einmal mit mir eine Familie zu gründen“, wiederhole ich seine Worte.

„Auch das.“

„Wann?“

Er blinzelt irritiert. „Was wann?“

„Wann willst du damit anfangen?“ Unsicherheit schlingt sich wie ein Knoten um meinen Bauch.

Konstantin leckt sich über die Lippen und nickt. „Okay, du rennst schon mal nicht weg. Das ist gut.“ Dann zuckt er die Schultern. „Also, da wir bisher nicht einmal über die technischen Grundvoraussetzungen in unserer Beziehung verfügen ...“

„Du meinst Sex“, hake ich nach.

„Ja. Daher ...“ Er lächelt mich schief an. „Bis dahin spielt es doch keine Rolle, wann ich das möchte. Denn du bestimmst, wann wir überhaupt Sex haben.“

Blut rauscht durch meine Ohren und abermals spüre ich ein Kribbeln unter meiner Kopfhaut. Als wäre mein eigener Körper mir zu eng.

„Okay, darüber muss ich nachdenken“, räume ich ein.

„Tu das.“ Er stupst liebevoll mein Kinn mit seinem Daumen an. Ich habe das Gefühl, dass er weiter tanzen möchte. Doch das wäre, als würden wir das Thema verlassen, und das will ich nicht.

„Reden wir mal hypothetisch davon, dass Vollmond ein Termin sein könnte ...“

Seine Augen weiten sich und er wirft einen prüfenden Blick aus dem Fenster zum Mond. Mir ist klar, dass er den Zeitpunkt überschlägt.

„Hypothetisch reden? Okay. Vollmond.“ Er schluckt. „Da wäre ich dabei.“

Ich muss fast lachen. Einerseits weil er so aufgeregt ist, aber vor allem weil sich die Antwort so aufdrängt. „Natürlich wärst du dabei. Ich rede ja nicht von Sex mit mir selbst.“

„Oder mit einem anderen“, stellt er klar.

„Genau. Also, wenn das quasi demnächst sein könnte ...“, flüstere ich.

„Oh, absolut. Vollmond ist demnächst“, stimmt er zu.

„Wann willst du dann mit der Familienplanung anfangen?“

Konstantin legt den Kopf schief und sieht mich eingehend an. Dann greift er nach meiner Hand und zieht mich zum Fell. Wir lassen uns darauf nieder, obwohl direkt neben uns eine Couch steht. Sie scheint eher dekorativ angelegt zu sein, anders als der Teppich.

Ich sitze neben einem Mann, den ich im Grunde kaum kenne. Er ist mein Besitzer, hat mich gekauft und gerettet und ich werde sowieso bei ihm sein. Er war mit dem Grund für seinen Kauf offen zu mir: Ich soll seine Ehefrau und die Mutter seiner Kinder sein.

Neugier brodelt unter meiner Oberfläche.

„Da du erst achtzehn bist, habe ich angenommen, dass dich das Thema Mutterschaft noch nicht interessiert“, beginnt er. „Mir sitzt keine Uhr im Nacken, trotzdem würde ich es in näherer Zukunft schön finden. Einfach, weil ich Kinder mag. Weil ich welche möchte. Wozu lange warten? Was ist mit dir, Elise?“

Mir ist schwindlig bei dem Gedanken, welche Perspektive er mir ermöglicht. Ich hätte nicht gedacht, jemals Mutter werden zu können. Als ich mich umzubringen versuchte, bedauerte ich auch die Kinder, die ich niemals haben würde.

Und jetzt das!

„Meine Kindheit war die glücklichste Zeit in meinem Leben“, gestehe ich. „Ich verbinde ein sehr warmes Gefühl damit, Nähe und Geborgenheit, und ich würde diese Zeit gern wieder in meinem Leben haben. Ein eigenes Baby, das ich liebhaben kann.“

Er küsst meine Hand und sieht mich an. „Das würde ich dir gern schenken, Elise.“ Konstantin lächelt mich beinahe erleichtert an. „Am Ende wollen wir also doch beide dasselbe.“

„Dasselbe Ende des Regenbogens“, flüstere ich.

7. WENDUNGEN

Die Tage fliegen dahin und ich realisiere allmählich, dass ein Märchen Einzug in mein Leben gehalten hat. Wie es heißt, ist mir ganz gleich. Konstantin ist mein Prinz und mehr muss ich nicht wissen.

Manchmal träume ich noch schlecht, wenn ich schlafe. Dann kehrt dieser schlimme Abend bei meiner Tante in meine Gedanken zurück und drückt mir grauenvolle Bilder von einer alternativen Welt auf, in der mich Callistus gekauft hat und mich mit seinen altersfleckigen Händen bedrängt. Immer, wenn er mich küssen oder beißen will, wache ich mit Herzrasen auf. Dann bin ich jedes Mal so unendlich erleichtert und dankbar dafür, in Konstantins Armen zu liegen.

Er zeigt mir nach und nach seine Räume, zu viele, als dass ich sie mir merken könnte, und ich beginne zu überlegen, was sich daraus machen ließe. Sein Chauffeur hat recht damit, dass es nicht so leer stehen sollte.

Wir frühstücken gemeinsam im Bett, baden zusammen

und genießen köstliche Mahlzeiten zu zweit bei Kerzenschein. Liebesgrüße aus der Küche von Armand. Nach Sonnenuntergang spazieren wir durch seinen Park und er erzählt mir von den Dingen, die ihn beschäftigen – Berufliches wie Privates. Er gewährt mir Einblick in sein Leben und gibt mir zu keiner Zeit das Gefühl, gekauftes Eigentum zu sein.

Natürlich ist er auch geschäftlich weg. Das Wochenende hat nur zwei Tage. Dennoch räumt er mir an jedem seiner Wochentage Zeit ein, sagt teilweise andere Termine ab.

Schließlich beherrscht eine Schlagzeile die Presse: meine Tante Tylandora. Er hat es wahrgemacht und die Finanzaufsicht mit meinen und weiteren Unterlagen auf sie gehetzt. Marcellus hat ihren Buchhalter in die Mangel genommen. Er ist nun Kronzeuge.

Ich habe erwartet, einigermaßen erschüttert zu sein, wenn ich es lese, doch irgendwie fühle ich nichts. Solange ich bei meiner Tante lebte, habe ich mich nach ihrer Zuneigung verzehrt und sie zum Dreh- und Angelpunkt meiner Existenz gemacht. Sie hat mich am langen Arm verhungern lassen. Durch die Distanz zu ihr, sind auch meine Wünsche in Bezug auf sie versiegt wie ein versandeter Brunnen. Ich wünsche ihr nichts Schlechtes, aber auch nichts Gutes.

Sie hat sich ins Ausland abgesetzt. Konstantin hat Wort gehalten und ihr diesen Rückzug gewährt. Ich bin froh, dass sie aus meinem Leben verschwunden ist und ich bin erleichtert, dass sie nicht mehr versuchen kann, Konstantins Geschäfte anzuzapfen wie eine Spinne, die eine Fliege im Netz hat. Das Herz bei meiner Tante ist nur ein Organ. Es schlägt und pumpt Blut durch ihren

Körper, doch sie hat keine Gefühle. Ich hoffe, dass sie nicht anderen Leuten das Leben schwer macht, wo immer sie nun sein mag.

Langsam gewöhne ich mich an meine neue Garderobe. Keines meiner stilvollen Teile fühlt sich wie Bretter an. Die Stoffe sind sinnlich weich und ich beginne, mich mehr wertzuschätzen. In gewisser Weise stimmt es, dass Kleider Leute machen. Sie sind meine Rüstung, geben mir Selbstvertrauen. Darin fühle ich mich wie eine schöne Frau und mein Vampir unterstützt diesen Eindruck durch Komplimente und anerkennende Blicke.

Den Auftritt der Blondine habe ich hinter mir gelassen. Sie ist nicht mehr aufgetaucht und es gibt auch keine anonymen Anrufe, die wieder aufgelegt werden. Alles scheint friedlich.

Gerade sitze ich über einer Tasse Tee, als Desmodan sich zu mir gesellt. „In einer Stunde hole ich Konstantin ab. Brauchst du noch etwas aus der Stadt?“

Ich schüttele den Kopf und freue mich auf ihn. „Ich habe alles. Danke.“

„Darf ich mich zu dir setzen?“

„Klar.“ Mit einem schnellen Handgriff falte ich die Zeitung zusammen und schenke ihm ein Lächeln. Er soll nicht denken, dass er mich bei etwas stört.

Desmodan nimmt sich eine Tasse Tee und gesellt sich zu mir. „Inzwischen hast du dich gut bei uns eingelebt, hm?“

„Ja, alles bestens. Ich verlaufe mich auch kaum mehr.“

„Ist ein großes Haus“, pflichtet er bei.

„Er hat nicht so viel Personal dafür, wie ich angenommen hätte.“

Desmodan nippt an seinem Tee. Ich habe Chai-Tee

aufgebrüht, einen köstlichen indischen Gewürztee, den man mit Milch und Zucker trinkt, was ich besonders liebe.

„Na ja, der rechte Flügel steht ganz leer. Alles ist mit weißen Laken abgedeckt. Auch die mittleren Etagen dieses Flügels sind teilweise eingemottet. Den Rest halten etwa acht bis zehn Leute in Schuss. Er ist keiner, der sich täglich das Silberbesteck polieren lässt. Und alles läuft über Fußbodenheizung. Es ist nicht nötig, so wie zu früheren Zeiten, in jedem Raum einen Kamin zu befeuern, um es behaglich zu haben."

„Die Annehmlichkeiten der modernen Welt", stimme ich zu. Dann kommt mir ein anderes Thema in den Sinn. „Es wundert mich, dass bisher alle, die ich getroffen habe, ausnehmend nett zu mir waren. Ich habe bei niemandem das Gefühl, dass er sich verstellt."

Er lächelt. „Das tun sie auch nicht. Es ist Teil der Einstellungsklausel im Vertrag, dass man keine Vorurteile gegen Menschen haben darf. Sollte Konstantin dergleichen spitz bekommen, kann er die betreffende Person fristlos kündigen. Du darfst nicht vergessen", erinnert er mich, „dass seine Mutter ebenfalls menschlich ist. Er würde nie tolerieren, dass sie Gast in seinem Hause ist und dabei Abweisung ausgesetzt ist. Er verehrt sie und sie ist eine tolle Frau."

Ich nicke. Irgendwann werde ich seine Eltern mal kennenlernen. Sie leben nicht vor Ort. Außerdem sind sie viel auf Reisen, seit sein Vater sich aus dem Geschäftsleben zurückgezogen hat. Soviel ich weiß, sind sie momentan in Südamerika.

„Hast du Familie?", frage ich Desmodan.

„Eltern und eine Schwester", sagt er nickend. „Sie

wohnen drüben in Broken Arrow. Meine Schwester ist Erzieherin, meine Mutter war früher Lehrerin und mein ist Vater Finanzbuchhalter."

Broken Arrow ist eine Gemeinde, die zu Tulsa gehört. Sie sieht allerdings völlig anders aus. Nichts erinnert an die Großstadt. Flache Häuser, die kaum höher als Ampeln und Telefonmasten sind. Sie hat mehr das Flair einer Westernstadt mit Backsteingebäuden und historischen Bauwerken. Ich war lange nicht mehr dort. Irgendwie kann ich mir nicht vorstellen, dass sich viel geändert hat.

Ich muss schmunzeln. „Da bist du als Chauffeur ganz schön aus der Pädagogenschiene ausgebrochen."

„Kann man so sagen." Er zuckt mit den Schultern, eine Geste, die ihn jung wirken lässt. „Was soll ich sagen? Ich fahre gerne Auto. Das kann ich jetzt den ganzen Tag." Er leert seine Tasse und bringt sie zur Spüle. „Danke für den Tee."

Kleiner Smalltalk mit Konstantins Beschäftigten gehört inzwischen zu meinem Alltag. Wenn Armand gerade nicht kocht, lösen wir zusammen Kreuzworträtsel. Er ist ein liebenswerter Koch, dem sein eigenes Essen sehr gut schmeckt, und den es nicht stört, dass man das sieht.

„Ich liebe gutes Essen", pflegt er dann zu sagen. „Und meines ist besonders fein." Irgendwie gehört er zu Konstantins Familie. Armand ist Witwer und geht in seiner Arbeit auf. Ich habe ihn einmal gefragt, ob er denn nicht wieder heiraten wolle, doch das verneinte er sofort.

„*Ah non*, ich hatte meine große Liebe. Wer kann das schon sagen? Ich liebe sie immer noch. Da ist kein Platz für eine andere Frau. Im Kopf bin ich bei ihr, führe

Selbstgespräche mit ihr, als stünde sie neben mir. Ich erzähle ihr alles. Solange sie hier drin lebt“, dabei hat er sich auf sein Herz getippt, „ist sie niemals fort und ich bin niemals allein. Manchmal kann ich sie antworten hören auf ihre ganz typische Art.“

Auch Barnabas, dem Butler, konnte ich einige Sätze entlocken. Er ist eher ein ruhiger Mann, diszipliniert und höflich. Ich habe den Eindruck, dass er nicht gerne viel spricht. Aber das ist in Ordnung für mich. Er lächelt, wenn ich ihn sehe, und ich weiß, dass er froh ist, dass das blonde Gift nicht mehr vorbeikommt.

Dann ist da noch Marcellus. Ich habe ihn erst zweimal gesehen, beide Male sehr kurz. Wenn ich ihn mit einem Wort zusammenfassen müsste, würde ich ihn *effizient* nennen. Er ist groß, kräftig und eindeutig sportlich. Ich bin mir sicher, dass er Kampfsport kann und würde auf einen militärischen Hintergrund tippen. Andererseits würde Ex-Geheimagent genauso gut zu ihm passen.

Es ist schwer, aus ihm schlau zu werden. Konstantin vertraut ihm blind. Er befolgt die Befehle seines Herrn, ohne mit der Wimper zu zucken. Loyalität um jeden Preis. Ich weiß, dass er Fernando ins Koma befördert hat und für die Details verantwortlich war, die zum Abtauchen meiner Tante führten. Ich habe Marcellus noch nie lächeln sehen. Eigentlich ist er ein gutaussehender Bursche, allerdings irgendwie verhärmt. Alle Bewegungen sind zackig und seine Haare raspelkurz. Er trägt die poliertesten Schuhe, die ich je gesehen habe.

Im Grunde weiß ich nichts über ihn. Smalltalk Fehlanzeige. Alles, was er zu mir sagt ist: *»Guten Tag, Madame«*. Sein Abschied besteht aus einem knappen

Nicken. Es gleicht mehr einem Salut, als einer Höflichkeitsfloskel. Manchmal stecke ich ihn gedanklich in eine dieser Uniformen von Palastwachen. Jene Leute, die nie einen Gesichtsmuskel verziehen dürfen. Konstantin äußert über ihn Sätze wie: „Ich vertraue ihm“, „Er ist ein guter Kerl“ oder „Er ist genau der Mann, den man im Ernstfall dabeihaben will.“ Wahrscheinlich ist er ein Außerirdischer.

Auch zwei „Zimmermädchen“ bin ich schon begegnet. Sie tragen tatsächlich diese schwarzen Kleider mit weißer Schürze und weißer Mütze. Ganz wie man es von Hotels erwarten würde. Eine jobbt hier nebenbei, um sich das Studium zu finanzieren. Die andere ist hauptberuflich dabei. Ihr Name ist Veronissa, sie ist schätzungsweise fünfzig und ein mütterlicher Typ. Im Stillen nenne ich sie *Frau Holle*, weil sie mich so unglaublich an diese Figur erinnert. Besonders, wenn sie große Kopfkissen aufschüttelt. Sie ist ganz und gar liebenswert und ich kann über sie das Duftsortiment der Badezusätze und solche Dinge ordern. Es fällt auch in ihren Aufgabenbereich, Konstantins Suite auf Vordermann zu bringen. Sie kümmert sich außerdem um mein ursprüngliches Zimmer, obwohl ich mich dort selten aufhalte.

Meist lese ich im Turmzimmer oder spaziere unten am See entlang. Er ist nun fast völlig zugefroren. Bloß in der Mitte ist ein kleines Loch frei geblieben, das aussieht, als wollte es einen zum Fischfang einladen. Ich weiß, dass die Bruchkanten zu dünn sind, um darauf zu gehen.

Ich freue mich bereits auf Dezember, wenn Konstantins Wachzyklen länger werden, die Kälte richtig hereinbricht und wir Schlittschuhlaufen können. Das habe ich nicht mehr gemacht seit ich klein war.

Allmählich habe ich ein Alltagsgefühl für mein neues Leben entwickelt. Ich komme mir schrecklich dekadent vor, weil ich so untätig bin. Anfangs wollte ich dem Personal aushelfen, doch Konstantin muss sie angewiesen haben, mich davon abzuhalten. Wann immer ich frage, braucht niemand Hilfe. In einem Riesenhaus wie diesem kann das nicht stimmen. Selbst wenn ich den Satz *»Ich bin sowieso gleich fertig«* von einem von ihnen höre, geht das Putzen oder Kochen noch stundenlang weiter.

Da ich langsam Verspannungen vom Daumendrehen bekommen habe, flüchte ich mich oft stundenlang in die Welten tausender Bücher aus Konstantins Bibliothek oder male Bilder im Turmzimmer. Das ist nach wie vor mein liebster Raum. Langfristig muss ich mir eine Beschäftigung einfallen lassen. Bloß welche? Ich habe nichts gelernt.

Als Konstantin nach Hause kommt, hat er einen riesigen Strauß Rosen dabei und lächelt mich zufrieden an.

„Rate“, fordert er mich auf.

Ich muss lächeln. „Wie gut, dass du mir einen Tipp gegeben hast.“

„Es betrifft uns beide“, hilft er mir aus.

Mir geht die Unart bei Prominenten durch den Kopf, deren Vornamen zu einem Wort zu mischen.

„Man nennt uns inzwischen Elistantin?“, frage ich gespielt schockiert.

„Oh, wenn du so anfängst, kann sich das Raten durchaus hinziehen.“

„Also gut. Was ganz anderes“, überlege ich laut.

„Gentests haben ergeben, dass wir verwandt sind und es unschicklich wäre, wenn wir länger zusammen sind."

Seine Augen weiten sich. „Du lieber Himmel, nein!"

„Machen wir vielleicht zusammen Yoga?" Ich zucke ratlos die Schultern.

„Wir fahren ans Meer", lüftet er seine Überraschung. „Ins *»Rouillard Imperial«,* eines meiner Hotels."

Das hört sich mehr als gut an und ich hüpfe freudig mit den Rosen im Arm im Kreis. Ich war noch nie am Meer und kann es kaum erwarten, es zu sehen.

„Dort findet der alljährliche Medienempfang statt", erklärt er. „Da ich gewissermaßen Gastgeber bin, muss ich hin, und ich will dich unbedingt dabei haben."

Während er spricht, finde ich eine Vase, lasse Wasser hinein und mache mich daran, die Stiele der Rosen mit einer Schere an den Enden einzukürzen, bevor ich den Strauß arrangiere.

„Du könntest das blaue Kleid tragen", schlägt er mit einem sehr intensiven Blick vor. „Wir könnten uns früh davonstehlen und ich zeige dir eine wunderschöne Bucht bei Mondschein." Konstantin senkt seine Stimme zu einem Raunen. „Bei Vollmondschein."

Vor Schreck schneide ich mir in den Finger.

Er flucht und steht sofort neben mir, nimmt meine Hand und schließt seine Lippen um die Wunde. Obwohl er nur ein paar Tropfen meines Blutes kostet, ist sein Blick schwarz wie Teer. Ich lege die Schere beiseite und fahre mit einem Finger die Linien der Adern auf seiner Haut entlang.

„Wir müssen das nicht, wenn du nicht willst", flüstert er schließlich, beäugt meinen geheilten Schnitt und haucht einen zärtlichen Kuss darauf.

Unser Gespräch vom Turmzimmer geht mir durch den Sinn, als ich jenes blaue Kleid zum ersten Mal trug. Es wäre mehr als passend, es an diesem Abend auch zu tragen. Ich habe seither einige Nächte in Konstantins Bett gelegen und unsere Küsse sind jedes Mal feuriger geworden.

„Doch", sage ich und nicke. „Bei Vollmond."

Zwei Tage später sind unsere Taschen gepackt und mit der einsetzenden Dämmerung fährt Desmodan uns zum Flughafen nach Tulsa hinaus. Durch die Privatmaschine ersparen wir uns den langwierigen Check-In und haben eine Direktverbindung nach Corpus Christi in Texas. Außerdem sind wir ungestört, was für den Vampir an meiner Seite gewissermaßen ein Totschlagargument ist.

Konstantin grinst mich an wie ein kleines Kind. Der Jet, eine *Embraer Phenom 300*, steht schnittig und flugbereit auf dem schwarzen Asphalt. Die Nase des Fliegers ist leicht nach unten gebeugt und erinnert mich an alte Fotos von Concorde-Maschinen.

„Mhm", meine ich scherzhaft. „Düsen statt Propeller. Finde ich gut."

Er schüttelt amüsiert den Kopf. „Wie gut du dich mit Flugzeugen auskennst, Süße. Ich bin schwer beeindruckt."

Ich krause zum Spaß die Nase und mache eine wegwerfende Handbewegung. „*Kennst du einen Jet, kennst du alle,* hat meine Oma immer gesagt."

Jetzt lacht er und führt mich hinein. Weiße, schwenkbare Ledersitze erwarten uns mit einer Ankündigung von Luxus.

„Lieber Herr Gesangsverein", sage ich beeindruckt.

„Man kann die Sitze sogar zu Liegen umfunktionieren.“ Er wirft mir einen verheißungsvollen Blick zu und zwinkert.

Ich schaue hinüber zu Desmodan, der mit uns fliegt. „Eher nicht. Wir sind nicht allein.“

Konstantin nimmt seinen Chauffeur mit, da er selbst in einer anderen Stadt keinen anderen Fahrer wünscht. Er seufzt ergeben. Der Flug dauert weniger als zwei Stunden. Mein Vampir wird es überleben.

Es ist Ewigkeiten her, dass ich in einem Flugzeug saß, und noch nie war ich in einem Jet. Der Start gefällt mir wie eine Fahrt mit der Achterbahn. Es ist wundervoll! Wir fliegen. Wie könnte man sich freier fühlen? Ich genieße den Blick auf die Miniaturlandschaft unter uns. Die Siedlungen und Städte funkeln mit ihren Lichtern wie Kerzen am Weihnachtsbaum. Konstantin fallen viele Geschichten ein, um mir die Reisezeit zu vertreiben.

Dafür finde ich Desmodan merkwürdig schweigsam. Während des kurzen Fluges ist er unentwegt in eine Zeitung vertieft. Das könnte normal sein, doch ich sehe ihn kein einziges Mal umblättern.

Als wir landen leuchten Millionen Sterne wie ein kosmisches Begrüßungskomitee am Himmel. Es ist deutlich milder. Wir sind unentwegt nach Süden geflogen. Selbst nachts liegen die Temperaturen noch bei fast zwanzig Grad. Nur wenige Minuten vom Flugplatz entfernt erstreckt sich der Golf von Mexiko.

Konstantin hat mir versichert, dass sein Hotel sich direkt am Strand befindet, und ich bin aufgeregt wie ein kleines Mädchen, weil ich das Meer sehen werde. Ich stelle es mir wunderschön vor, wie auf einer scheinbar ewig langen Küstenlinie das Land endet und das Wasser beginnt. Eine andere Welt – ohne Menschen oder Vampire. Das hört sich friedlich an, doch ich weiß, dass überall in der Natur der Stärkere überlebt.

Gegen neun Uhr erreichen wir das *Rouillard Imperial*. Es ist prunkvoll und luxuriös. Bisher hatte ich Konstantins Haus für groß gehalten, doch sein Hotel ist gewaltig. Natürlich befinden sich erheblich mehr Menschen darin.

Während ich den kunstvollen Bau bewundere, winkt Desmodan einen Pagen herbei und instruiert ihn wegen des Gepäcks. Seine Stimme dringt an mein Ohr und er klingt freudlos und sehr kurz angebunden.

Daher lege ich meine Hand auf Konstantins Arm und lehne mich zu ihm herüber. „Ist irgendetwas mit Desmodan los? Er wirkt so niedergeschlagen?"

Stutzig gleitet sein Blick zum Chauffeur. „Ich habe nichts mitbekommen. Bist du sicher?"

„Eigentlich nicht. Es ist nur ein Gefühl."

Er beobachtet ihn weiter und scheint zu keinem Ergebnis zu gelangen. Schließlich zuckt er die Schultern. „Vielleicht ist er müde. Mach dir keinen Kopf, Liebes. Lass uns erst einmal hineingehen und uns frisch machen."

Der Empfang beginnt Schlag Mitternacht, also in drei Stunden. Für Vampire gewissermaßen die Happy Hour. Wir begeben uns ins Hotel, wo Marmor und rote Teppiche ein festliches Ensemble für das bevorstehende Ereignis bieten. Wir sind nicht die einzigen Gäste, die zu diesem Anlass eintreffen, doch Konstantin erntet bedeutungsvolle Blicke. Es scheint mir eine pikante Mischung aus Ehrfurcht und Verblüffung bezüglich seiner Begleitung, also mir, zu sein.

Tapfer versuche ich die Inaugenscheinnahme der anderen zu überstehen, drücke meinen Rücken durch und mache mir bewusst, dass ich bei diesem Empfang kein Dienstbotenkostüm mehr trage. Ich muss niemandem die Champagnerflöten reichen oder mich verkaufen lassen. Der Gedanke an den ältlichen Vampir Callistus jagt mir eine Gänsehaut über den Rücken. Wie gut ich es jetzt habe und wie sehr ich stattdessen in der Patsche stecken könnte. Vermutlich hätte ich längst einen Weg gefunden, mein Leben doch noch zu beenden.

Das ist deine Party, Elise, ermahne ich mich. *Feiere dein Leben und vergiss den Rest.*

Meine Kleidung ist meine Rüstung. Ich sehe aus wie die anderen Gäste, nur ohne die Zähne. Es ist schwierig, sich Selbstbewusstsein einzureden, während der Körper etwas anderes fühlt, als man es sich wünscht. Als ließe er sich nicht durch Kleider hereinlegen. Der Drang, meinen Kopf senken zu wollen, ist übermenschlich.

Im selben Moment spüre ich Konstantins Hand in meinem Rücken und einfach so gibt er mir Kraft. „Atme, es ist alles okay", flüstert er.

Der Manager des Hotels, ein hochgewachsener Vampir mir kultiviertem Auftreten, begrüßt uns, sobald er uns erblickt. Er muss unsere Ankunft abgewartet haben und ich fühle mich dadurch irgendwie exklusiv, obwohl es ihm nur um Konstantin gehen kann. Doch sein Empfang kennt keine Zwei-Klassen-Teilung.

„Mister Rouillard, es ist mir eine Freude, Sie und Ihre charmante Begleitung empfangen zu dürfen."

Er strahlt wie tausend Sonnen, weiß glänzende Zähne und blassblaue Augen kontrastieren mit schwarzem Haar in einem aparten Gesicht. Er ist ähnlich weltmännisch wie der Mann an meiner Seite, hat vermutlich einen untadeligen Werdegang mit Eliteuniversitätsabschluss vorzuweisen und kann sicher mehr Fremdsprachen fließend, als ich Daumen an den Händen habe.

Konstantin schüttelt ihm geschäftsmäßig die Hand und stellt mich vor.

„Kassondrus, das ist Elise. Sie ist mit mir zusammen hier und ich wünsche, dass sie nicht anders behandelt wird, als ich."

Mit einem feinen Lächeln nickt der Manager. „Natürlich. Wenn ich mir die Anmerkung erlauben darf: Die junge Dame sieht noch schöner aus, als ihre geschätzte Frau Mutter."

Das entlockt Konstantin ein warmes Lachen. „Ich habe ja auch nicht vor, meine Mutter zu heiraten."

Stille.

Man könnte eine Stecknadel fallen hören. Man könnte sogar ein Wollknäuel fallen hören.

Für einen Moment setzt mein Herz aus, um dann noch energischer weiter zu schlagen. Blut rauscht in meinen Ohren und mein Mund wird trocken.

Die Reaktion der Umstehenden ist ganz ähnlich. Fassungslose Mienen, wohin man auch blickt.

Konstantin hat es einfach getan und beinahe in einem Nebensatz seine privaten Absichten ganz öffentlich erwähnt, als würde er über das Wetter sprechen.

Heiraten.

Sein Manager fängt sich als Erster wieder.

„Wenn das so ist, möchte ich meine innigsten Glückwünsche übermitteln." Er greift nach meiner Hand, macht eine leichte Verbeugung und haucht einen

Kuss auf meinen Handrücken.

Eine Ehrerbietung, die ich zu Zeiten meiner Tante nie erfahren hätte. Es ist befremdlich, dass ein Vampir dies bei mir tut. Ich weiß, dass meine Hand verschwitzt ist, und kann kaum an etwas anderes denken, als dass Kassondrus es gewiss bemerkt. Warum halte ich mich mit so etwas Unbedeutendem auf?

Doch ich fühle die Antwort. Weil ich zu nervös bin, um Konstantins öffentliches Bekenntnis zu begreifen. Märchenstunde im Grand Hotel. Meine Wangen leuchten sicher mit dem wilden Pink der Orchideen um die Wette, die überall in der Lobby verteilt sind.

„Vielen Dank", entgegnet Konstantin völlig entspannt und hält mich mit dem Arm an seiner Seite gestützt. Ich bin ihm sehr dankbar dafür, sonst könnte es gut sein, dass ich mich setzen muss.

Ja, er hat davon gesprochen, dass ich die Frau an seiner Seite und die Mutter seiner Kinder sein soll. Mir war trotzdem nicht ganz klar, dass dies Heiraten beinhaltet. Es ist schon beinahe zum Lachen, dass ich es auf diesem Weg erfahre. Mein Herz vollführt nervöse Sprünge und eine innere Stimme haucht ganz selig, dass ich seine Prinzessin bin.

„Wir können nachher die restlichen Details zum Empfang abstimmen. Elise ist erschöpft von der Reise und ich möchte sie zuerst hinauf bringen", erklärt er seinem Manager.

„Selbstverständlich. Hier sind die Türkarten zu Ihrer Suite."

Er überreicht Konstantin die Schlüsselkarten und nimmt sich dann galant zurück.

„So, die erste Runde wäre geschafft", wendet *mein*

Verlobter sich an mich, als wir weiterlaufen. „Jetzt kannst du dich etwas ausruhen."

„Danke, das wäre schön."

Mit einem Vampir zusammen zu sein, ist wie chronisch unter Jetlag zu leiden. Irgendwie fühlt es sich an, als wäre ich die ganze Zeit verkehrt wach. Während der letzten Tage konnte ich zumindest nachts schlafen, wenn Konstantin das Haus zur Arbeit verließ. Doch heute habe ich mich nicht hingelegt und merke es bereits.

„Ich werde noch einige Dinge koordinieren müssen", sagt Konstantin zu mir. „Ist es in Ordnung für dich, wenn ich etwa eine halbe Stunde vor Beginn wieder bei dir bin?"

Ich fange einen nervösen Blick von Desmodan auf, als wir uns zu den Aufzügen begeben.

Was ist bloß los mit ihm?

„Ja, sicher. Bestimmt hast du viel zu tun."

Mit einem Ping öffnet sich die Fahrstuhltür und wir treten in die Kabine. Bevor er die Taste zum Penthouse drückt, richtet er sich an den Chauffeur: „Ich glaube, ich habe meinen Organizer im Wagen liegen lassen. Würdest du ihn mir heraufbringen?"

Desmodan nickt knapp und schreitet davon. Die Fahrstuhltüren gleiten leise zusammen und Konstantin zieht mich für einen Kuss an sich. Es scheint ihm egal zu sein, dass dieser Lift garantiert Kameras hat. Ich stelle mir vor, wie irgendwo in einem grauen langweiligen Sicherheitsraum der zuständige Wachmann gerade Augenausfall bekommt.

Konstantin streicht mir durchs Haar und sieht mich eingehend an. „Denkst du an das blaue Kleid, Elise?"

Ich habe einen Kloß im Hals, denke an den Vollmond und unsere Nacht. Irgendwie schaffe ich es nicht, ein Wort herauszubringen und nicke nur.

Oben angekommen rückt er von mir ab und nimmt mich an der Hand mit zur Suite. Der Blick, der sich auftut, als er die Tür öffnet, ist malerisch. Ich erkenne im gesamten Ambiente Konstantins stilistische Signatur. Die klaren Linien, der Luxus und beinahe wie im Turmzimmer die riesige Glasfront mit Blick auf den Strand. So wunderschön werden die Wellen vom Mondlicht angestrahlt, dass der ganze Himmel im Meer zu tanzen scheint. Weiße Schaumkronen leuchten aus den dunklen Wassern bis hier hinauf. Dieser Ausblick ist dekorativer als jedes Möbelstück. Konstantin hat wirklich etwas übrig für schöne Dinge.

Mir kommt in den Sinn, worum er mich gerade gebeten hat: das blaue Kleid. Doch ich kann nirgends den Gepäckwagen mit den Koffern entdecken. Als ich ihn darauf anspreche, lächelt er nur und führt mich ins angrenzende Schlafzimmer und von dort weiter in den Ankleideraum. Ich erkenne, dass unsere Koffer in einem Ablagefach verstaut wurden und unsere gesamte Garderobe entpackt an Kleiderbügeln aufgehängt ist.

„Arbeiten Kobolde für dich?“, erkundige ich mich staunend. Beim Nähertreten sehe ich keine einzige Falte in den Materialien. Mit der Hand fasse ich über einen Ärmel und fühle eine Restwärme. „Wurde das aufgebügelt?“

„Kobolde nein, aufgebügelt ja“, kommentiert er schmunzelnd. „Es würde mich wundern, wenn Kassondrus weniger als fünf Zimmermädchen dafür abgestellt hat, um mit allem fertig zu sein, bis wir in der

Suite sind."

Es klopft an der Tür und wir gehen zurück in den Wohnbereich. Konstantin lässt Desmodan herein, der den gewünschten Organizer dabei hat.

„Danke, das rettet mich." Konstantin streckt ihm eine Zimmerkarte entgegen. „Würdest du die Marcellus geben? Ich bin mir nicht sicher, wann ich dazu komme, ihn zu sehen."

„Klar", entgegnet der Fahrer und steckt sich das Kärtchen in sein Jackett.

Konstantin kommt zu mir und reicht mir ein weiteres Kärtchen. „Jetzt kannst du rein und raus wie es dir gefällt." Er haucht mir einen Kuss auf die Stirn. „Wir sehen uns nachher, ja?"

Ich nicke und er verlässt die Suite.

Desmodan steht etwas befangen im Raum, scheint sich nicht entscheiden zu können, ob er etwas sagen soll oder nicht.

„Ich will mir einen Tee machen, magst du auch einen?", frage ich ihn daher. Falls er mir etwas mitzuteilen hat, gebe ich ihm die Gelegenheit dazu.

Er denkt nur kurz darüber nach und willigt dann ein. Ich biete ihm einen Platz bei der Couch an und setze Wasser auf. Das Sortiment an Tee ist erstaunlich umfangreich. Sicher zwanzig Sorten stehen zur Auswahl und ich entschließe mich für ein Apfel-Feige-Aroma. Ich werfe einen Blick zu Desmodan, der in sich versunken auf dem Sofa sitzt und nicht so wirkt, als würde er gerade gern Entscheidungen treffen. Innerlich zucke ich die Achseln und nehme für ihn dieselbe Sorte. Vermutlich merkt er nicht einmal, was er bekommt.

Mein Verdacht, dass ihn etwas beschäftigt, verfestigt

sich weiter. Während der Wasserkocher blubbernde Geräusche von sich gibt, scheint Desmodan intensiv die Muster des Teppichs zu ergründen. Das muss unheimlich spannend sein. Ich kenne diesen Blick von mir selbst, habe oft genug Teppiche angestarrt und dabei vieles, aber nicht das Muster gesehen. Mit geübten Handgriffen brühe ich den Tee für uns auf und trage die beiden Tassen zum Sitzbereich. Ich stelle seine vor ihm ab. Er blinzelt nicht einmal.

„Apfel-Feige", erkläre ich ihm und er sieht zu mir auf, als würde er aus einem tiefen Schlaf erwachen.

„Was?"

Ich nicke mit dem Kinn zu seiner Tasse. „Der Tee", erkläre ich.

„Ach, so. Ja. Danke." Gedankenverloren zieht er den Teebeutel durchs Wasser.

„Der Ausblick ist traumhaft, oder?", versuche ich einen weiteren Anlauf.

„Ist ein großes Haus", murmelt er.

Häh?

„Ja, das Haus ist groß", stimme ich zu.

Er lässt sein Getränk in Ruhe, starrt auf den Teebeutel und zerwühlt förmlich sein Haar.

„Komm schon, du willst mir doch etwas sagen, oder?", hake ich vorsichtig nach.

„Der rechte Flügel steht komplett leer", fährt er vor.

Mir wird klar, dass er nicht vom Hotel spricht. „Ja, so viel Platz kann Konstantin nicht nutzen."

Irgendwie habe ich ein Déjà-Vu. Wir hatten dieses Thema bereits vor einer Weile und ich frage mich, ob er schon damals über etwas bestimmtes reden wollte.

„Das würde ich so nicht sagen." Er dreht am Henkel

seiner Tasse. „Meine Schwester arbeitet drüben in Broken Arrow.“

„Das hast du gesagt, ja.“ Mir geht durch den Kopf, dass er einmal versucht hat, sie mit Konstantin zu verkuppeln. Gott sei Dank hat das nicht geklappt.

„Sie ist Erzieherin“, fährt er fort.

„Es muss schön sein, mit Kindern zu arbeiten.“ Bei dem Gedanken werde ich etwas wehmütig.

Er nickt. „Sie liebt es. Absolut. Es ist nur, dass die Gelder gestrichen werden. Sie bauen ihre Stelle ab, schließen die Einrichtung. Verstehst du?“

Das ist nie gut. Die Welt der Vampire ist nicht gerade für Förderprogramme in Bezug auf soziale Einrichtungen bekannt.

„Ein Kindergarten?“, erkundige ich mich.

„So ähnlich. Es ist eine Auffangstelle für Kinder ohne Vormund. Bis sie wieder vermittelt sind.“

„Menschen?“, flüstere ich.

„Ja.“

Ich wäre selber fast in so einer Einrichtung gelandet. Sie sind klein, eng und dunkel. Es gibt nur Gemeinschaftsschlafräume, nicht immer genug zu Essen und vor allem wenig Hoffnung. Nicht alle Kinder dort haben tote Eltern, manche wollen nur keine menschlichen Kinder haben. Besonders alleinerziehende Vampirinnen neigen dazu, Babys mit Gendefekt abzugeben, wenn sie nicht sogar Mülltonnen als Ablageplätze verwenden.

„Wo sollen sie denn hin?“, frage ich ihn.

Er zuckt mit den Schultern. „Man versucht, sie zu vermitteln. Sie sind potenzielle Arbeitskräfte und Blutspender. Allerdings noch nicht, wenn sie so klein sind. Jedenfalls nicht richtig."

Mich erinnern diese Institutionen mehr an Tierheime. Es geht nie darum, die Kinder wirklich zu adoptieren und als eigene aufzuziehen, damit sie es schön haben, sondern darum, sie zu besitzen und später einen Vorteil daraus zu ziehen. Es gibt Vampire, die sehr gern Kinderblut trinken, jedoch ist das nicht so ergiebig, wie einen Erwachsenen anzapfen zu können. Außerdem könnten diese arbeiten, während Kinder selbst Arbeit darstellen. Das bürdet sich kaum einer auf.

Es gibt in dieser Welt Landstreicher. Menschen, die ausreißen und sich verstecken. Sie dürfen keinen Besitz haben, also gehört ihnen nirgendwo ein Platz auf der Welt, an dem sie bleiben können. Manche schlagen sich damit durch, ihr Blut zu verkaufen. Aber wenn man versucht, sich damit über Wasser zu halten, kann man schnell in die Blutarmut driften. Niemand beschützt sie.

Vampire haben oft eine sehr verkümmerte menschliche Seite und bei einigen fehlt sie inzwischen ganz. Es kommt vor, dass sie nicht aufhören zu trinken, und am Ende ist jemand tot. Wenn die Polizei einen menschlichen Leichnam findet, ermittelt sie lediglich den Vormund, um über den Schadensfall zu informieren. Dann kann wegen Sachbeschädigung ein Verfahren eingeleitet werden. Doch wenn es keinen Vormund gibt, wird der Fall eingestellt.

In meinem Kopf entsteht ein Szenario, bei dem nicht alle Kinder rechtzeitig einen Vormund finden, die man einfach auf die Straße setzt und sich selbst überlässt. Meine Haut fühlt sich kalt an bei diesem Gedanken.

„Konstantin hat viel Platz", flüstere ich.

„Genügend, um alle Kinder zu übernehmen."

„Aber er ist keine staatliche Einrichtung", wende ich ein.

„Nein, sie brauchen einen Vormund. Das steht fest. Er könnte sie nur dann übernehmen, wenn ..."

„Wenn er selbst ihr Vormund würde", beende ich den Satz.

Desmodan nickt. „Und er müsste das Personal übernehmen, eher noch mehr einstellen. Dann hätten sie eine Chance. Sie könnten eine schöne Kindheit haben, auf seinem Anwesen groß werden, draußen im Park spielen und unterrichtet werden."

Oh, mein Gott, wie bringe ich ihn bloß dazu? Wir haben nicht einmal mehr das Thema eigene Kinder besprochen.

Desmodan schiebt mir einen Flyer zu. Ich sehe die Einrichtung darauf abgebildet und ein paar traurige Kindergesichter, die mir wie ein Stein im Magen liegen. Jedes davon hätte ich sein können.

„Wenn es nicht dringend wäre, hätte ich dich nicht damit überfallen. Aber sie schließen am Ende vom Jahr. Einfach so. Meine Schwester ist wie überfahren."

Also das ging ihm die ganze Zeit durch den Kopf.

„Wie heißt sie?", frage ich ihn.

„Meine Schwester? Lindana."

„Das ist ein schöner Name. Und so normal. Ich habe nie verstanden, weshalb Vampire so sehr auf blöde Namen stehen." Meine Güte, was rede ich da eigentlich? Er hat andere Sorgen, als Vampirnamen. „Tut mir leid", murmele ich.

Er lächelt. „Wirst du uns helfen?"

Ich werfe einen letzten Blick auf den Prospekt, der genauso gut die Überschrift »Endstation

Ausweglosigkeit« tragen könnte und nicke.

„Ja, ich versuche es."

„Danke." Er drückt meine Hand. „Wenn du nicht schon mit Konstantin zusammen wärst, würde ich selbst mein Glück bei dir versuchen." Sprachlos sehe ich ihn an und werde rot. Wo kam das denn her? „Ich wünsche Euch alles Gute." Mit diesen Worten steht er auf und geht.

Ich bleibe allein in der Suite zurück und fühle mich so zerschlagen, als hätte ich den langen Empfang bereits hinter mir. So langsam tut mir mein Schädel weh und die Müdigkeit meldet sich zurück. Doch ich weiß, dass ich im Moment nur wachliegen und grübeln würde. Es ist schon komisch, dass man den ganzen Tag müde sein kann, aber immer dann wach wird, sobald man sich hinlegt.

Behutsam schlürfe ich vom Tee und puste vor jedem Schluck erneut die Oberfläche ab. Duftende Wölkchen steigen mir ins Gesicht wie eine kleine Mini-Spa-Behandlung. Die kleinste Apfel-Feige-Sauna der Welt. Lächelnd lehne ich mich zurück und trinke die Tasse geruhsam leer. Mir fällt auf, dass Desmodan in seinem Tee nur herum gerührt hat, ohne einen Schluck zu trinken. Ich habe also damit recht gehabt, dass er nicht mal merken würde, was ich ihm hinstelle.

Kurzerhand leere ich seine Tasse auch noch und wende mich dann dem Flyer zu. Die Infobroschüre ist sehr interessant und definitiv aus einer Zeit vor der geplanten Schließung. Es stehen Hinweise für solche Leute darauf, die sich in der Einrichtung betätigen wollen.

»Für die Arbeit mit Menschenkindern ist keine Ausbildung erforderlich.«

Der Satz lässt mich innerlich stöhnen. In vampirischen Betreuungseinrichtungen wird durchaus auf eine angemessene Qualifikation geachtet.

»Menschen sind anspruchslos und dankbar für jede Aufmerksamkeit.«

Mir steckt ein Kloß im Hals.

»Wenn Sie sich diesen Kindern trotz ihres Gendefekts widmen möchten, um sie für den gesellschaftlichen Umgang mit einem späteren Vormund zu erziehen und sie auf ihre Dienste für ihre künftigen Herren vorzubereiten, melden Sie sich bitte bei …«

Wut kocht in mir hoch. All die Jahre war diese Denkweise so normal für mich gewesen. Ich habe keine Möglichkeit gehabt, etwas daran zu ändern, anderen oder auch nur mir selbst zu helfen und ich begreife, dass sich eine Option auftut, es für diese Kinder anders sein zu lassen. Sie könnten nicht nur eine Unterkunft bei Konstantin finden, sie könnten vor allen Dingen auch aus der Gehirnwäsche ausbrechen, die sie bisher erfahren haben. Er hält Menschen nicht für minderwertig, liebt seine Mutter und will mit mir zusammen sein. Ich muss ihn nur noch dazu überreden, einen Teil seines ungenutzten Hauses für den guten Zweck zur Verfügung zu stellen. Mir ist klar, dass heute nicht die richtige Nacht ist, um ihn darum zu bitten. Ich werde es lieber probieren, wenn wir zurück in seinem Haus sind.

Ich beginne mich zu fragen, weshalb Desmodan sich eigentlich an mich gewendet hat. Er und Konstantin kennen sich schon so lange, dass ich sie als Freunde bezeichnen würde. Wieso fragt er mich? Denkt er wirklich, dass ich Konstantin besser dazu bewegen kann, aus seinem privaten Reich ein eher öffentliches Domizil zu machen?

Ratlos greife ich nach der Fernbedienung und schalte den Fernseher an. Mir steht der Sinn danach, mich passiv berieseln zu lassen, während ich ein wenig die Füße hochlege. Es laufen einige Filme und Seifenopern für das Abendprogramm. Nichts davon ist wirklich ansprechend, zumal die Darsteller überwiegend aus Vampiren bestehen.

Es hat eine Zeit gegeben, wo alte Klassiker der früheren Menschheit neu aufgelegt wurden als Vampir-Variationen. Wie wäre »Vom Winde verweht« mit Blutsaugern gewesen? Das hatte sich »Better Bite Pictures« auch gefragt und eine Neuauflage gedreht. Ebenso »Robin Blood«, der langzahnige Rächer, der es den Menschen nimmt und den Vampiren gibt. »Spartacus« ist am heutigen Abend nicht wiederzuerkennen. Er hat nun die herzergreifende Fassung, dass Vampire unter Menschen geknechtet sind und sich dann erheben. Natürlich wurde auch »Blade« neu verfilmt – mit dem viel stimmigeren Ende, dass Vampire siegen.

Anderswo entdecke ich einen Shoppingkanal, auf dem Menschen demonstrieren, wie gut sie als Bedienstete diese und jene Geräte verwenden könnten. Ich schalte weiter und sehe einen Werbespot, in dem angepriesen wird, wie man Blut aromatischer macht. Irgendwie packt mich der Ekel und ich drücke auf die nächste Taste. Dabei lande ich auf einem religiösen Kanal. Die »Kirche des vampirischen Glaubens« preist ihre Gemeinschaft und ihre Leistung an. Ein überkandidelter Vertreter mit beschwörendem Blick verteufelt die Missstände der

Welt, etwa undankbare Menschen, und ruft zur Selbstheilung auf.

Egal, wohin mich die Fernbedienung führt, überall sind Vampirkanäle zu finden. Frustriert schalte ich den Fernseher aus. Als Stille das Zimmer erfüllt, lenkt mich nichts mehr von den bevorstehenden Stunden ab, und ich erhebe mich mit einem flauen Gefühl von der Couch.

Ruhelosigkeit packt mich und ein innerer Countdown tickt die Minuten bis zum Empfang und schließlich jenem Moment herunter, da Konstantin mich zu seiner Bucht entführt. Ich werde das Meer sehen und irgendwann in derselben Nacht werde ich zur Frau.

Komm schon, Elise, ermahne ich mich. *Das haben Millionen und Milliarden Frauen vor dir getan.* Vermutlich waren sie alle nervös dabei. Einerseits bin ich bereit und andererseits werde ich es womöglich nie sein. Gibt es einen idealen Zeitpunkt?

Bevor mein Kopf Karussell spielt, gehe ich ins Bad und mache mich frisch. Ich trage Make-Up auf und frisiere meine Haare. Offen, so wie Konstantin sie mag. Ich merke, dass ich trödele und werfe einen Blick auf die Uhr. Noch eine Stunde bis zum Empfang. Bald wird er zurück sein.

Im Ankleidezimmer schäle ich mich aus meinen Reisesachen und creme mich am ganzen Körper ein. Dann rolle ich die Seidenstrümpfe auf und ziehe mich an. Ich hätte die rote Unterwäsche wählen können, aber das scheint mir so wenig angemessen. Daher trage ich pastellzarte Spitze und darüber das blaue Kleid. Wie eine Wolke umgibt mich der Stoff des Rockteils. Eng und verführerisch liegt das Oberteil an.

Als ich in den Spiegel schaue, steht ein fremder

Schmetterling vor mir. Ich schließe die Augen und lege den Kopf in den Nacken. Tief durchatmen. Ich versuche eine Ruhe zu finden, die sich aufgelöst hat. Mir wird eher schwindlig als klarer. Also fliehe ich auf den Balkon an die frische Luft. Es duftet salzig und beruhigend. Der Wind weht spielerisch über meine Haut und schafft es, mich zu erden. Ich stelle mir vor, wie meine Unruhe davon geweht wird, als wäre sie eine Puderschicht auf meinem Körper, die mit der Brise davontreibt.

Das Rauschen der Wellen dringt an mein Ohr und ich bewundere die Sterne und stelle mir ferne Welten vor. Kalte Planeten und brennende Sonnen. Himmel mit vielen Monden. Orte, an denen all dies keine Rolle spielt. Es ist erstaunlich, wie nichtig sich dadurch alles anfühlt, und ich kann wieder frei atmen. Ich sehe den Mond an meinem eigenen Himmel – hier auf der Erde. Voll und glänzend, immer dieselbe Oberfläche. Fast hätte ich ihn nie mehr gesehen. Aber ich tue es. Ich lebe und erlebe.

Irgendwie muss ich mir beibringen, das zu genießen, doch manche Dinge überfordern mich noch, als müsste ich mit fremden Schuhen laufen lernen. Konstantin hat mich aus meinem alten Leben gerupft und in sein Neues gesteckt, ohne auf die Kleidergröße zu achten. Ich will mich nicht beschweren, es kommt mir bloß alles so surreal vor. Als müsste ich jederzeit aufwachen und wieder putzen gehen und mich von meiner Tante demütigen lassen. Es würde mir leichter fallen, jene Variante zu glauben, obwohl es die Schlimmere ist. Was sagt es über mich aus, dass ich so denke?

Ich fühle einen Mund an meinem Nacken und schrecke zusammen.

„Shhh“, beruhigt mich Konstantin, schließt seine Arme

um mich und wärmt meinen Rücken. „Genießt du den Ausblick?“

Es fällt mir leichter zuzustimmen, als meine diffusen Gedanken mit ihm zu teilen. „Ja, es ist wunderschön.“

„*Du* bist wunderschön“, sagt er und dreht mich zu sich um. Sein Blick wandert anerkennend über meinen Körper. „Da werde ich einige neidische Blicke ernten.“

Das kommt mir unwahrscheinlich vor, denn die Anwesenden sind Vampire, und ich fürchte, dass sie nur meinen Defekt zur Kenntnis nehmen. Nicht jeder vertritt die Auffassung, dass Menschen gleichwertig sind.

Mir geht Desmodans Bemerkung durch den Sinn: *»Wenn du nicht schon mit Konstantin zusammen wärst, würde ich selbst mein Glück bei dir versuchen«*. Ich habe nie wahrgenommen, dass er mich mit mehr als nur freundlichen Augen betrachtet. Wie konnte ich nichts merken?

Andererseits ist meine Wahrnehmung leicht fehlerhaft. Ich habe ihn immer für jung gehalten, als wäre er kaum älter als ich. Doch wenn er schon seit zehn Jahren für Konstantin Auto fährt, muss er seit mindestens zehn Jahren achtzehn sein. Ich schätze Männer offensichtlich falsch ein.

„Alles okay bei dir?“, erkundigt sich Konstantin und innerlich zucke ich zusammen.

Mir ist klar, dass ich Desmodans Äußerung nicht ausplaudern kann. Eifersüchtig, wie er ist, würde er seinen Chauffeur sonst direkt feuern. Er hat klargestellt, dass er nicht gerne teilt, und im Grunde ist überhaupt nichts passiert. Vor allem liegt mir sehr daran, dass die Kinder ein neues Zuhause finden. Würde Konstantin Desmodans Vorschlag befürworten, wenn er sauer auf ihn ist?

„Nur die Aufregung“, sage ich daher.

„Mach dir keine Gedanken über den Empfang. Es ist ein harmloses Geplänkel. Sehen und gesehen werden. Es geht viel um Eitelkeit in einer Gruppe von Leuten, die sich mit Film, Fernsehen und Radio beschäftigen.“

Nach dem schlechten Fernsehprogramm heute, hoffe ich, dass niemand von »Better Bite Pictures« da ist.

Konstantin streichelt mir über die Arme. „Man knüpft ein paar neue Kontakte, frischt alte auf und tauscht sich aus. Manche leiern Geschäfte an. Das Beste ist, dass deine Tante nicht dabei sein wird.“ Er zwinkert mir fröhlich zu.

„Ich werde kaum etwas von Euren Gesprächen verstehen.“

„Kein Problem. Ich habe Visitenkarten dabei.“ Er kramt ein paar hervor und zeigt sie mir. Ich hätte es ihm auch so geglaubt und muss schmunzeln. „Sollte jemand dringend etwas besprechen wollen, kann er einen Termin mit meiner Sekretärin vereinbaren. Ich möchte ohnehin nur ein paar Hände schütteln und dann mit dir verschwinden.“ Er wirft einen Blick auf seine Uhr. „Ich springe kurz unter die Dusche und ziehe den Smoking an.“

„Okay.“

„Schau doch ein bisschen fern“, schlägt er vor, doch ich winke ab.

„Nein, ich bleibe lieber hier draußen.“

Konstantin lächelt mich an und gibt mir einen zärtlichen Kuss, bevor er verschwindet. Insgeheim hoffe ich auf ein gutes Buffet, das mich vom Empfang ablenkt.

8. ZUSAMMEN

Mit einem Ping gleiten die Türen des Lifts auseinander und geben den Blick auf die Lobby frei. Obwohl dies nicht der eigentliche Festbereich ist, stehen etliche Vampire in Grüppchen herum und ihre Kleidung enttarnt sie als Gäste des Medienempfangs. Status und Brimborium sind sehr beliebt bei ihnen.

Ich fühle mich schon jetzt unwohl. Interessanterweise sogar unwohler als bei früheren Anlässen in Bedienstetenkleidung. Dort hat mich wenigstens niemand beachtet. An Konstantins Seite kann ich unmöglich unbemerkt bleiben. Er ist der Star des Abends – einflussreich und noch dazu findet es in seinem Hotel statt.

Außerdem hege ich den Verdacht, dass sein Heiratskommentar sich wie ein Lauffeuer verbreitet haben dürfte. Ich bin regelrecht dankbar für seine Eltern, die diese Konstellation seit Jahrzehnten vorleben. So ist der Schock nicht ganz so groß. Mancher mag denken, dass der Apfel nicht weit vom Stamm fällt. Doch lieber ein Déjà-Vu als einen Präzedenzfall.

Fast magisch richten sich die Blicke der anderen auf uns.

Ich wünschte, es hätte jemand tragbare Löcher erfunden, die man einfach auf den Boden legt, um dann hineinspringen zu können. Bis das geschieht, drücke ich lieber mein Kreuz durch.

„Atme“, raunt er mir erneut zu und bietet mir seinen Arm zum Unterhaken an.

Meine Finger gleiten über den kühlen Stoff seines Smokings und entspannt wie ich bin, kralle ich die Nägel hinein. Ich spüre, wie ein leises Lachen durch seinen Brustkorb perlt und mag ihn am liebsten dafür bestrafen, dass ihn meine Paniksymptome amüsieren. Wahrscheinlich fragt er sich, ob ich gerade versuche, ihm mit meinem Fingernagel Blut abzunehmen. Inzwischen habe ich gelernt, dass Vampire ein anderes Schmerzempfinden haben, dass sie bestimmte Arten von Schmerz mögen. Beißen etwa.

Ich beäuge meine Nägel auf seinem Arm. Wie er es wollte, habe ich sie wachsen lassen und mittlerweile sind sie blutrot lackiert. Konstantin liebt es, wenn ich ihn damit kratze. Während ich von so etwas schreien würde, erregt es ihn auf eine sehr animalische Weise. Mittlerweile ist es fester Bestandteil unserer nächtlichen Küsse, dass ich ihn mit meinen Nägeln zeichne.

Versunken in den Gedanken, wie sein Rücken unter dem Smoking aussieht, bewege ich mich an seiner Seite auf den Empfangssaal zu. Wir passieren einige der umstehenden Gäste und Konstantin grüßt sie kurz und selbstsicher. Ich entdecke eine gewisse Energie, die von ihm ausgeht, so als wollte er Kommentare über uns schon im Keim ersticken. Seine ganze Haltung strahlt die Botschaft aus: *»Ja, ich bin mit einem Menschen zusammen und nein, keiner von Euch sollte so dumm sein, daran Anstoß zu nehmen«.*

Vielleicht interpretiere ich das nur hinein. Er wirkt dominanter als sonst. Ich nutze diese Kraft, um meinen angelernten Affekt zu unterdrücken, eine Hand mit einem Getränketablett anzubieten, das nicht da ist.

Mit der Zeit entdecke ich, dass ich nicht die einzige Person bin, die sich unwohl fühlt. Auch die Vampire, die wir begrüßen, scheinen nicht zu wissen, wie sie mich einordnen sollen. So richten alle ihre Blicke auf Konstantin und ignorieren mich lieber. Als ich das erkenne, fange ich an, mich frei zu fühlen. Sie betrachten mich lieber, wenn wir nicht mit ihnen in Kontakt treten, doch sobald wir in ihren Gesprächskreis dringen, wenden sie sich meinem Begleiter zu.

Das führt dazu, dass ich alle, mit denen wir nicht unmittelbar zusammenstehen, unbeachtet lasse, um ihre Blicke zu meiden. Dafür kann ich die Vampire vor meiner Nase ausführlich inspizieren. Das ist unterhaltsam, besonders, da sie sich enorm um Konstantins Gunst bemühen und sich geradezu anbiedern. Wie er es angekündigt hat, verteilt er Visitenkarten und reduziert die Konversationen auf ein Minimum.

Der Saal selbst ist herrlich dekoriert und dient dazu, die Anwesenden sich selbst feiern zu lassen. Die Farben beschränken sich auf Rot und Weiß. Unwillkürlich denke ich an Blut im Schnee. Perfekt arrangierte Blumenvasen, ausladende Tischverzierungen und rote Läufer runden das Ensemble ab. Die Wände sind mit Filmplakaten und Auszeichnungen geschmückt. Es erinnert mich an den *Walk of Fame*. Von sämtlichen Ehrengästen wurden Portraitaufnahmen gemacht und golden gerahmt. Natürlich entdecke ich ein signiertes Bild von Konstantin.

Während ich alles in Augenschein nehme, stoppt vor mir ein Tablett mit Champagnerflöten. Es ist mehr als ungewöhnlich, am anderen Ende des Angebots zu stehen. Konstantin lächelt mich an und reicht mir ein Glas. Dann nimmt er sich selbst eines und dankt dem Angestellten. Ich sehe rote Flecke auf dessen Wangen tanzen und kann es ihm nachfühlen. Wie oft bedankt sich schon ein mächtiger Vampir bei einem Menschen?

„Auf uns", flüstert er und stößt sein Glas an meines.

Der Klang von Kristall macht es für mich feierlich, als gehörte es zum Ritual unserer Beziehung. Seine grünen Augen sind ganz bei mir und ich lächele glücklich zurück.

„Auf uns", nehme ich seinen Toast auf und nippe am Champagner.

Vermutlich bin ich ein Banause, weil ich mir lieber Himbeersaft einflößen würde, als überteuerten Perlwein aus Frankreich. Irgendwie werde ich mit dem Aroma nicht warm und stelle bei der erstbesten Gelegenheit mein Glas ab. Nach einiger Zeit merke ich jedoch unverkennbar die Wirkung des Alkohols und entspanne mich etwas.

„Du siehst bezaubernd aus", murmelt Konstantin in mein Ohr.

Nach einer Weile deutet er auf eine Gruppe von Gästen mittleren Alters in eleganten Roben. „Das sind Freunde meiner Eltern. Komm, ich stelle Euch vor."

Seine Hand legt sich auf meinen Rücken und führt mich zu ihnen.

„Gwyntala, Archimedes", begrüßt er sie mit einem Kopfnicken.

Die Frau lacht entzückt auf. „Konstantin, lass dich drücken."

Sie haucht ihm zwei Küsse auf die Wangen. Dafür stellt sie sich auf ihre Zehenspitzen, obwohl sie größer ist als ich. Es fehlt nicht viel, damit sie ihm durchs Haar strubbelt. Sie wirkt wie eine Patentante. Archimedes begnügt sich mit einem kräftigen Händedruck. Dann wandern beide Augenpaare auf mich.

„Darf ich Euch Elise vorstellen?" Konstantin lächelt mich stolz an.

„Aber natürlich", erklärt Gwyntala sogleich, nimmt mich in die Arme und herzt auch mir zwei Küsse auf die Wangen. „Lass dich ansehen, mein Kind. Was für eine Schönheit du bist. Mein Gott, ich hoffe, dass Konstantin dich in diesem herrlichen Kleid malen lässt wie Scarlett O'Hara."

„Das sollte er wirklich tun", stimmt Archimedes zu und nimmt meine Rechte in seine beiden Hände. „Ich habe Gwyntala bestimmt schon ein Dutzend Mal zeichnen lassen."

Sie lacht und klappst ihm auf den Arm. „Ach, du", säuselt sie strahlend.

Dann schwingt sie ihren Fächer auf und wedelt sich Luft zu. „Deine Eltern werden entzückt sein, mein Lieber, wenn sie Elise kennenlernen. Insbesondere nachdem deine letzte Romanze mit dieser unpassenden Person war."

Mir schießt das Bild von Maribella mit ihren aufgetürmten, blonden Haaren und dem Nerz durch den Kopf und beinahe hektisch sehe ich mich um. Ich habe überhaupt nicht darüber nachgedacht, ob sie hier sein würde. Hatte sie nicht erklärt, mit Konstantin hergehen zu wollen? Die Möglichkeit besteht also, dass sie ohne ihn aufkreuzt.

„Keine Sorge, sie ist nicht hier“, höre ich Gwyntalas Stimme und spüre ihre Hand auf meinem Arm. „Konstantin würde nie zulassen, dass sie ein Theater machen kann.“

Irritiert sehe ich ihn an und er erklärt geradeheraus: „Sie hat Hausverbot in all meinen Häusern, also auch sämtlichen meiner Hotels.“

Erleichtert möchte ich mich am liebsten hinsetzen.

„Ich verstehe allerdings nicht, weswegen Callistus hier ist“, fährt Gwyntala ungerührt fort und ich versteife mich sofort.

Er ist hier? Dieser scheußliche alte Mann mit den kalten Augen, von dem ich so oft furchtbar träume?

„Weil er eine gewisse Position in Medienkreisen bekleidet und nicht automatisch etwas für seine Schwester kann“, erklärt Konstantin. „Ich habe nicht vor, mit ihm zu plaudern, aber ich habe nichts dagegen, wenn andere es tun. Dies ist keine Privatparty von mir, nur weil ich sie jährlich ausrichte. Im Komitee sitzen noch andere Mitglieder und das ist gut so.“

Konstantin weiß zwar, dass Callistus daran interessiert war, mich zu kaufen, doch er hat mir nichts getan. Meine Tante war diejenige, die mich unbedingt an einen Mann veräußern wollte. Wenn ich es recht bedenke, war mir vor allem die Vorstellung zuwider, die Tylandora in meinem Kopf erzeugt hat: dass ich unter ihm liegen sollte.

Leider ist das nichts Ungewöhnliches bei Vampiren und ihren menschlichen Untergebenen. Egal, ob Vampirinnen sich menschliche Lustknaben halten oder männliche Vampire sich trinkbare Gespielinnen gönnen. Die heutige Vormundschaft ersetzt nur das altbekannte System der Sklaverei und besonders in angesehenen Kreisen lieben Blutsauger frühere römische Verhältnisse.

Also ja, Callistus hätte Hand an mich gelegt, wenn Tylandora mich ihm verkauft hätte. Aber ganz gleich, wie sehr dies gesellschaftlich anerkannt gewesen wäre, schaudert es mich noch immer, wenn ich nur daran denke. Dass die Welt, in der ich lebe, es toleriert hätte, macht es für mich nur noch kranker. Ich atme tief durch. Aber er hat mir nichts getan. Alles, was ich ihm vorwerfen kann, ist die Absicht, die er ganz unmissverständlich hegte. Doch im Grunde wollte Konstantin dasselbe. Ansonsten hat mich dieser alte Vampir nur als »Serviertäubchen« betitelt. Das allein ist kein Schwerverbrechen.

Innerlich reiße ich mich am Riemen und rede mir ein, dass es nicht schlimm ist, wenn er da ist. Konstantin ist mehr als nur ein bisschen eifersüchtig und er würde Callistus sofort rausschmeißen, falls er sich unangemessen verhält. Manchen Dämonen muss ich mich vielleicht stellen, um zu erkennen, dass die widerwärtige Fantasie, die sich in mir verselbständigt hat, nur ins Reich der Hirngespinste gehört.

„Verzeiht meine Offenheit, aber das mit Euch ist hoffentlich etwas Ernstes“, wechselt Gwyntala das Thema. Dass sie mich damit aus meinen unbehaglichen

Gedanken entführt, rechne ich ihr hoch an. Die lieben Worte, die sie dafür wählt, sind noch schöner.

Konstantin schenkt ihr ein breites Grinsen. „Du warst schon immer direkt. Genau das mag ich an dir. Bei dir findet man höchstens ein Blatt vorm Mund, wenn du Salat isst."

Archimedes versucht, ein Kichern zu unterdrücken, was sehr charmant wirkt.

„Also nie", befindet er.

„Das mit Elise und mir ist sogar sehr ernst", gesteht Konstantin. „Ich habe mit ihr gefunden, was mein Vater mit meiner Mutter hat."

„Oh", haucht Gwyntala entzückt. „Das ist ja wunderbar."

„Hat ganz schön gedauert, aber besser spät als nie", meint Archimedes.

„Entschuldigt uns", sagt Gwyntala und hakt sich bei mir ein. „Wir Damen sollten uns die Nasen pudern."

Überrascht blicke ich zu Konstantin, doch er hat keine Einwände. Also entschwindet sie mit mir zu den Toiletten. Ich fühle mich etwas überrumpelt, doch offensichtlich will sie ungestört mit mir reden. Da sie mir wohlgesonnen scheint, siegt meine Neugier. Was könnte sie wollen?

Gwyntala prüft, ob wir allein sind und schließt dann die Tür ab. „Bist du aufgeregt?"

„Ziemlich", gestehe ich und sehe mich im Zimmer um.

Der Bereich für die Damen ist in rosa Marmor gehalten. Zwei großzügige Waschbecken befinden sich vor einer Spiegelwand. Ebenfalls zwei Toilettenkabinen stehen zur Verfügung. Der Blick aus dem Fenster geht hinaus zum Meer. Doch während man das Hotel vorne ebenerdig betritt, befinden wir uns hier im ersten Stock. Mir wird klar, dass es eine Hanglage gibt. Ein wenig irritiert mich das bodenlange Fenster mit Riegel, bis ich erkenne, dass es eine Tür ist.

„Ich glaube, das ist das erste Klo mit Balkon, das ich je gesehen habe", sage ich und Gwyntala beginnt zu lachen.

„Für Ladys, die sich unpässlich fühlen und frische Luft möchten", erklärt sie. „Fast alle Gasträume in diesem Hotel haben entweder einen Balkon oder eine Terrasse."

Früher hat es mich gewundert, dass Vampire Fensterfronten so lieben. Immerhin vertragen sie keine Sonne. Mein Vater hat es mir erklärt: »*Wir mögen eine schöne Aussicht wie jeder andere auch. Nachts leuchten die Lichter, die Sterne, die Stadt. Außerdem sind wir hinter Glas etwas geschützt.*«

Inzwischen weiß ich, dass die besonders schädliche UV-B-Strahlung von Glas gefiltert wird und Vampire damit dem tödlichsten Lichteinfluss entrinnen. Reines Sonnenlicht in erhöhter Konzentration lässt sie in Flammen aufgehen. Selbst durchs Fenster ist es für sie unangenehm, sie empfinden es deutlich greller als es Menschen tun. Es schmerzt in ihren Augen, die auf Nachtsicht spezialisiert sind. Die Lampen in ihren Häusern wirken auf mich trüb. Ich bin froh, dass man fast alle dimmen kann. Dadurch lassen sie sich zugleich aufdrehen. Die meisten ihrer Fenster sind getönt und mit elektrischen Rollläden ausgestattet, die unterstützend durch Lichtsensoren gesteuert werden.

UV-A-Strahlung hingegen dringt durch Scheiben, wenn auch nicht in voller Stärke. Vampire, die sich auf diese Art zu viel Licht einhandeln, sind schnell rot gefleckt, während ich kaum Gefahr laufe, einen

Sonnenbrand zu bekommen. Sie reagieren regelrecht allergisch. Insofern sind sie zwar relativ sicher hinter Glas, aber deshalb mögen sie es noch lange nicht. Schattige Plätze werden eindeutig bevorzugt.

Gwyntala beugt sich über ein Waschbecken und pudert ihr Gesicht ab. Ich weiß, dass fast alle Beautyprodukte von Vampiren Sonnenschutz enthalten. Das würde sie nicht retten, falls sie mittags draußen sind, aber es lindert kleinere Effekte.

Sie lächelt mich durch den Spiegel an. „In meinem Alter muss ich mehr tun als du. Wenn du möchtest, kannst du gerne etwas aus meinem Schatzkästchen verwenden.“ Sie klopft schmunzelt auf ihre Handtasche, ein schickes trägerloses Teil aus schwarzen Perlen.

Mir ist bewusst, dass sie mir damit eine großzügige Aufmerksamkeit zuteilwerden lässt. Ich bin Mensch genug, ein derart gut gemeintes, vampirisches Angebot nicht auszuschlagen. Etwas ratlos durchstöbere ich ihr Make-up-Aufgebot. Sie tippt mit ihrem manikürten Finger auf einen sündig roten Lippenstift.

„Den solltest du nehmen. Konstantin liebt Rot.“

Welcher Vampir mag es denn nicht?

Sorgfältig betupfe ich meine Lippen damit, während Gwyntala ihre Haare auf Vordermann bringt.

„Bestimmt hast du Fragen“, meint sie gütig. „Oder warst du schon mit Vampirmännern zusammen?“

Verlegen schüttele ich den Kopf.

„Das dachte ich mir. Ich weiß nicht, was er sich dabei denkt. Du bist wunderschön, keine Frage, aber auch blutjung. Ich hoffe, er zwingt dich nicht zu irgendwas, das du nicht willst.“

Ich denke an unsere ersten Tage, wie er mich im Auto

einfach auszog und sehr fordernd küsste. Mir geht unser erstes Bad durch den Kopf und ... puh. Okay. Er hat mich manchmal überfallen und ich weiß, dass er mit einer ziemlichen inneren Wut zu kämpfen hatte. Auf die Art, wie meine Tante mich behandelt hat, doch vor allem auf meinen Selbstmordversuch.

Ich glaube, anfangs hat er versucht, mich zurück ins Leben zu reißen. Er ist nicht der Geduldigste. Der Gedanke lässt mich schmunzeln. Es ging ihm nicht schnell genug, dass ich seinen Namen verwende, meine Schüchternheit ablege und aufhöre, ihn bedienen zu wollen. Manchmal war er ziemlich frustriert und inzwischen habe ich gelernt, dass er dann wie ein angeschossenes Tier angreift. Er sucht stets den Kampf nach vorn. *Elise duzt mich nicht? Dann küsse ich sie eben, bis sie es lernt.*

Wir stünden sicher an einem anderen Punkt, wenn er eine introvertierte Persönlichkeit hätte, doch er ist der einzige Mann, für den ich je Gefühle hatte. Er hat mir einen Weg aus meiner Einsamkeit geschenkt. Egal, welche Fehler er hat, ich habe mich zu keiner Zeit durch ihn missbraucht gefühlt.

Daher verneine ich Gwyntalas Frage.

„Ich bin jung“, räume ich ein. Es wäre zwecklos, etwas so Offensichtliches zu leugnen. „Trotzdem weiß ich, dass ich mit ihm zusammen sein will.“

„Du liebst ihn, hm?“, fragt sie sichtbar gerührt.

„Ja.“ Von meinem Geständnis muss ich selbst fast weinen.

„Hast du ihm das gesagt?“

„Nein“, gebe ich zu.

„Und er dir?“, erkundigt sie sich verblüfft.

„Nein.“

Erst jetzt fällt mir das auf. Wir haben bisher keine Worte gebraucht. Nicht dafür. Es war so offensichtlich in allem, was wir taten und wie wir miteinander umgingen. Vielleicht hielt Konstantin es deshalb für eindeutig, dass ich seine Braut bin.

„Du solltest es ihm sagen“, schlägt Gwyntala vor. „Ich weiß, dass er es noch keiner Frau je gesagt hat. Eine Weile dachte ich, dass er es schlimmstenfalls nicht kann. Vampire sind nicht zwingend menschlich, also gefühlvoll. Er wirkte manchmal sehr kalt auf mich, sehr beherrscht. Darum fragte ich mich, ob es überhaupt in seiner Natur liegt. Heute Nacht habe ich es zum ersten Mal an ihm gesehen.“

„Wirklich?“, hauche ich.

„Oh, ja. Gottlob, er hat ein Herz.“ Sie zwinkert mir fröhlich zu.

„Es stimmt, das haben nicht alle. Meine Tante Tylandora war sehr kalt“, sage ich betrübt.

Gwyntala blickt mich mitfühlend an. „Verzeih, wenn ich das so direkt sage, aber sie ist ein schreckliches Weib. Es hat sich schon herumgesprochen, dass Konstantin dich ihr abgekauft hat.“

Ihre Worte fachen meine Neugier an. „Was genau wird denn alles erzählt?“

Sie lehnt sich mit der Hüfte gegen das Waschbecken und tippt gedankenverloren mit einem Finger gegen ihre Lippen. „Wo soll ich bloß anfangen? Da gibt es einige Frauen, die es nicht wahrhaben wollen. Völlig klar. Er ist schließlich einer der begehrtesten Junggesellen überhaupt. Hässlich ist er nicht und reich obendrein. Macht und Einfluss sind durchaus sexy. Dann ist da einiges von Maribella verbreitet worden. Sie ist übrigens eine dieser herzlosen Kreaturen." Gwyntalas Stimme zeigt ihre ganze Missbilligung. „Kann gut schauspielern, das muss man ihr lassen. Damit ist sie in der Lage, einem Mann zumindest das Gefühl zu geben, dass sie verrückt nach ihm ist. Aber sie ist so verroht wie ihr angegrauter Bruder. Ich finde es immer noch unpassend, dass er hier ist", sagt sie pikiert. „Egal, was Konstantin darüber denkt."

„Ich habe Callistus noch gar nicht gesehen."

Zum Glück.

„Er schüttelt vermutlich lauter Hände und kümmert sich ums Familienunternehmen. Trotzdem ist Konstantin ein Narr, wenn er ihn unterschätzt. Callistus ist selbstsüchtig und berechnend. Er kann wie ein Trottel wirken, allerdings glaube ich, das macht er absichtlich. Was soll's? Du wolltest ja wissen, was Maribella so erzählt."

Mir fällt ein Stein in den Magen und nistet sich tonnenschwer ein. Das kann einfach nichts Gutes sein.

„Also, erstmal posaunte sie herum, wie unschicklich es ist, dass er sich auf einen Menschen einlässt, und leider gibt es genügend Vampire, die ihre Meinung teilen. Trotzdem mögen sie ihr Geld mehr als ihre Prinzipien und werden daher garantiert weiterhin Geschäfte mit Konstantin machen. Seine Eltern sind das beste Beispiel, dass es geht, wenn man reich ist."

Das erleichtert mich, denn ich will ihm in keiner Weise schaden.

„Ansonsten beleidigt Maribella dich nach Kräften", fährt sie fort und schüttelt den Kopf darüber. „Ganz gleich, wie oft sie sagt, dass du auf eine unattraktive

Weise dürr bist, hat doch jeder eigene Augen im Kopf. In diesem Kleid siehst du prächtig aus. Zudem muss ich mir selbst schmeicheln. Der rote Lippenstift verpasst dir den Wow-Effekt."

Gwyntala ist auch keine hässliche Frau. Ich schätze sie auf mindestens fünfzig, da sie mit Konstantins Eltern befreundet ist, doch sie wirkt sehr frisch und junggeblieben. Ihr Haar ist bronzefarben und ihre Augen strahlen in einem warmen Mokka. Sie hat durchaus Kurven, doch die Proportionen sind stimmig und sie ist alles andere als übergewichtig.

„Manche denken, dass das mit Euch nicht lange hält", fährt sie fort. „Die werden es schon noch merken." Das entlockt ihr ein Glucksen. „Anfangs gab es bei seinen Eltern ebenfalls Skeptiker. Die Zeit lehrt sie zu verstummen." Sie tut es mit einer wegwerfenden Handbewegung ab. „Es wird immer Frauen geben, die versuchen, bei ihm zu landen, obwohl er dich hat. Das ging mir mit Archimedes genauso. In dem Punkt musst du einfach auf ihn bauen. Lass dich bloß nicht durch sie verunsichern."

Gwyntala legt etwas Lippenstift auf und verreibt ihn.

„Jetzt zu Vampirmännern", erklärt sie. „Da gibt es ein paar Unterschiede zu Menschen. Das weißt du, oder?"

„Sie beißen?", schlage ich vor.

„Wenn es bloß das wäre ..." Sie kichert charmant.

Trotz ihrer guten Laune werde ich blass. Worauf will sie hinaus?

„Grundsätzlich kann man sagen, dass Vampire animalischer sind als Menschen", fährt sie fort. „Sie leben ihre Triebe stärker aus. Alle Triebe. Ob es nun der Jagdinstinkt ist, das Bluttrinken oder der Sex."

Beim letzten Wort verdoppelt sich meine Herzschlagrate. Ich hauche ein stummes *„Oh"*.

„Hattet Ihr schon?", fragt sie behutsam.

„Noch nicht."

„Oha." Gwyntala spitzt ihre Lippen, als stünde mir noch etwas bevor. Sie steckt ihre Schminksachen zurück in die Handtasche. „Hast du schon?"

„Ähm ..." Ich schaue sie etwas verlegen an und sie versteht.

„Mein Tipp für deinen zarten Hals: Sieh zu, dass Konstantin vorher genug Blut trinkt. Ab einem gewissen Punkt verliert er sonst die Kontrolle. Die Kombination aus sexhungrig und blutdurstig ist ein bisschen viel fürs erste Mal."

Wenn ich an unsere Pläne denke, muss ich ihm demnach genau jetzt Blut einflößen.

Gwyntala wedelt mit der Hand. „Lasst Euch einfach Zeit. Es läuft ja nicht davon. Zum Glück ist er ein erfahrener Mann. Mit einem unwissenden Vampir hättest du viel mehr Grund zur Sorge." Irgendwie bin ich nur mäßig beruhigt. „Versuch es zu genießen. Das erste Mal mit einem Mann, der dir etwas bedeutet, ist besonders. Das ist keine Hinrichtung."

Natürlich weiß ich das, doch allmählich zerfrisst mich meine Aufregung. Am liebsten würde ich sofort zu Konstantin gehen, ihn am Arm davonziehen und es endlich tun. Das ist bestimmt die falsche Einstellung. Ich bin nicht so unromantisch, es hinter mich bringen zu wollen, doch ich wünschte, ich wüsste Bescheid, wie es ist.

Wir verlassen den Waschraum. Eine wartende Schlange von drei Frauen hat sich vornedran gesammelt.

Gwyntala zuckt ungerührt mit den Schultern und verkündet: „Es ist immer dasselbe vor den Damentoiletten, jedes Mal eine Schlange. Ich wünschte wirklich, sie würden baulich besser darauf eingehen.“

Ich unterdrücke ein Kichern und finde sie herrlich erfrischend.

Als wir bei Konstantin eintreffen, ist das Kapitel für sie noch nicht beendet.

„Da seid Ihr ja wieder“, sagt er freudestrahlend. „Fast hätten wir einen Suchtrupp losgeschickt.“

Gwyntala schüttelt den Kopf. „Du weißt, ich mag dich wirklich gern, lieber Junge.“ Die Bezeichnung »lieber Junge« passt zu Konstantin in etwa so gut wie zum Weihnachtsmann. „Aber ich muss dir ehrlich sagen, dass du bei deinen Bauplanern künftig darauf achten solltest, dass sie mehr Damentoiletten in den Hotelentwürfen einbringen. Immer bilden sich Wartereihen. Das ist wie im Supermarkt.“

Innerlich lache ich mich tot. Sie erwähnt mit keinem Wort, dass die Schlange erst durch uns entstanden ist, weil wir das stille Örtchen als Frisierbude genutzt haben. Alles, was sie sagt, war nicht gelogen. Es hatte bloß nichts mit der Bauplanung zu tun. Oder doch, wenn man unterstellt, dass Damentoiletten grundsätzlich zum Aufdonnern da sind.

Konstantin verneigt sich elegant. „Ich bin für konstruktive Vorschläge immer offen. An wie viele Toiletten hattest du gedacht?“

„Na, mindestens dreimal so viele.“

Na, aber wirklich Konstantin. Also mindestens. Die Frau ist zum Kringeln. Ich nehme an, dass sie die Anzahl wartender Damen, als wir herauskamen, als Faktor benutzt.

Er verbucht es mit einem Nicken. „Für die Zukunft werde ich dran denken."

„Das ist gut, aber in deinen bestehenden Hotels nutzt das leider gar nichts." Sie zupft den Ärmel ihres Kleides zu recht – halblange Spitze. Ihr Lächeln verrät, dass sie nicht wirklich indigniert ist.

„Lasst uns zum Buffet schreiten", schlägt Archimedes vor. „Ich bin so hungrig. Hätte ich ein Loch im Schuh, könnte ich meinen Magen durchschütteln, so tief hängt er."

Wir beladen unsere Teller. Ich meide das blutige Fleisch und nehme mir lieber Gemüse. Als Konstantin sich vom Champagner nehmen will, deute ich dezent zur Blutbar.

„Möchtest du nicht lieber von dort etwas?"

Er sieht mich verwirrt an, hat jedoch keine Einwände. Gwyntala hingegen hat tellergroße Augen. Ich lächele nur und zucke einseitig die Schulter. Ich bin mir sicher, sie denkt sich ihren Teil.

Als ich mir etwas Brokkoli auffülle, sehe ich gut zehn Meter von mir entfernt Callistus stehen, und ich friere regelrecht ein. Fast fällt mir der Löffel aus der Hand. Unsere Blicke treffen sich und sofort fühle ich mich unwohl. Er lässt sich nicht anmerken, mich zu kennen, wirkt kühl, distanziert und vor allem hochmütig. Aber etwas in seinem Blick ist eisig.

Schnell schaue ich weg, denn ich will mir den Abend nicht mit Was-wäre-wenn-gewesen-Szenarien trüben. Sich seinen Dämonen zu stellen, um sie sich auszutreiben, hat jedenfalls nicht funktioniert. Diese kalten Augen werden mich in meinen Träumen noch sehr lange gruseln. Ich bin so erleichtert, dass sich dieses dunkle Kapitel in meinem Leben nicht aufgetan hat. Zum Glück musste ich nicht in Callistus' Limousine steigen. Wie konnte Tylandora mir das nur antun wollen?

Gwyntala äußert eine lustige Bemerkung über das Essen und lenkt mich damit ab. Wir ergattern einen Tisch an der Fensterfront, wo wir ungestört bei einem herrlichen Ausblick dinieren. Die Speisen schmecken köstlich und wir unterhalten uns über verschiedene Themen aus Konstantins Vergangenheit. Ich bekomme weitere Einblicke in den Mann, mit dem ich zusammen bin. Es ist, als fände ich ständig neue Teile eines Puzzles, dessen Bild mir sehr gefällt.

Die Stimmung an unserem Tisch ist heiter, wenn ich auch selbst noch nervös bin, aber ich fühle mich akzeptiert von seinen Freunden. Irgendwie hatte ich mich vor dem Empfang gescheut und mir die schlimmsten Dinge ausgemalt. Angefangen bei Vampiren, die sich kollektiv abwenden, bis hin zu abwertenden oder gar feindlichen Kommentaren. Doch was immer manche von ihnen denken, sie zeigen es mir nicht.

Bevor es zu den Ansprachen und Ehrungen kommt, erhebt Konstantin sich und reicht mir die Hand.

„Wir machen einen längeren Verdauungsspaziergang", entschuldigt er uns bei den beiden.

„Ja", meint Archimedes, als ich aufstehe. „Ein Spaziergang würde mir ebenfalls guttun."

Ich fürchte schon, dass er sich uns anschließt, doch Gwyntala packt ihn geistesgegenwärtig am Arm und behält ihn bei sich.

„Nichts da, mein Lieber. Ich will die Ansprachen hören. Du kannst nachher mit mir tanzen.“ Sie zwinkert mir zu und wünscht uns viel Spaß.

Wir verlassen den Festsaal über die Treppe zum Strand. Das Meer rauscht heran und überlagert die Klänge von drinnen. Die frische Luft tut unglaublich gut. Draußen sind ein paar Gäste des Hotels zu sehen, die sich auf einige Sitzbereiche verteilen. Wir lassen sie hinter uns und Konstantin führt mich zu einer Gruppe von geparkten Golfwagen.

„Die Bucht ist ein Stück entfernt“, erklärt er und hilft mir, in einen Buggy zu klettern.

Dann setzt er sich ans Lenkrad und wir rollen auf den Strandstreifen zu. Etwa einen Meter von der Wellenlinie entfernt steuert er nach links weg. Das kleine Gefährt rumpelt über die sandigen Erhebungen, doch so nah am Wasser, ist der Sand fester und glatter.

Ich kann es kaum glauben, dass ich endlich am Meer bin. Es ist auf meiner Fahrseite und ich habe einen ungestörten Blick auf das Spiel der Wellen. Hin und fort in einem herrlichen Klang. Ein lauer Wind hüllt uns beständig ein und es riecht auf eine betörende Weise salzig, die nichts mit dem Aroma von Nudelwasser zu tun hat. Ein Gefühl von Freiheit breitet sich in mir aus und ich lache vor Glück.

„Gefällt es dir?“, fragt er mich gutgelaunt.

„Und wie! Ich hätte nicht gedacht, dass es so schön ist.“

In die Dunkelheit der Nacht hinein versuche ich, den Horizont zu erspähen, doch das ist unmöglich. Sterne leuchten wie Myriaden Glühwürmchen am Himmel, mal dicht, mal verstreut. Es ist unbeschreiblich für mich, als kehrte ich zu einem Teil von mir zurück, der noch nie da war.

Ich streife die Schuhe von meinen Füßen und lege sie im ClubCart ab. Genüsslich wackele ich mit den Zehen und atme entspannt durch. Mein Kopf sinkt auf die Kopflehne und ich schließe zufrieden meine Augen.

„Hey, nicht einschlafen“, mahnt Konstantin halb fröhlich, halb kläglich. „Ich meine, ich kann das auch, während du schläfst, aber irgendwie hatte ich es mir anders vorgestellt.“

Mir ist klar, dass er nicht vom Buggyfahren spricht, und ich öffne meine Augen und klapse gespielt auf seinen Arm. Irgendwann habe ich angefangen, ihn zu hauen. Natürlich nur sanft, doch er mag es. Inzwischen ist es ein festes Ritual zwischen uns: Er ärgert mich und ich patsche drauf. Oft genug zieht er mich auf, *damit* ich ihn schlage. Verstehe einer die Männer. Zum Glück macht er es andersrum nicht.

„Du würdest nicht wirklich, wenn ich schlafe ...“, deute ich an.

„Nein, Elise. Mir geht keiner dabei ab, wenn ich eine wehrlose Frau ausnutze. Ich würde dich selbstverständlich vorher wecken.“ Er zwinkert mir zu. „Obendrein trinkst du nicht genug Alkohol, um davon nicht wach zu werden.“

Zum Glück hat Konstantin drei Gläser Blut getrunken, bevor wir aufgebrochen sind. In der Hinsicht bin ich erleichtert und danke Gwyntala für ihren Tipp.

Nach einer viertel Stunde erreichen wir eine Bucht, die tropisch bewachsen ist und durch Felsen und Vorsprünge eine natürliche Deckung bietet. Wir sind die einzigen Gäste hier und Konstantin parkt den kleinen

Wagen bei einer Steinformation. Er kommt um den Buggy herum und bietet mir seine Hand an. Lange schlanke Finger, die sich warm und kräftig anfühlen. Mein Puls reagiert sofort auf die Berührung und in seinem Blick liegt ein Versprechen, das mir ein Prickeln über die Haut treibt.

Ohne Worte führt er mich zu einer Gruppe Palmen und Hibiskusbüschen. Ich habe bereits gemerkt, wie groß die Vielfalt an tropischen Pflanzen ist. Bougainvillea und riesige Farne haben schon seinen Hotelbereich verziert.

Er zieht mich in seine Arme und küsst mich ohne Vorwarnung. Hungrig und beinahe besessen bewegen sich seine Lippen auf meinen. Seine Hände sind in meinem Haar und durchwühlen es rastlos. Er drückt mich gegen eine Palme und sperrt mich regelrecht ein. Erst einige Minuten später lässt er von mir ab und lehnt seine Stirn an meine.

„Endlich bin ich mit dir allein“, flüstert er als wären wir Jahre getrennt gewesen.

Ich berühre seine Wange und lächele ihn an.

„Elise, ich bin dermaßen nervös“, bekennt er. Dieses Geständnis verblüfft mich.

„Aber du hast das doch schon mal gemacht“, wende ich ein.

Er lacht gequält und schüttelt den Kopf.

„Das hier habe ich bestimmt noch nie gemacht“, sagt er nur und bevor ich meiner Verwunderung Ausdruck verleihen kann, fasst er nach meiner Hand und sinkt vor mir auf die Knie.

Wie ein Wirbelsturm rauschen meine Gefühle in mir durcheinander. Ein Kloß formt sich in meinem Hals und ich merke, wie Tränen in meinen Augen aufsteigen.

Konstantin räuspert sich und sieht zu mir auf.

„Elise“, fängt er an. „Ich habe dich gekauft, doch in Wahrheit gehöre ich *dir*. Ich glaube, du weißt es längst, doch ich möchte es dir auch sagen. Ich liebe dich. Du bist die eine Frau für mich, von der ich trinken kann, aber nicht satt werde. Mein Hunger nach dir frisst mich auf. Ich will dich für mich allein. Für alle Zeit. Willst du meine Frau werden?“

Zitternd atme ich aus und wische mit der freien Hand eine Träne von meiner Wange. Ich hatte mit keinem offiziellen Antrag gerechnet, nachdem für ihn seine Heiratsabsichten in trockenen Tüchern zu sein schienen. Nervös lecke ich mit der Zunge über meine Lippen und finde keine Worte. Also nicke ich stumm und wische die nächste Träne davon.

Konstantin zieht mich zu sich nach unten und küsst sie mir fort.

„Nicht weinen. Nicht deswegen.“ Er greift in seine Smokingtasche und zieht einen roten Samtbeutel hervor. „Mach ihn auf.“

Behutsam löse ich das Seidenband und fasse mit der Hand hinein. Als ich sie herausnehme, fördere ich eine lange Kette mit aufgereihten Muschelscheibchen zutage.

„Eigentlich müsste ich das deinem Vater geben“, erklärt Konstantin. „So ist es üblich beim Brautkauf. Aber weil er nicht mehr lebt, gebe ich es dir.“

Ich lasse die weiße Kette durch meine Hände gleiten und bewundere die feine Handarbeit. „Was ist das?“

„Es nennt sich Muschelgeld. In indigenen Kulturen wird es als Zahlungsmittel verwendet.“

„Das ist wunderschön. Wie bist du daran gekommen?“

„Ich habe es von Papua-Neuguinea besorgt. Nicht selbst, das muss ich zugeben. Es wird von den Tolai noch heute auf Märkten benutzt. Die Länge der Schnur bestimmt den Wert."

Ich lächele ihn verschmitzt an. „Und? Wie viel bin ich wert?"

„Eigentlich bist du unbezahlbar", behauptet er. „Auf jeden Fall bist du eine teure Braut."

„Danke." Mit den Händen streife ich meine Haare über eine Schulter und lege die Kette über meinen Kopf. Ich kann sie mir mehrmals um den Hals wickeln und noch immer fällt sie locker über mein Kleid. Ich bin so gerührt von seinem Geschenk. Er wäre nicht Konstantin, wenn er statt einem Verlobungsring nicht etwas völlig anderes schenken würde. Mehr als der feine Muschelschmuck beglückt mich allerdings sein Antrag. Wir sind verlobt. *Verlobt!*

Es erscheint mir so unwirklich.

Wir sind entrückt an diesem paradiesischen Strand, nur für uns und voller Pläne von einer gemeinsamen Zukunft.

„Ich liebe dich auch", flüstere ich ihm zu und küsse seinen Mund, seine Wange, seinen Hals.

Seine Hände legen sich warm und kräftig auf meine Brüste. Er massiert sie und betrachtet mich beinahe andächtig. Es sind nur meine Brüste. Er hat schon viele in den Händen gehalten. Trotzdem wirkt er völlig beglückt über den Anblick. Das treibt mir ein Grinsen übers Gesicht und er erwidert es.

„Gut gelaunt, Miss Rouillard?", fragt er.

„Noch bin ich es nicht."

„Vielleicht nicht vor dem Rest der Welt, aber ..." Er

hakt seine Finger unter eine der Perlenschnüre. „Bezahlt habe ich dich schon.“

Ich lege den Kopf schief. „Sogar zweimal.“

„Nur einmal war es Brautgeld.“

Seine Hand wandert zu meinem Nacken und seine Lippen folgen. Konstantin schabt mit langen Zähnen über meine Haut und reizt sie.

„Das war nur ein Teil der Zeremonie“, flüstert er kehlig. „Die Ehe zu vollziehen wäre der andere.“

Mir stockt der Atem und er schmiegt seine Hand über eine Brust.

„Mhh ... Wenn du so tief einatmest, wird sie noch voller“, murmelt er und küsst meinen Hals hinab zu meinem Dekolleté. Sein Mund verliert sich zwischen ihnen, streift mal zur einen, mal zur anderen. Er bleibt auf den Knien und richtet sich doch dabei auf, schiebt meinen Körper an seine Lippen.

„Bleib so“, fordert er und macht sich daran, den Verschluss meiner Korsage zu lösen. Er geht geradezu träge vor, lässt sich alle Zeit der Welt und schält mich schließlich aus dem festen, nachtblauen Mieder. Darunter bin ich nackt. Das Oberteil hat alles dorthin befördert, wo es sein sollte. Nun erledigt Konstantin das mit seinen Händen.

Gewissermaßen haben wir diesen Teil schon geübt. Nachts, wenn wir uns küssten. Vermutlich liegt es daran, dass ich davon nicht unruhig werde. Eine Sorge weniger. Er kennt meinen Körper. Ich schließe die Augen und lege den Kopf in den Nacken. Sein Mund schließt sich hungrig um eine der Knospen und er saugt daran und umkreist sie mit seiner Zunge. Warme Schauer rieseln durch meinen Körper und sammeln sich zwischen meinen Beinen. Der Wind weht über meine Haut und lässt meine Haare darüber streichen. Der Duft vom Meer und den Blüten um uns herum ist so berauschend wie der Klang der Wellen. Alles ist bis ins Feinste sinnlich.

„Elise", seufzt er.

Ich liebe es, wie er meinen Namen sagt. Eine sehnsüchtige Mischung aus verloren und gleichzeitig ganz bei mir sein. Er gehört mir. Sein Stöhnen stiehlt sich in die Kulisse der Nacht. Menschlich und doch wieder nicht.

Gedankenfetzen treiben durch meinen Kopf. Dass er ein Raubtier ist. Ein Jäger. Mein Herr. Mein Verlobter. Mein Schicksal. Mein Märchenprinz. Meine Bestimmung. Sie werden immer mehr überlagert von den Empfindungen meines Körpers, bis mein Bewusstsein leer zu sein scheint und sich alles auf seine Berührungen konzentriert. Mittlerweile liegen seine Hände auf meinen Fußknöcheln, Finger und Schwielen reiben über meine Haut. Männlich. Dürstend.

Konstantin schiebt die Chiffonlagen des Rockes an meinen Beinen hinauf, widmet sich ausführlich meinem Po und greift dann nach dem ganzen Kleid. Mit einem Ruck zieht er es an mir herunter und wirft es in den Sand. Ich knie nackt vor ihm und er windet sich aus seinem Smoking und breitet ihn wie eine Decke aus. In einer fließenden Bewegung hebt er mich hoch und bettet mich darauf, als wäre ich nicht schwerer als eine Libelle.

Konstantin schiebt sich über mich und küsst meinen Mund.

„Zieh mich aus", raunt er.

Meine Finger finden wie von allein die Knöpfe seines Hemdes und lösen sie einzeln, bis ich ihm den Stoff über seine breiten Schultern schieben kann. Für einen Moment fesselt ihn das in seiner Kleidung und er zerrt an den Ärmeln, bis ich fürchte, sie reißen ab. Dann landet auch diese Montur im Sand neben uns.

Er richtet sich über mir auf, sodass ich mit seiner Hose weitermachen kann. Dabei spielt er mit der Kette, die er mir geschenkt hat und schmiegt sie um meine Brüste. Im Schein des Vollmondes sehe ich die dunklen Adern auf seinem ganzen Körper. Seine Haut glänzt dagegen wachsbleich in einem scharfen Kontrast. Die langen Zähne ragen über seine Lippe und der schwarze Blick glüht leidenschaftlich wie Kohlen im Feuer.

Ich finde ihn wunderschön und unglaublich attraktiv. Wie konnte ich das nicht schon beim ersten Mal sehen? Wie konnte er auf Tylandoras Party unbemerkt an mir vorbei laufen?

Ich ziehe seine Hose an den Beinen hinab. Weil er kniet, komme ich nicht bis ganz herunter, und er hilft selbst mit. Erneut zerrt und reißt er mehr an seiner Kleidung, als sie abzustreifen. Das lässt mich Kichern und er sieht mich an.

„Immer lacht sie mich aus, wenn ich mich ausziehe. Das muss was zu bedeuten haben“, scherzt er. „Du weißt, dass du meinem Ego damit irreparable Schäden zufügen kannst?“

„Ich glaube, nichts kann deinem Ego schaden“, entgegne ich zuversichtlich.

„Stimmt. Dann trage ich dir nicht nach, dass du es versuchst.“ Seine Stimme wird kehlig. „Vielleicht belehre ich dich eines Besseren, Miss Rouillard.“

Damit hat er mich und er weiß es. Heute Nacht werden wir keine Trockenübungen mehr machen, wird es nicht nur durch die Berührung unserer Hände passieren. Seine nächste Handlung beweist es, doch anders als ich denke. Er greift mit seinen Händen unter meine Hüften und hebt mein Becken an. Dann senkt sich sein Mund zwischen meine Schenkel und treibt mir den Atem aus den Lungen. Ich bäume mich auf, denn seine Zunge ist viel zu intensiv.

„Schließe die Augen“, flüstert er und gibt sich seinem Tun hin.

Als ich seinen Worten folge, fühlt es sich noch intensiver an, als würde mein Tastsinn ausgleichen, was meine Augen nicht mehr leisten. Ich höre das Meer, spüre den Sand unter meinen Fingernägeln, als ich wieder und wieder die Fäuste darum schließe und mich hilflos hingebe. Er weiß, was er tut, macht immer weiter und weiter. Ich werfe meinen Kopf hin und her, versuche mich aus dem unerbittlichen Griff seiner Hände zu befreien, doch er hält mich im Zaum und bezwingt mich mit seinem Mund, bis Wellen der Lust durch meinen Körper branden.

„Oh, Gott“, keuche ich und höre ihn leise lachen.

„Ich liebe es, wenn du mich so nennst.“

„Wieso hast du nicht vorher aufgehört?“ Sinnestrunken lecke ich über meine Lippen und merke, wie trocken mein Mund ist.

„Weil es weniger wehtut, wenn du bereit für mich bist.“

Seine Worte wehen mit dem Wind an mein Ohr und ich spüre, wie er langsam und genüsslich mit seinem Mund das sündige Spiel erneut aufnimmt. Er lässt sich Zeit, weiß wie empfindlich ich jetzt bin. Doch wie schon einmal bringt er mich erneut an einen Punkt, wo die Lust über mich zurückschwappt. Mit fiebrigen Bewegungen kralle ich meine Hände in sein Haar, ziehe seinen Kopf näher an mich, bis ich halb wahnsinnig bin.

Dann hört er auf. Ich will protestieren und seinen Mund spüren. Doch dafür bleibt keine Zeit. Wie von allein rutscht er zwischen meine Schenkel. Kein Atemzug vergeht und mit einem kraftvollen Stoß dringt er in mich ein.

Mir bleibt die Luft weg, als ein scharfer Schmerz durch meinen Unterleib rauscht.

Konstantin verharrt in seiner Bewegung wie eine Skulptur, gibt mir Zeit, mich an die Fülle zu gewöhnen. Langsam ebbt der Schmerz ab. Seine Hände lösen sich von meinem Po, eine nach der anderen. Er stützt sich erst links von mir ab und dann rechts und umfängt schließlich meinen Kopf. Federleicht liebkost er meine Wangen und beginnt, mich zu küssen. Sein Aroma ist salzig. Ich schmecke ihn und mich.

Erst bin ich zu geschockt von dem Gefühl in mir, doch dann erwache ich aus meiner Trance und erwidere seine Zuneigung. Das ist der Moment, als er anfängt, sich in mir zu bewegen. Wie die Wellen am Strand kommen und gehen seine Stöße, gleitet er aus mir und wieder in mich. Es fängt an, sich gut anzufühlen.

So also ist Sex. Ich erkunde die Empfindungen, die er erzeugt. Seine Zunge verhält sich synchron zu seinen Hüften. Ein Takt. Wie das Meer. Wie Herzschläge. Der Rhythmus des Lebens. Ich lege meine Hände auf seinen Hintern und spüre die Muskeln, die sich anspannen und wieder lockern. Anspannen und lockern.

„Kratz mich“, keucht er und ich fahre meine Krallen über seine Haut, ohne meine frühere Angst, ihm wehzutun. Er will, dass ich ihn zeichne. Je härter, desto besser. Möglicherweise wird unser Sex eines Tages so sein. Aber nicht heute. Jetzt gerade gehen wir eine Verbindung ein, schenken einander und lieben uns. Ich weiß, dass ihm noch etwas fehlt, um es perfekt zu machen.

„Beiß mich", flüstere ich und er stöhnt auf und versenkt seine Zähne in meinem Hals. Er wird nicht zu viel trinken. Dafür haben die drei Gläser vorhin gesorgt. Er braucht nur den Geschmack für seinen ultimativen Kick.

„Ich schmecke deine Lust", stöhnt er.

Sie ist in meinem Blut. All die Endorphine und kleinen Botenstoffe, die durch meinen Körper rauschen und mein Aroma verändern. Fast augenblicklich werden seine Stöße kraftvoller und unbändiger. Die animalische Seite in ihm übernimmt und er gibt sich der Lust hin, die er uns schenkt.

Ich schlinge meine Beine um seine Hüften und nehme ihn noch tiefer in mir auf. Emotionen strudeln in mir und reißen mich fort. Schweiß bedeckt unsere Körper und Stöhnen erfüllt die Nacht, bis wir beide kommen.

Sein Drängen lässt nach, ebbt ab und schließlich liegt er erschöpft und reglos auf meinem Leib, als hätte man ihn erschossen. Sein Gewicht drückt mich in den Boden und meine Wahrnehmung von unserer Umgebung kehrt langsam zurück wie Fragmente aus einer anderen Welt. Und ich begreife, dass es stimmt. Wir waren woanders. Gefangen in diesem Akt. Genüsslich verschließt er die Wunde an meinem Hals.

9. SCHWÄCHE

Ich fühle mich ausgesprochen faul. Wir liegen ineinander verschlungen am Strand und ich genieße es, wie der Wind unsere Körper abkühlt. Schmunzelnd versuche ich mir vorzustellen, wie wir das hier bei ihm zu Hause tun – draußen im Schnee.

Der Gedanke jagt mir ein Frösteln über den Rücken und Konstantin zieht mich fester in seine Arme und küsst meine Stirn. „Ist dir kalt?"

„Nein, ich dachte nur an den Schnee bei uns. Da würde ich jetzt nicht so gern nackt mit dir drin liegen."

„Hätte eindeutig etwas von einer Finnensauna", findet er. „Leider ohne die Dampfhütte."

„Müssten wir uns dann nicht mit Birkenzweigen peitschen?"

Ich bin keine Expertin für Saunagänge, denn das hätte einem Luxus entsprochen, der kein Teil meines früheren Lebens war. Trotzdem habe ich ein Bild von Schlagen mit Zweigen im Kopf.

„Hier sind nur Palmwedel“, sagt Konstantin und deutet mit dem Arm zum Blätterdach über uns.

„Ich passe“, erkläre ich lächelnd. Es wirkt wenig verlockend, mit harten Palmblättern gehauen zu werden. Eher noch würde ich mich nackt in eine automatische Waschstraße stellen.

„Vielleicht ein kleines Bad im Meer?“, schlägt er vor.

Zögernd werfe ich einen Blick zu den anrollenden Wellen. „Ich kann nicht schwimmen.“

Er hebt erstaunt eine Braue, doch dann verdreht er die Augen. „Oh, lass mich raten: Tylandora fand, dass du das nicht brauchst.“

Ich schlucke und nicke. Mir fällt ein, wie sie mich als Baby ertränken wollte. Ob sie das später noch vorhatte und sich meine fehlenden Schwimmkünste für irgendwelche Gelegenheiten aufbewahrt hat?

„Also, ich schwimme gut genug für uns beide“, erklärt er und beendet mein Gedankenroulette. „Außerdem dachte ich mehr daran, ein bisschen im Wasser zu stehen, sich vom Meer umspülen zu lassen und zu knutschen.“

Bei Knutschen schaffe ich es nicht, nein zu sagen. Ich stehe beinahe so sehr darauf, wie er auf Bluttrinken. Daher kombinieren wir es meistens.

„Solange wir nicht tief hineingehen“, stimme ich zu.

„Großes Vampirehrenwort.“

Innerlich ertappe ich mich dabei, wie ich Vampire mit Indianern vergleiche, und muss zugeben, dass ich letzteren mehr Versprechen abkaufen würde. Genau genommen überzeugt mich nur, dass es Konstantin ist, der das Ehrenwort gibt.

Wir entwinden uns aus der Umarmung und er zieht

mich auf die Beine. Erst jetzt merke ich, wie gerädert ich mich fühle. Mein ganzer Körper stöhnt auf. Ein Andenken vom harten Boden, Konstantins Gewicht und den ungewohnten Bewegungen, die wir da hingelegt haben.

Noch ein anderes Gefühl stellt sich ein. Ich fühle mich wund zwischen den Beinen und frage mich, ob das normal ist. Kann sein, dass es immer so ist. Kann sein, dass es vom ersten Mal kommt. Kann sein, dass etwas nicht stimmt. Zweifelnd blicke ich in Konstantins Richtung und ringe mit mir, ihn danach zu fragen. Ist das jetzt peinlich, oder was? Verflucht, meine Mutter hätte mir dazu sicher etwas sagen können, doch meiner Tante war es egal, wie es mir gehen würde, wenn es passiert.

Hätte ich doch bloß ein eigenes Handy, dann könnte ich das Internet bemühen. Im Geiste sehe ich mich nach einer romantischen Liebesnacht am Strand wie eine Technik-Besessene mit vom Display beleuchteten Gesicht im World Wide Web surfen, während mein Verlobter nackt und ratlos daneben steht. Was stimmt an dieser Vorstellung nicht?

„Alles okay?“, erkundigt er sich schmunzelnd. „Du siehst aus, als würdest du überlegen, ob Biber spülmaschinenfest sind.“

Ich haue ihm auf den Arm. „Das ist doppelt fies. Zum einen würde ich das einem armen Biber niemals antun und zum anderen scheinst du mich für ganz schön blöd zu halten.“

Er lacht reumütig. „Entschuldige, ich wollte dich nur aufziehen. Dein Blick war ganz hinreißend.“

Ich nage an meiner Unterlippe und fühle in mich

hinein. Doch, es ist immer noch da. Na, schön. *Hol Luft und frag ihn einfach*, ermutige ich mich.

„Also, ich würde gerne etwas wissen", setze ich an.

Guter Start, gratuliere ich mir selbst. *Immer drumherum ums peinliche Fahrwasser. So bist du bis Ostern nicht schlauer.*

„Du kannst mich fragen, was du willst", bietet er an.

Ob sein Schwanz sich auch wund anfühlt?

„Ähm." Vorsichtig benetze ich meine Lippen. „Mir ist es jetzt sehr wichtig, dass du mich nicht auslachst."

Er nickt feierlich. „Kein Auslachen."

„Wegen Sex ..."

Seine Augen leuchten auf. „Möchtest du Nachschlag?"

Aua.

Das offenbart mir gleich zwei Fakten. Erstens: Vampire sind wirklich triebgeleitet. Und zweitens: Er scheint sich nicht wund zu fühlen.

„Eigentlich wäre das gerade keine so gute Idee", weiche ich aus.

Bilde ich es mir ein, oder ist sein Blick besorgt?

Er atmet tief durch und fährt sich mit der Hand durchs Haar. „Und ich dachte, die Frage: ‚*War es genauso schön für dich?*' ist etwas für Egomanen."

„Wovon redest du?" Nun bin ich endgültig verwirrt.

„Elise, ich habe angenommen, dass es dir gefallen hat, obwohl es das erste Mal für dich war. Aber anscheinend habe ich es vergeigt."

Mir bleibt der Mund offenstehen.

Konstantin greift nach meiner Hand. „Das erste Mal ist für Frauen immer mit einem Makel versehen. Glaube mir, es wird besser."

Ich lächele ihn an. Wer hätte gedacht, dass er unsicher

werden kann?

„Daran liegt es nicht“, beteuere ich. „Es war wunderschön.“

„Wirklich?“

„Ganz ehrlich.“ Ich nehme sein Gesicht zwischen meine Hände und lasse ihn sehen, dass es die Wahrheit ist.

Erleichtert nickt er. „Gut. Was ist es dann? Was willst du über Sex wissen?“

„Nicht lachen“, erinnere ich ihn und hoffe gleichzeitig, dass es etwas zum Lachen ist und nicht doch etwas sehr Ernstes.

„Okay.“ Er setzt ein beherrschtes Gesicht auf.

„Ist es normal, dass es sich hinterher so ... na ja ... gereizt anfühlt?“

Es fehlt nicht viel, und er klatscht sich die Hand an die Stirn.

„Ich Idiot!“ Er atmet aus. „Ja und nein“, beantwortet er meine Frage. „Hat schon mal jemand mit dir über Sex gesprochen?“

„Du jetzt gerade?“, schlage ich vor.

„Das ist die Reihenfolge, wie sie überall empfohlen wird“, meint er ironisch. „Als Jugendlicher fand ich Aufklärung eher beschämend, aber rückblickend bin ich ziemlich dankbar dafür. Wenn wir zurück sind, bestelle ich dir ein paar Bücher. Es ist dir nicht peinlich, wenn du es lesen kannst, weil niemand dabei ist, und gleichzeitig weißt du dann alles Wichtige.“

„Wenn du nicht lachst, frage ich lieber dich“, wende ich ein.

Er nickt mit einem wohlgefälligen Grinsen. „Das finde ich sehr gut. Das machst du außerdem. Ich biete den unglaublichen Service, dir alles sofort praktisch zu veranschaulichen."

Puh, mir wird irgendwie warm.

„Ja und nein ... heißt das, dass es normal ist?", greife ich meine frühere Frage wieder auf.

„Beim ersten Mal eigentlich immer und später kannst du dich wund fühlen, wenn du zu viel Sex mit mir hast. Besonders, wenn ich dich vorher nicht genug in Stimmung bringe. Immerhin erzeugt Sex Reibung. Wenn wir es lange genug machen, merkst du es."

Seine Hand wandert zwischen meine Beine und ich ziehe abrupt die Luft ein. Er berührt mich nur kurz und zeigt mir dann seinen Finger, auf dem Blut klebt.

„Jetzt fühlst du dich wund, weil du eine Wunde hast."

Als ich merke, dass er undeutlicher spricht, sehe ich ihn erstaunt an. Ich hätte es mir denken können, doch irgendwie habe ich nicht damit gerechnet, dass diese Sorte Blut ihn ebenfalls transformieren lässt. Es ist dasselbe Blut, das sonst aus meinem Hals fließt, trotzdem empfinde ich es anders.

„Bitte nicht", flüstere ich und seine schwarzen Augen heften sich auf mich.

„Noch etwas extra Aufklärung zum Sonderthema Vampir?" Konstantin sieht mich zerknirscht an. „Wie wäre der Deal: Ich lache nicht, wenn du Fragen hast, und du ekelst dich nicht, wenn ich auf Blut reagiere?"

„Klingt fair", stimme ich zu.

„In meiner Kultur ist das erste Mal etwas Besonderes. Vor allem für den Mann, der es mit der betreffenden Frau hat. Ich habe schon gehört, dass Menschen sich lieber waschen, doch Vampirmänner reinigen ihre Partnerinnen auf andere Art."

Ich will es lieber auf meine Weise haben. Ganz ehrlich. Vor allem stelle ich es mir so unappetitlich vor, da Konstantin auch mit seinem Körper reagiert, wenn er kommt, und ...

Meine Augen werden riesengroß.

Oh, verdammt!

Ich schlucke schwer und starre ihn an. Wie konnte ich an alles Mögliche denken und daran nicht? Wie konnte er es überhaupt vergessen? Er muss es doch gemerkt haben.

„Wir ... Wir haben nicht ..."

Mein Blick wandert auf den Abdruck im Sand, wo unsere Körper lagen.

„Haben nicht?", hakt er nach, als ich stumm bleibe.

„Verhütet", murmele ich und in meinem Kopf überschlagen sich die Gedanken, was das bedeuten kann. Wie von selbst gleitet meine Hand auf den Bauch. Ich spüre die flache Haut unter meinen Fingern.

Konstantin zieht mich in seine Arme und wir stehen eine Weile so da.

„Wir waren ziemlich kopflos vorhin", flüstert er. „Ich will ehrlich sein. Als ich in dir war, habe ich nur daran gedacht, dir nicht wehzutun. Nach einer Weile schien es dir zu gefallen und ich habe es so unglaublich genossen, dich endlich zu spüren. Erst bevor ich kam, ging mir durch den Kopf, dass ich keinen Schutz verwende."

Also hat er es gemerkt. Er leckt sich über die Lippen und sucht den weiten Himmel mit seinen Blicken ab. Ein Ausdruck von Reue liegt auf seinem Gesicht.

„Natürlich hätte ich aufhören können", gibt er zu. „Wir hätten besprechen können, ob wir verhüten oder nicht. Das hätte dazu geführt, dass wir unseren ersten Sex zerreden, und du kannst mich egoistisch nennen, aber das wollte ich nicht. Vor allem, als mir einfiel, dass ich die Kondome im Hotel liegengelassen habe."

„Du hast eine Entscheidung ohne mich getroffen", erkenne ich.

„Das habe ich nie gewollt, doch in dem Punkt bin ich schuldig."

Eigentlich müsste ich sauer sein. Vor allem, weil es nicht darum ging, wonach unser Badewasser riecht oder welche Blumen in der Einfahrt wachsen sollen. Es ist alles andere als banal.

Als ich in mich hineinhöre, bemerke ich allerdings bloß eine tiefe Erleichterung, weil sich unser Thema von selbst geklärt hat. Ich will eine Familie mit ihm haben. Ein Baby, ganz egal, ob es dafür noch früh ist oder nicht. Ich habe darüber nachgedacht, dass wir eine natürliche Beziehung führen, wie es für Menschen in der Vergangenheit normal war. Sex erzeugt Babys wie überall sonst in der Natur. Außerdem ist er nicht allein Schuld. Zum Sex gehören zwei Personen und ich habe keinen Gedanken daran verschwendet. Vermutlich, weil ich ein Baby möchte. Er könnte mir daher auch vorwerfen, dass ich nichts gesagt habe.

Stattdessen war unser erster Sex sagenhaft schön. Frei und sorglos. Konstantin hat mir einen Antrag gemacht. Ich lächele und spiele mit der Muschelkette an meinem Hals.

„Wenn ich nun schwanger werde ..."

Ich spreche die Worte ganz vorsichtig, so als wollte ich es im Geiste an mir ausprobieren. Mein Herzschlag beschleunigt sich und ich muss aufpassen, dass ich nicht zittere und weine, weil es wahr sein könnte.

„Würde dir das gefallen?“, fragt er mich.

Ich presse meine Lippen aufeinander und nicke stumm. Er zieht mich fest an sich und küsst mein Haar. Meine Wange. Sein Finger legt sich unter mein Kinn und hebt es seinem Mund entgegen. Dann küsst er mich innig und ich verschmelze mit meinen Gefühlen und dem Moment.

„Da ich dich eben überrumpelt habe, kannst du frei entscheiden“, bietet er an. „Ich würde es dir nicht nachtragen, falls du die *Pille danach* möchtest.“

Bloß nicht!

„Nein“, entgegne ich sofort.

Er lächelt liebevoll und unter seinem Blick fühle ich mich unglaublich behütet. „Was ist in der Zukunft? Willst du, dass ich Kondome verwende?“

Ich runzele die Stirn. Warum einen Schritt zurückgehen? Mein Bauchgefühl wehrt sich gegen diese Vorstellung. „Nein. Willst du das denn?“

Besorgt sehe ich ihn an. Zum Glück schüttelt er den Kopf. „Aber ich bin etwas älter als du, Elise.“

Ich grinse ihn frech an und zucke mit den Schultern. „Ich nehme es dir nicht übel. Toleranz und so. Was macht deine Gicht?“

„Besser. Viel besser. Eine große Echse hat sie mir vor ein paar Millionen Jahren kuriert. Sie kannte da ein Spezialmittel. Die heutige Medizin ist so rudimentär. Da gerät vieles in Vergessenheit.“

Ich bin erleichtert, dass wir scherzen können.

„Jetzt möchte ich, glaube ich, doch ins Meer“, sage ich freudig.

Er nimmt mich an der Hand mit zum Wasser. Der Sand wird immer fester unter unseren Füßen, kälter und nasser und dann stehen wir plötzlich im Meer. Nicht mal bis zum Knöchel, doch es fühlt sich himmlisch an. Ich jauchze auf vor Glück und gehe ein paar Schritte tiefer hinein. Die Wellen kommen und gehen und umspülen meine Haut. Mal reichen sie mir nur bis zu den Füßen, dann schäumen sie hoch bis zu meinen Schenkeln.

Das Wasser ist mild. Ich hatte es mir viel kälter vorgestellt, doch die Sonne scheint hier mehr als bei uns. Trotzdem, oder gerade deswegen, freue ich mich darauf, wenn wir wieder zurück sind. Konstantin kann dann länger draußen bleiben. Die Stunden mit ihm verfliegen immer viel zu schnell. Ich frage mich, ob sich das je ändert. Jedes Zeitgefühl ist verloren, also greife ich nach seinem Handgelenk und schaue auf die Uhr.

Er lacht. „Du kannst mich auch einfach fragen."

„So macht es mehr Spaß."

„Ich beschwere mich sicher nicht, wenn meine Frau mich berührt", erklärt er.

Bis zum Morgengrauen bleibt uns eine Stunde, doch ich würde nicht riskieren, dass wir knapp dran sind und er verbrennt. Für ein paar Minuten genießen wir das Meer. Es wird mir fehlen. Der zugefrorene Tümpel daheim ist nicht dasselbe.

Schließlich steigen wir aus dem Wasser und tollen ein wenig am Strand herum, bis unsere Haut einigermaßen trocken ist. Handtücher haben wir nicht dabei, doch das stört mich nicht. Wir rubbeln uns den Sand von den Waden und Füßen. Es ist eine ziemliche Fummelei, ihn zwischen den Zehen herauszubekommen. Das sind Dinge, über die ich noch nie nachgedacht habe, und ich genieße es, sie in meinem Alltag zu entdecken.

Wir klauben unsere Sachen vom Boden und klopfen

den Sand auch dort heraus. Besonders hartnäckig hat er sich in Konstantins Smoking eingenistet, wo er sogar aus den Taschen rieselt. Vermutlich finden wir noch in einigen Tagen welchen darin. Das bringt mich auf die sentimentale Idee, mir etwas von dem Sand aus dieser Bucht mitzunehmen. Dem Ort, an dem wir uns zum ersten Mal liebten.

Konstantin streift sich gerade einen Ärmel über, als ich in meiner Faust eine ordentliche Portion Sand aufnehme und ihn in seine Tasche rieseln lasse.

„Was wird denn das?“, fragt er belustigt, als ich es wiederhole.

„Ich nehme mir eine Erinnerung mit.“

„Wenn du mich zu irgendeiner Gelegenheit Sandmann nennst, werde ich mich furchtbar rächen“, droht er gutgelaunt.

„Bekomme ich ihn dann in die Augen gestreut?“

„Ganz genau.“

Wir schlendern zurück zum Buggy und fahren zum Hotel. Ich hätte unter anderen Umständen gerne die Sonne aufgehen sehen, doch all die Sterne am Himmel sind ebenfalls Sonnen. Das muss genügen. Ich schmiege mich an ihn, nehme die letzten Eindrücke dieser Nacht in mich auf und verwahre sie in meinem Herzen wie in einem Schatzkästchen.

Nach einer kurzen, aber warmen Dusche sind wir die letzten Reste vom Meer und Sand los und ich kuschele mich in einen der luxusweichen Hotelbademäntel.

„Wenn du dir einen mitnimmst, wäre das nicht mal Klauen, oder?“, frage ich gedankenverloren.

„Man kann sich nicht selbst beklauen“, meint er,

überlegt es sich dann aber anders. „Außer man will die Versicherung bescheißen."

„Das scheinst du nicht nötig zu haben."

„Sehe ich auch so." Er gibt mir einen Kuss. „Bei dir fühle ich mich immer wie sechzehn", murmelt er.

Der Gedanke lässt mich grinsen. „Lass das lieber. Sonst wäre am Ende ich zwei Jahre älter als du."

Er wackelt spöttisch mit den Augenbrauen. „Was wäre so schlimm daran?"

Manchmal steht er wirklich auf der Leitung. Ich stemme meine Hände in die Hüften und lege den Kopf schief.

„Dann würdest du mich für eine Jüngere verlassen."

„Noch jünger!", krächzt er. „Ich meine", korrigiert er sich, als er meinen Gesichtsausdruck bemerkt, „das wäre dann illegal. Minderjährige und so."

„Ich will mal nicht so sein und lasse das durchgehen."

„Sehr gnädig, Miss Rouillard."

„Tja, was soll ich sagen?" Ich lege meinen Zeigefinger ans Kinn und tippe daran. „Du hast es schon gut mit mir. Es ist so schwierig, heutzutage zufriedenes Personal zu finden."

„Und bei Armand fühle ich mich nie wie sechzehn", steuert er bei.

Die Vorstellung lässt mich kichern. „Stört es dich, wenn ich mir auf dem Balkon den Sonnenaufgang ansehe?"

„Nein, mach nur. Ich bekomme im Schlafzimmer sicher keine tödliche Dosis durch die Tür."

„Hast du mal einen Sonnenaufgang gesehen?", frage ich ihn.

„Nur im Film."

„Ich dachte bloß, vielleicht habt Ihr Superreichen ja ein Spezialglas, hinter dem Ihr komplett sicher seid.“

Er wiegelt mit der Hand ab. „Es gibt durchaus Konstruktionen, jedoch solltest du eines nicht vergessen, Elise.“

Erwartungsvoll sehe ich ihn an, bis er etwas sehr Einfaches bemerkt: „Wir fühlen uns nicht zu ihr hingezogen. Es gibt nichts in uns, das sich nach Sonne sehnt.“

„Aber sie ist wunderschön. Ich kann mir nicht vorstellen, wie sie Euch nicht fehlen kann.“

Konstantin lächelt mich an. „Wie wäre es mit einem leichten Beispiel?“, schlägt er vor.

„Okay.“

„Fehlt es dir nicht, den Erdkern zu sehen?“, fragt er mich.

Den Erdkern?

„Das ist doch nur ein Klumpen Metall und Dreck.“ Nehme ich jedenfalls an. Stimmt, ich habe mich nie danach gesehnt, ihn zu sehen. Konstantin fühlt das in Bezug auf die Sonne?

„Die Sonne ist, deiner Theorie folgend, nur ein großer Klumpen brennendes Gas. Im Gegensatz zum Bunsenbrenner zudem radioaktiv.“ Er lacht. „Manchmal denke ich, Menschen würden auch ein Atomkraftwerk bewundern, wenn es am Himmel hängt.“

„Okay, du bist eindeutig unromantisch“, diagnostiziere ich.

Er lacht. „Nicht komplett. Ich mag den Mond. Er wird voll und halb und verschwindet dann ganz. Mal ist er größer, mal kleiner, mal orange und mal ganz blass. Ein abwechslungsreicher Lampion in der Nacht.“ Er nimmt meine Hand. „Es gibt so viele Dinge, die wir nicht sehen und trotzdem sind wir glücklich. Selbst wenn wir wissen, dass sie da sind. Genieße deine Sonne, meine Schöne. Du bist meine Prinzessin des Lichts, meine übersinnliche Braut, die dem tödlichen Schein trotzen kann. In gewisser Weise bist du viel mächtiger als ich.“

Als er ins Schlafzimmer verschwunden ist, betätige ich den Rollladen. Leise gleitet er in seine Vorrichtung und gibt mir den Blick auf den Balkon und das Meer dahinter frei. Die Schwärze der Nacht ist nicht mehr absolut. Ich trete hinaus und schaue nach Osten. Ein heller Schein glimmt bereits am Horizont und plötzlich beginnen Orangetöne sich wie Flammen in den Himmel zu erheben, der kurz lila wird und dann einen Blaustich erhält. Es wird einem satten Tagesazur weichen.

Wie eine Dunstlinie hängt dicht über dem Meer noch ein verwaschenes Grau. Und einfach so ist sie da. Ein goldener Klecks am Horizont, der so grell ist, dass ich kaum hineinsehen kann. Die vorher verwaschene Kontur des Meeres wird schlagartig dunkler und akzentuiert sich klar vom Himmel, welcher immer heller strahlt.

Einige Wolkenfetzen tragen graue Köpfe und goldene Bäuche. Das Licht um den Feuerball wird rot und schließlich hebt sich eine perfekte, runde Kugel über die Welt. Das ist der Moment, an dem sich ihr Leuchten in den Horizontkamm des Meeres stiehlt, als hätte man eine Ecke hineingeschnitten. Wie ein roter Teppich breitet es sich aus, direkt auf mich zu. Es ist atemberaubend schön.

Innerlich schnaube ich. Von wegen Erdkern!

Ich staune darüber, wie die Sonne optisch größer zu werden scheint. Ein goldener Glorienschein wächst um sie. Immer wieder blinzele ich zur Seite und habe fast Tränen in den Augen. Das Orange beginnt zu verblassen und wird immer gelber. Ohne Sonnenbrille ist nichts mehr zu machen, doch das stört mich nicht. Ich habe meinen ersten Sonnenaufgang über dem Meer gesehen. Es war traumhaft.

Ich gehe hinein, verdunkle hinter mir das Fenster und schließe den Tag aus. Sobald das Licht fort ist, gähne ich und merke, wie schrecklich müde ich bin. Konstantin scheint es nicht anders zu gehen. Als ich mich ins Bett lege, schläft er bereits tief und fest.

Das Geräusch eines penetranten Weckers dringt durch meine Traumbilder. Als ich erkenne, was diesen Lärm verursacht, bin ich wach. Im Zimmer ist es stockdunkel und ich erkenne nichts. Neben mir scheint Konstantin die Uhr totschlagen zu wollen. Seine Hand klatscht auf dem Nachttisch herum und schließlich höre ich etwas auf den Boden fallen. Das Piepen setzt sich von unter dem Bett fort und ich fange an zu kichern.

Entnervt stöhnt er und schaltet ein kleines Lämpchen an. Er lässt sich über die Bettkante hängen. Endlich verstummt der Krach. Früher mussten Männer noch Büffel jagen, heute bloß technische Geräte abschalten. Verrückt, wie sich die Dinge ändern.

„Du bist mein Held“, lobe ich ihn und er knurrt, während er sich das Kissen über den Kopf zieht.

Ich werfe einen Blick auf die Uhr an meiner Seite und wende mich erstaunt zu ihm um. „Es ist noch Tag. Wieso hast du deinen Wecker gestellt?“

„Abreisetag“, brummt er. „Alle wollen pünktlich in den Flieger, sobald es dunkel ist, und wir setzen uns vorher zu einer abschließenden Besprechung zusammen."

„Verstehe. Wo musst du denn hin?"

Ich schüttele mein Kissen auf und lehne mich dagegen. Herrlich gemütlich. Keine zehn Pferde bringen mich jetzt aus dem Bett.

„Konferenzraum."

„Sind die Partyspuren schon beseitigt?"

„Während wir geschlafen haben, waren genügend Angestellte damit beschäftigt. Also, ja. Zum Glück gibt es Tonnen von Kaffee." Er stemmt sich auf die Arme und wirft mir einen dunklen Blick zu. „Aber frisches Blut wäre mir lieber", flüstert er.

Sieh an, kaum wach und schon so eifrig. Glucksend ziehe ich mir die Decke bis zur Nase und schiele zu ihm herüber. „Mein Mann hätte bestimmt etwas dagegen, wenn ich jedem Kerl in meinem Bett gleich Blut spende."

Er atmet tief durch. „Dein Mann hat grundsätzlich etwas gegen Kerle in deinem Bett."

„Wirklich?", tue ich erstaunt. „Das klingt so vorsintflutlich."

Konstantin robbt zu mir und zieht mit einem kräftigen Ruck die Decke von meinem Körper. Überrascht quieke ich auf und beginne zu strampeln, als er sich über mich schiebt.

„Bist du noch wund?", fragt er wenig beiläufig.

„Allerdings. Es ist erst ein paar Stunden her", erinnere ich ihn.

Es ist amüsant, wie enttäuscht er die Nachricht aufnimmt. „Schade", seufzt er. „Da habe ich endlich eine Frau und dann das."

Ich fange an zu lachen.

„Und wieder lacht sie mich aus." Er schiebt mit seiner

Hand die Haare von meinem Hals. Sein Blick klebt an meinem Puls und sein Gewicht drückt mich unnachgiebig in die Matratze. Er ist ganz Mann und gehört ganz mir. Ich will, dass er von mir trinkt, statt von der Miniblutbar der Suite oder dem Tablett im Konferenzraum.

„Ich glaube, deine Frau mag es nicht, wenn du von anderen trinkst", informiere ich ihn zwinkernd.

„Vorsintflutlich", neckt er mich. „Diese Besitzansprüche."

„Komm und beiße mich", lade ich ihn ein und drehe meinen Kopf zur Seite.

Seine Lippen legen sich auf meinen Hals. Er beginnt, mich zu küssen, zu knabbern und zu saugen. Kräftige Hände halten mich fest. Ich genieße seine Nähe und schmiege mich an ihn. Als er mich beißt, kralle ich meine Nägel in seine Haut, tief und fest. So wie er es mag. Es hilft mir, den Schmerz, den sein Biss mir bereitet, über die Finger abzuleiten. Ähnlich wie Frauen, die Männern bei der Geburt die Hand zerdrücken.

Ein paar Sekunden später ebbt das Brennen ab und ich entspanne mich unter dem Klang seiner Schlucke. Ich bin ein Teil von ihm. Der Gedanke ist wunderschön. Genüsslich versorgt er die Wunde an meinem Hals, leckt sich die Lippen ab und sieht mich fragend an. Ich deute auf seinen Mundwinkel und er nimmt den letzten Rest Blut mit seiner Zunge fort, bevor er mich küsst.

Widerwillig steht er schließlich auf und verabschiedet sich nach einer kurzen Dusche in die Besprechung. Zufrieden räkele ich mich im Bett und habe noch etwa zwei Stunden, bevor ich für unsere Abreise aufstehen muss. Ich beschließe, mich noch einmal umzudrehen und eine kleine Mütze voll Schlaf zu genießen. Immerhin ist dies unser erster gemeinsamer Urlaub, oder nicht?

Es ist wunderbar friedlich und still. Eine angenehme Mattigkeit lässt mich dösen und die verdunkelten Fenster tun ein Übriges. Sanft gleite ich hinüber in den Schlaf.

Ich weiß nicht, wie viel Zeit vergangen ist, als ich Geräusche von nebenan höre. Die Zimmerkarte wird durchgezogen, ein Klacken, und die Tür fällt ins Schloss. Das leise Tappen von Füßen auf dem Boden. Die Schritte sind so ruhig, dass ich denke, Konstantin blättert dabei abgelenkt durch einen Stapel Papiere. Er kann so ein Workaholic sein.

Ich bleibe liegen und warte, dass er zu mir kommt, nehme mir die Zeit, um wacher zu werden. Mein Herz schlägt schneller, als ich ihn an der Schlafzimmertür höre. Nichts geschieht und ich stelle mir vor, wie er mich beobachtet und annimmt, dass ich schlafe. Das lässt mich schmunzeln.

„Jetzt liegst du also in seinem Bett", höre ich eine Stimme, die mir die Haare aufstellt und wie Säure an meinem Rücken klebt. Angst kriecht in meine Knochen und ich sehe zur Tür. Ein fahles Licht dringt aus dem Wohnbereich. Es kommt von der Schreibtischlampe.

Natürlich ... er kennt unsere Suite nicht und musste sich erst orientieren. Also hat er eine Lampe gefunden und betätigt. Ich sehe ihn als dunkle Silhouette im Türrahmen stehen. Einige graue Haare werden von hinten angestrahlt. Doch ich muss ihn nicht genau sehen können, um zu wissen, wer er ist. Callistus.

Ich merke, wie ich zittere, und fühle mich gelähmt. In

seiner Stimme liegt etwas Niederträchtiges und mir ist klar, dass er nichts Gutes vorhat. Langsam ziehe ich die Decke fester an mich und überlege fieberhaft, was ich tun kann. Konstantin ist in seiner Besprechung. Ich werfe einen Blick zur Uhr und sehe, dass etwa vierzig Minuten vergangen sind. Er wird noch nicht zurückkehren.

Ich bin auf mich allein gestellt. Gegen einen Vampir. Callistus ist zwar älter als ich, doch wie jeder Vampir auch kräftiger. Wie soll ich ihn dazu bringen zu gehen? Wie soll ich gegen ihn kämpfen? Im Kopf rattere ich die Möglichkeiten durch.

Die Tür zum Bad befindet sich seitlich von mir, aber sein Weg dorthin ist kürzer und er braucht nicht erst aufzustehen. Ins Wohnzimmer schaffe ich es überhaupt nicht, da er den Weg dorthin versperrt.

Mein Raum ist eine tote Nische.

„Es hat mir nicht gefallen, dass Tylandora dich ihm verkauft hat“, fährt er fort. „Deal ist Deal und sie wollte mit *mir* ins Geschäft kommen.“ Er schnaubt abfällig. „Natürlich hat der große Konstantin mehr Geld, mehr Einfluss und muss ausgerechnet dich wollen.“

Mir dämmert, dass Callistus ein schlechter Verlierer ist. Das macht die Lage nicht besser, denn seine Wut wird ihn wenig zugänglich für Argumente machen.

Ich gehe im Kopf den Inhalt der Nachttischschublade durch. Nirgendwo habe ich eine Schere oder ein Messer in Reichweite. Auf Konstantins Seite steht ein Telefon, doch wenn ich mich herumrolle, müsste ich erst den Hörer abnehmen und die Nummer mit bebenden Fingern eingeben. Bei meinem Glück tippe ich dabei die falschen Zahlen. Selbst wenn nicht, muss es noch klingeln. Callistus braucht keine Gehhilfe. Er wäre schnell genug da, um mich zu stören.

Du bist allein, flüstert meine innere Angststimme. *Allein mit einem eiskalten Vampir*. Mir gehen Gwyntalas Worte durch den Kopf: *»Trotzdem ist Konstantin ein Narr, wenn er ihn unterschätzt. Callistus ist selbstsüchtig und berechnend«*.

Wir haben ihn wohl alle unterschätzt. Ich habe nicht bemerkt, was er plant, als ich ihn am Buffet erblickte. Er wirkte so unterkühlt und distanziert. Hätte er nicht fanatischer aussehen müssen?

„Meine Tante hat sich immer nur für Geld interessiert", stimme ich ihm zu, um ihn am Reden zu halten und meine Optionen zu überschlagen. Kann ich ihn lange genug beschäftigen, bis Konstantin zurückkehrt? Wie lang wäre das?

Und eine andere schreckliche Frage dröhnt in meinen Ohren: Was will er?

Ich traue mich nicht, ihn das zu fragen, will nicht beschleunigen, was sich hier anbahnt. Wird er mich töten? Oder Misshandeln? Ich kann mir kaum vorstellen, dass er nur zum Reden aufgekreuzt ist.

„Ja, sie liebt Geld und Ansehen. Sehr berechenbare Eigenschaften. Eigentlich mochte ich das an ihr, bis sie mir einen Strich durch die Rechnung gemacht hat." Sein Blick wird anzüglich. „Weißt du, sie hat mir in Aussicht gestellt, der Erste bei dir zu sein. Das wollte ich." Er sieht mich finster an. „Man nimmt ein Geschäft nicht zurück. Man macht kein Feuer an und sagt dann, es soll nicht brennen."

Der Hass in seiner Stimme lässt mich schlucken.

„Ich kann nichts für die Entscheidungen meiner

Tante“, sage ich leise.

Er lacht hässlich. „Dann hättest du dich also lieber für mich entschieden als für ihn?“

Was ich davon halte, scheint mir ins Gesicht geschrieben zu stehen.

„Dachte ich mir“, höhnt er. „Der gute Konstantin sieht schließlich viel netter aus. Was musste ich mir das von meiner dusseligen Halbschwester anhören!“

Er knallt die Faust gegen den Türrahmen.

„Maribella“, flüstere ich.

„Ja, Maribella“, giftet er. „Sie ist ganz anders als du. Es ist eine Ironie, dass Rouillard und ich auf dieselben Frauen stehen, oder?“

Ich runzele die Stirn. Welche andere Frau wollte Callistus denn haben, mit der Konstantin zusammen war?

„Sie ist ein dummes kleines Ding“, fährt er fort. „Blond und üppig wenigstens. Aber dumm wie Brot, wenn du mich fragst. Zum Glück sind wir nur halb verwandt. Sie ist nicht meine richtige Schwester, wenn du verstehst. Wir haben nur einen gemeinsamen Vater.“

Will er damit sagen ...?

„Tylandora war nicht die Einzige, die etwas von Konstantins Kuchen ab wollte. Ich habe Maribella auf ihn angesetzt. Dachte mir, wenn sie ein Paar sind, macht er Geschäfte in der Familie. Das ist eigentlich so üblich unter Vampiren.“ Tadel schwingt in seiner Stimme mit, der deutlich macht, wie sehr er es ihm nachträgt. „Sie hatte davor keinen richtigen Freund.“

Das amüsiert ihn. Als erzählte er einen Witz, den nur er kennt.

„Aber ...“ Ich stocke.

Sie wirkte so freizügig. Alles andere als unerfahren.

„Ja, wer hätte gedacht, dass Konstantin lieber die Unschuldigen mag, oder? Wenn ich das gewusst hätte, hätte ich Maribella nicht auf ihn vorbereitet."

Meine Finger fühlen sich eiskalt an und ich höre geschockt seiner völlig emotionslosen Schilderung zu.

„Maribella wollte immer zur Familie gehören und mir imponieren, ihrem größeren und einflussreichen Bruder. Also habe ich sie unter meine Fittiche genommen. Ist doch klar." Er grunzt. „Ich habe sie zugeritten und Rouillard durfte die Früchte meiner Arbeit genießen."

Entsetzt halte ich mir die Hand vor den Mund. Er hat seine Schwester missbraucht? Inzest? Nicht einmal ihm hätte ich so etwas zugetraut und ich habe etliche negative Gefühle auf Callistus projiziert. Er ist ein noch größeres Scheusal als in meinen Albträumen.

„Als sie soweit war, habe ich sie gelobt und ihr Konstantin vorgestellt", fährt er ungerührt fort. Es scheint ihm ein Bedürfnis zu sein, mir seine Winkelzüge mitzuteilen und mich damit zu verstören. „Sie war so glücklich über meine Wahl für sie. Dieses endlose Geschnatter und ihre Schwärmereien waren eine Plage." Callistus äfft Maribellas Stimme nach: *„Oh, er ist so toll. Oh, er sieht so gut aus. Danke Callistus, tausend Dank."* Er schüttelt sich, als spräche er von einem Abszess. „Widerlich."

Ich erkenne, dass Maribella sich wohl in *Stanis* verliebt hat. Kann man es ihr verdenken, wenn man von diesem monströsen Bruder weg möchte?

„Dieses dumme Biest", schimpft er. „Sie sollte ihn an unsere Familie binden und uns sein Vermögen zugänglich machen, aber sie hat es völlig vergeigt mit ihrem Geklammere. Welcher Mann würde das mögen, wenn eine Frau von Gefühlen und der Zukunft säuselt, obwohl sie nur zum Vögeln da ist?“

Callistus öffnet die Knöpfe an seinem Jackett, während er weiter redet: „Dann kam Tylandoras kleine Party. Eigentlich warst du mir versprochen, doch Rouillard nimmt dich mit. Also habe ich Maribella Beine gemacht. Schließlich war mal wieder Schluss zwischen beiden und ich wollte, dass sie ihn sich zurückholt, bevor er dich anbumst. Sie erzählte was von Stolz und solchen Müll.“ Seine Hand krampft sich in der Luft zusammen. „Also habe ich sie an ihren blonden Haaren gepackt und mit dem Gesicht ins Waschbecken gedrückt.“

Er führt die Bewegung pantomimisch aus. Dabei liegt ein hässliches Feixen in seinem Gesicht. Callistus ist krank. Völlig krank und psychopathisch. Sogar für vampirische Verhältnisse. „Es stellt sich raus, dass sie unter Wasser nicht atmen kann.“

Er sagt es wie beim Kasperle-Theater, so als würde er zu den Kindern sagen: *»Hört gut zu, da war etwas Komisches.«*

„Am Ende war sie brav und ging doch zu ihm. Wirklich ins Zeug gelegt scheint sie sich nicht zu haben. Die ganze Zeit behält dich Rouillard in seinem Palast und lässt dich nicht zum Spielen raus.“ Er hebt seinen Finger wie in einer Eingebung. „Aber dann nimmt er dich mit hierher.“

Callistus greift in seine Hosentasche und fuchtelt mit der Türkarte. „Konstantin sollte besser auf seinen Schlüssel achtgeben. So könnte er das Ding gleich in der Tür stecken lassen. Ein Mann, der soviel besitzt, sollte sich nicht derart einfach bestehlen lassen. Dachte er, er beklaut mich und ich hole es mir nicht zurück?“

Achtlos lässt er die Karte fallen und streift sich das Jackett ab. „Leider bist du nun keine Jungfrau mehr. Was musste ich mir gestern am Strand ansehen? Euer kleines Liebesgeplänkel in der Bucht.“

Meine Augen weiten sich und Abscheu kriecht durch meine Adern wie klebriger Teer.

„Sie waren dort?“, hauche ich entsetzt.

„Die ganze Zeit, Täubchen. Hat mir die Gelegenheit verschafft, dich nackt zu sehen. Ganz nebenbei war es ein guter Porno. Nur etwas zu viel Gefühlsduselei. Ist es nicht eine Ironie, dass wir erneut dieselbe Frau haben werden? Bloß, dass diesmal Rouillard schneller war.“

Mir fallen viele Begriffe dafür ein, doch Ironie ist keiner davon.

Mit fahrigen Bewegungen öffnet er sein Hemd und reißt es sich vom Oberkörper. Der Blick in seinen Augen ist seelenlos. Ich verkrieche mich ans Kopfteil des Bettes und fühle mich wie Wild in der Ecke. Seine Zähne ragen gefährlich heraus und seine wächserne Bleiche lässt mich an einen Toten denken. Transformiert ist er noch hässlicher.

„Ich will das nicht“, stoße ich aus.

„Ist mir scheißegal!“, faucht er. „Du bist nur ein Mensch. Weniger Wert als meine Schwester. Ich habe keine Lust, Euch bloß zuzuschauen.“ Er spuckt auf den Boden und macht einen Satz auf mich zu.

Ich kreische auf und versuche, panisch davonzukommen.

„Ich werde mich selbst eine Runde mit dir vergnügen“, erklärt er. „Ich schätze, ich riskiere die kleine Sachbeschädigung und habe ein bisschen Spaß mit dir.“

Sachbeschädigung – mehr ist es für Vampire nicht. Ich bin ein Besitzobjekt. Oh Gott, mir ist so schlecht. Ich spüre Galle in mir aufsteigen und Flecken vor meinen Augen tanzen.

„Bitte nicht“, wimmere ich.

Er scheint mich nicht zu hören. „Wer weiß, vielleicht gefällt es dir am Ende besser, wie ich ficke, als mit Rouillard.“

Dann packt er mich und zerrt mich am Knöchel in seine Richtung. Er ist stark. Viel zu stark. Schmerz schießt in mein Bein und ich schreie.

Callistus lacht und beißt mir in die Wade. Ohne jede Vorwarnung habe ich seine Zähne im Fleisch und ich kreische und versuche freizukommen. Er nimmt seinen Kopf hoch. Blut klebt an seinen Zähnen und er lacht.

Ich probiere, mit meinen Händen Halt am Laken zu finden, von ihm weg zu strampeln.

Wieder ein Ruck.

Callistus zerrt mich an sich heran, erwischt meinen Arm und beißt hinein. Immer und immer wieder beißt er mich. Arme und Schultern. Es geht ihm nicht ums Trinken. Er ist nur ein Sadist, der mir wehtun will.

Tränen brennen in meinen Augen, als sich seine Hand in mein Haar krallt. Ich denke daran, wie er es mit Maribella gemacht hat. Dann habe ich seine Zähne in meinem Hals. Mein ganzer Körper brennt. Lärm erfüllt das Zimmer. Es gibt nur noch Lärm. Dumpf nehme ich wahr, dass es von meinen Schreien kommt.

Ich will nur noch bewusstlos sein, fort sein. Er säuft in gierigen Schlucken aus meiner Ader. Schwindel stiehlt sich in meine Sinne. Mein Puls hämmert in den Ohren und verdichtet sich zu einem Rauschen. Eine Welle der

Übelkeit schwappt durch meinen Bauch. Ich habe das Gefühl, meine Magensäure brodelt darin wie in einem Wasserkocher.

Dann wird es noch lauter. Ich bin zu benommen, um zu verstehen, was geschieht. Callistus scheint sich in zwei Richtungen zu bewegen.

Auf mich drauf. Das tut er.

Und von mir fort.

Fort!

Das will er nicht.

Sein Schreien mischt sich unter meines und er lässt von meinem Hals ab. Hastig fasse ich mit meiner Hand nach der Wunde und betrachte meine Finger. Rotes Blut klebt daran wie nach einem Massaker. Alles verschwimmt von meinen Tränen.

Callistus flucht noch immer.

„Lauf, Elise!“, höre ich dumpf und blinzele in die Richtung.

Starke Hände haben Callistus gepackt. Erst denke ich, dass es Konstantin ist, doch die Stimme klingt völlig anders. Dann sehe ich raspelkurze Haare.

Marcellus!

Mühsam befreie ich mein linkes Bein, das sich in der Decke verfangen hat. Ich krieche davon und falle über die Kante vom Bett. Der Aufschlag am Boden rauscht durch meinen Körper wie der Gong in einem Orchester. Es weckt meine verbliebenen Sinne und ich gehe auf die Knie und stütze mich an der Matratze ab.

Rufe von Männern hallen von weither zu mir, doch ich verstehe ihre Worte nicht, als wäre ich gefangen in einer Blase, die mich vom Rest der Welt isoliert. Dabei geschieht alles direkt neben mir. Der Raum scheint zu schwanken und ich taumele mehr, als zu laufen.

Auf die Tür zu. Auf das Licht zu.

Licht!

Ich muss ins Wohnzimmer. Ein Gedanke von Sicherheit formt sich in meinem Bewusstsein. Draußen ist Licht. Es ist noch nicht so lange her, dass Callistus ins Zimmer kam und mir wird klar, dass draußen noch Tag ist.

Ich kämpfe das Gefühl von Übelkeit herunter und schlucke mehrmals trocken, weil ich mich nicht übergeben will. Als ich Teppich unter meinen Füßen spüre, weiß ich, dass ich den halben Weg geschafft habe. Ich greife nach den Möbeln, der Couchlehne, der Tischkante. Dabei ziehe ich eine Decke herunter und das Scheppern einer zerberstenden Vase mischt sich in den allgemeinen Tumult.

Laut.

Viel zu laut.

Weinend halte ich mir die Ohren zu.

Noch drei Schritte.

Ich zucke zusammen, als ich Holz splittern höre.

Noch zwei Schritte.

Das Geräusch einer Faust, die menschliches Fleisch bearbeitet, klatscht durch den Raum.

Noch ein Schritt.

Ich stolpere und knalle mit dem Knie auf den harten Boden. Haut platzt auf und brennt. Doch alles in mir brennt und ich taste mit den Fingern nach dem Schalter für den Rollladen. Schleppend arbeiten sich meine Fingerkuppen an der Wand hoch. Putz bleibt unter meinen Nägeln kleben, während ich immer wieder abrutsche. Zuletzt schaffe ich es und berühre den Knopf.

Das mechanische Surren des Motors für den Fensterschutz klingt schöner als der Gesang von Möwen am weiten Strand.

Tränen brechen aus mir heraus und mein ganzer Körper bebt, als sich der Schein der Sonne über meinen Körper ausbreitet. Wie Balsam gleitet ihr Licht über mich. Ich heule wie ein kleines Kind und stemme mich hoch.

Mit der letzten verbliebenen Kraft, entriegele ich die Balkontür und bin draußen. Wärmende Sonnenstrahlen hüllen mich ein. Ich bin in Sicherheit. Hierher kann er mir nicht folgen. Innerlich ist mir so kalt, dass ich zittere. Der Schweiß von Angst und Schmerz rinnt zwischen meinen Schulterblättern hinab. Meine Haut ist so nass und klebrig. Als ich hinsehe, entdecke ich, dass es mein Blut ist, das aus unzähligen Bisswunden heraussickert.

Ein lauter Knall lässt mich zurück in die Suite blicken. Ich habe weder Augen noch Sinn mehr für die Männer darin gehabt. Doch nun sehe ich, wie Marcellus das alte Monstrum mit dem Kopf gegen die Tischplatte schlägt. Blut bedeckt Callistus' Gesicht. Er sieht regelrecht zerstört aus. Mir wird klar, dass Marcellus ihm die Faust wieder und wieder hineingeschlagen haben muss.

Die Handknöchel von Konstantins Untergebenem sind aufgeplatzt vom Kampf. Ich bemerke, wie die Sehnen an seinem Hals hervortreten, als er Callistus hochstemmt wie einen Sack Wasser. Der alte Vampir lebt noch, doch scheint er gerade mit einer Ohnmacht zu kämpfen.

Die Zeit bleibt ihm nicht mehr.

Marcellus tritt mit seiner Fracht bis an die Lichtkante auf dem Fußboden heran. Dann grollt ein Brüllen durch seinen Brustkorb und ich trete zur Seite, als mir klar wird, was er tut. Mit der Kraft eines mit Steroiden behandelten Ochsen schmeißt er Callistus in meine Richtung.

Ein grässliches Fauchen und Zischen erfüllt die Luft, als der Vampir auf dem Balkon neben mir aufschlägt. Er brennt nicht wirklich. Nirgends an seinem Körper sind echte Flammen. Doch seine Haut verschmort wie in einem Hochofen für Metall. Die Sonne hüllt ihn ganz und gar ein. Er war so dumm, sich selbst das Hemd auszuziehen. Die große exponierte Fläche seines Körpers trägt ein Übriges zum Tod bei. Es vergehen nur wenige Herzschläge und er ist bloß noch ein Haufen Asche, der vom Wind davon geweht wird.

Als ein Teil seiner Rückstände in meine Richtung wirbelt, überkommt mich ein beißendes Gefühl von Ekel. Ich halte mir die Hände vors Gesicht und schluchze angewidert. Von dem, was er wollte. Was mir widerfahren ist. Was ich gesehen habe.

„Elise“, höre ich eine Männerstimme aus den Schatten der Suite dringen. „Ich kann nicht zu dir raus, also komm bitte herein.“

Es ist Marcellus ruhige und sachliche Stimme. Er ist vor dem Licht des Fensters davon gewichen. Geblendet, wie ich vom gleißenden Sonnenschein bin, erkenne ich ihn nicht im Zimmer.

„Bitte, du blutest und brauchst Hilfe.“

Alles in mir sträubt sich gegen die Finsternis der Räume. Solange schon bin ich an die Dunkelheit gefesselt. Aber ich weiß auch, dass Marcellus mich beschützt. Er ist Konstantins rechte Hand.

Mechanisch setze ich einen Schritt vor den anderen

und zögere kurz, als ich die Schwelle des Zimmers passiere. Meine Bewegungen sind schrecklich langsam. Ich fühle mich ausgelaugt. Hinter mir riegele ich die Tür zu und betätige den Schalter. Ich muss mich zusammenreißen, als der Rollladen das Licht aussperrt und mich wieder in einen Käfig verfrachtet. Ich blinzele die letzten tanzenden Lichtflecke von meiner Netzhaut und erspähe Marcellus mit seinem Telefon in der Hand neben der Blutbar.

„Komm besser her", höre ich ihn sagen. Dann ist die Verbindung tot. „Konstantin wird gleich hier sein." Seine grauen Augen taxieren mich. „Ich überlasse es ihm, dich zu versorgen. Er würde nicht wollen, dass ich dich berühre, und ich glaube, du genauso wenig nach dem, was gerade war."

Ich schniefe kläglich und schlinge die Arme um meinen Oberkörper.

Marcellus öffnet die Minibar und nimmt sich den kompletten Blutvorrat heraus. Er dreht umständlich den Verschluss einer Flasche auf und leert sie in einem Zug. Danach kippt er sich den Inhalt einer zweiten Flasche über seine Hände. Ich erkenne Brandblasen darauf und mir wird klar, dass er zwar am Rand des Lichtkegels stand, doch als er Callistus hineinwarf, brachte er seine Hände und Arme mit in den Bereich. Der größte Teil seiner Haut war vom Hemd bedeckt. Er brauchte nicht lang für den Wurf. Sein Gesicht ist von einem Sonnenbrand gezeichnet. Ich weiß, dass der Verzehr von Blut ihn schnell regenerieren lässt.

Ein Hämmern erschallt von der Tür der Suite und ich weiß, dass es Konstantin ist. Er hat keine Zimmerkarte mehr. Callistus hat sie ihm abgenommen. Ich fliege förmlich in seine Richtung. Wie ich die Kraft aufbringe, weiß ich nicht. Dann bin ich in seinen Armen und er ist bei mir.

Er flucht, wie ich ihn nie fluchen gehört habe. Schließlich schafft er zu fragen: „Verdammt, Elise, was ist passiert?“

„Callistus war hier“, flüstere ich.

Hart stößt er den Atem aus. Ich sehe die Qual in seinen Augen, als er all die Bisse an mir ausmacht. „Ich hätte selbst herkommen sollen. Ich habe nur bemerkt, dass ich meine Karte nicht mehr habe. Ich dachte, sie ist mir vielleicht im Fahrstuhl herausgefallen oder so etwas. Also bat ich Marcellus nachzusehen, ob bei dir alles in Ordnung ist. Er sollte die Zimmerkarten austauschen lassen. Mehr nicht. Eine simple Umprogrammierung der Magnetspur. Ich hatte keine Ahnung. Das musst du mir glauben.“

Ich nicke und klammere mich an ihm fest. „Ich weiß.“

„Was hat er nur mit dir gemacht?“, keucht er. „Hat er ...?“

Konstantin verstummt und er braucht es nicht auszusprechen, damit klar ist, was er meint. Auch in meiner Vorstellung ist es unaussprechlich.

Ich schüttele den Kopf und ein Anflug von Erleichterung huscht über sein Gesicht.

„Wo ist er jetzt?“, will er von Marcellus wissen.

„Nimmt ein Sonnenbad draußen.“

Konstantins Sicherheitsmann zuckt mit keiner Wimper. Soeben hat er einen Mann getötet und nichts deutet darauf hin, dass ihn das emotional berührt. Ist er eine kalte Maschine? Ich weiß es nicht. Aber ich weiß, dass Callistus tot ist und mir oder anderen nie mehr etwas tun kann. Dafür bin ich dankbar. Marcellus hat mich dadurch befreit. Andernfalls hätte ich für alle Zeit die Angst in mir herumgetragen, dass dieses alte Monster wieder auftaucht. Womöglich wusste Marcellus das, als er handelte. Überdies muss ihm klar gewesen sein, dass Callistus nur für Sachbeschädigung belangt werden konnte. Es hätte meinen Status geändert, wenn Konstantin und ich rechtmäßig und offiziell verheiratet wären. Doch unsere private Zeremonie am Strand hätte nicht gezählt.

„Kann Marcellus dafür etwas passieren?", frage ich besorgt. Ich will nicht, dass er meinetwegen Probleme mit dem Gesetz bekommt.

„Nein", antwortet er selbst. „Mir kann nichts passieren. Callistus hat sich unrechtmäßig Zutritt zu Konstantins Privatbesitz verschafft und wollte ihn schädigen. Es ist unser Recht, auf dem eigenen Grund und Boden in einem klaren Fall von Hausfriedensbruch zu schützen, was Konstantin gehört."

„Unser Recht?", frage ich verwirrt.

„Ich habe eine Vollmacht von Konstantin, in diesen und anderen Belangen stellvertretend für ihn zu handeln. Dass Callistus dabei gestorben ist, ist sein eigenes Risiko gewesen."

„Wenn du nicht gekommen wärst", hake ich nach und will es mir gar nicht ausmalen. „Wenn ich ihn selbst irgendwie getötet hätte ..."

Konstantin schüttelt den Kopf. „Das wäre Mord gewesen. Du bist gewissermaßen nur Teil meiner Besitztümer, besitzt diese aber selbst nicht. Dazu braucht es eine staatlich anerkannte Eheschließung. Folglich hättest du ihn nicht töten dürfen."

„Ich hätte mich lediglich verteidigt“, wende ich benommen ein.

„Ein Gericht würde argumentieren, dass Callistus im schlimmsten Fall Sachbeschädigung an dir vornehmen konnte“, erklärt Marcellus und ich sehe, wie Konstantins Kiefer mahlen, weil er so wütend ist. „Du hättest dich nur im angemessenen Rahmen verteidigen dürfen. Sachbeschädigung gegen Sachbeschädigung also.“

„Was soll das heißen?“, frage ich entsetzt. „Dass ich sein Hemd kaputtmachen durfte, aber es mir nicht mal erlaubt war, ihn zu kratzen?“

Seine Antwort ist schlicht. „Ja.“

Am liebsten würde ich schreien.

„Es war gut, dass Marcellus ihn getötet hat“, resümiert Konstantin. „Abgesehen davon, dass er es verdient hat, sind wir auf der sicheren Seite. Wir müssen uns von alleine überhaupt nicht zum Sachverhalt äußern. Das Gesetz schreibt nicht vor, es zu melden, denn Verteidigung ist kein Verbrechen und nur Verbrechen müssen angezeigt werden.“

„Das heißt, dass wir gar nicht sagen brauchen, dass er tot ist?“

Es ist das erste Mal, dass ich eine Schulung von Vampiren über juristische Schachzüge erhalte. Tylandora zog es vor, mir ausschließlich meine Pflichten zu nennen.

„Richtig“, stimmen beide Männer zu. „Es kann sein, dass niemand den Vorfall bemerkt hat.“

„Das kann nicht sein“, unterbreche ich Konstantin. „Ich bin fast taub geworden von meinen eigenen Schreien.“

Er schluckt schwer, als er sich das vorstellt. Schließlich

atmet er tief durch und schüttelt erneut den Kopf. „Die Suite ist schallgedämmt. Es ging mir darum, dass man den Lärm von draußen oder von anderen Gästen hier nicht mitbekommt. Gleichzeitig lässt sich Musik in Konzertlautstärke hören, ohne dass es jemand anderen stört."

„Ich habe umsonst geschrien?", krächze ich. Ich weiß nicht, woran es liegt, doch die Vorstellung treibt mir die Tränen in die Augen.

Konstantin zieht mich enger an sich. „Ich bin bei dir."

„Er hat so schreckliche Dinge gesagt", klage ich. „So entsetzliche Dinge."

Dann weine ich los und es gibt keine Dämme mehr, die noch halten. Marcellus lässt uns allein. Ich höre, wie er sagt, dass er später alles erledigen wird, wenn wir fertig sind.

Konstantin zieht mir die blutigen Sachen aus und trägt mich ins Badezimmer. Er dreht die Wasserhähne der Wanne auf und setzt mich kurz auf der Toilette ab.

„Ich hole dir etwas zu trinken, mein Engel."

Es scheinen nur Sekunden zu vergehen und er ist zurück mit einem kühlen Getränk. Ich kann kaum sagen, was ich da trinke, so verfremdet schmeckt alles in meinem Mund. Aber es spült das bittere Gefühl von Galle fort.

„Willst du erst morgen fahren?", erkundigt er sich behutsam.

„Nein. Ich kann in diesem Bett nicht mehr schlafen."

Er nickt. Seine Hände sind so beruhigend, seine Gegenwart so lindernd. Er badet mich, spült mein Blut und die Asche von Callistus ab. Dann wäscht und bürstet er mein Haar. Ich fühle mich wie eine

Querschnittsgelähmte, die gepflegt werden muss. Meine Glieder sind schwer wie Blei und ich kehre innerlich zu mir zurück, während er mich umsorgt und ich nichts tun brauche.

Ich sehe, wie seine eigenen Gefühle ihn zerfressen. Die Vorwürfe, weil er nicht hier war, um mich zu beschützen. Der Hass auf einen Toten. Die Wut, ihn nicht mehr selbst umbringen zu können. Die Ohnmacht, weil etwas sich so zwischen uns drängen konnte.

Ich weiß, es wird Zeit brauchen, bis wir die Dämonen vertrieben haben. Mehr Zeit, als es braucht, um diese Bisse zu heilen. Denn darum kümmert sich Konstantin bereits. Er leckt über jede Wunde und Abschürfung. Ein Stück weit fühlt es sich an wie ein Ritual, das mich von Callistus reinigt.

Am Ende stehen wir fertig angekleidet in der Suite. Ich weiß, dass Marcellus kommen und die Spuren beseitigen wird. All das Blut, das in vampirischen Hotels nicht einmal ungewöhnlich ist, die Kleidungsreste vom Balkon und die Indizien des Kampfes.

Desmodan fährt uns zum Flugplatz. Endlich kehren wir heim.

10. DASSELBE ENDE DES REGENBOGENS

Über Callistus habe ich nichts mehr gehört. Ich meide die Medien bewusst. Keine Nachrichten. Keine Zeitungen. Keine Besucher, die irgendwelchen Tratsch an mein Ohr tragen könnten. Ich gehe davon aus, dass er vermisst gemeldet wurde.

Es ist nun eine Woche vergangen seit jenem Vorfall im Hotel. Meine Knochen tun zwar nicht mehr weh, doch ich schrecke nach wie vor hoch, wenn ich Schritte hinter mir höre. Und egal, wie oft Konstantin und ich uns lieben, träume ich schlecht. Dunkle Schatten jagen mich und greifen nach mir.

Am Anfang war es schwer für mich, wenn Konstantin mich gebissen hat. Ich habe sofort Schweißausbrüche bekommen und ein unkontrollierbares Zittern. Das war der Moment, wo er aufhören und sich zurückziehen wollte.

„Nein“, sagte ich. „Ich will nicht, dass er diese Macht

über mich hat. Schon gar nicht aus dem Totenreich. Ich will nicht, dass er zwischen uns steht. Beiß mich. Es wird eines Tages aufhören."

Langsam ebbt die Panik ab. Ich weiß, wessen Zähne ich spüre und das gibt mir die Kraft, mich zusammenzureißen und meinen Körper daran zu erinnern, dass ich mich vor ihm nicht fürchten muss.

Es hat sich Dunkelheit in unser Paradies gestohlen und ich finde nicht genügend Licht, um alle Schatten verschwinden zu lassen. Noch nicht.

Eine Woche ist es her.

Etwas anderes beschäftigt mich nun. Ich habe es verdrängt, weil ich mit mir selbst beschäftigt war. Daran, dass mir nun andere Dinge durch den Kopf stromern, erkenne ich, dass ich auf einem Weg der Heilung bin.

Es ist kurz nach Sonnenuntergang und wir spazieren Hand in Hand durch sein Haus. Regen peitscht von draußen gegen die Fenster und es ist zu ungemütlich, um im Park zu laufen. Dabei ist er wunderschön dekoriert. Der Dezember hat begonnen und Konstantins Angestellte haben die Bäume im Garten mit Lichterketten umwickelt. Ein Schneemann schmilzt traurig im Regen dahin. Die Karottennase liegt im Schneematsch. Wir werden einen neuen bauen, wenn die unerwartet milde Luft davongezogen ist.

„Möchtest du ein Auto?", fragt er mich.

Ich seufze und lächele ihn an. „Noch mehr Geschenke?"

Er hört gar nicht mehr auf, mich mit Aufmerksamkeiten zu überschütten.

„Vielleicht willst du einen *Lotus Elise* fahren", schlägt er vor.

„Etwa, weil er meinen Namen trägt?“ Ich schüttele den Kopf. „Ich kann gar nicht Autofahren und ich will es auch nicht. Weihnachten ist erst in ein paar Wochen und ich brauche selbst doch gar nichts.“

„Was kann ich dann tun?“ Er wirkt regelrecht frustriert. Mir ist klar, dass er sich machtlos fühlt.

„Es gibt etwas, worum ich dich bitten möchte“, fange ich an. „Mir ist es wichtig, dass du wirklich darüber nachdenkst. Ich will nicht, dass du etwas tust, was dir zuwider ist. Und ich möchte auch nicht, dass du zustimmst, weil du im Moment scheinbar alles für mich tun würdest. Das hier hat nichts mit Callistus zu tun“, stelle ich klar.

Konstantin schluckt schwer und nickt. Ich habe den Eindruck, dass er die Sache schlechter verarbeitet als ich.

„Ich kann dich nicht davon abhalten, dir Vorwürfe zu machen, ganz gleich wie oft ich dir sage, dass es nicht deine Schuld war. Denn es war seine.“

„Ich weiß.“

„Seine allein“, betone ich.

Er schweigt und sieht nach draußen auf den Park in das Meer der Lichter, das von unten zu uns aufsteigt. Es ist, als hätten wir uns damit die Sterne in die Bäume geholt, was umso schöner ist, da die Regenwolken die richtigen Sterne verhängen.

Verhängt sind auch die Möbel, die uns umgeben. Ich lasse meine Fingerspitzen über eines der Laken streichen, das sich um einen Tisch schmiegt. Die Konturen dieser Räume wirken so gespenstisch durch die weißen Tücher, dass es mich an eine Geisterbahn erinnert.

Dieser Flügel des Hauses ist viel zu still. Definitiv stiller als er sein sollte. Ein Teil von Konstantin ist im Moment auch so geisterhaft und unheimlich. Vielleicht brauchen wir die Kinder jener Einrichtung, von der mir Desmodan erzählt hat, genauso wie sie uns brauchen. Ihr fröhliches Lachen, ihre Lebendigkeit. Nichts kann heilender sein.

„Es gibt ein Haus für Kinder ohne Vormund drüben in Broken Arrow“, setze ich an.

„Arbeitet dort nicht Desmodans Schwester?“, fragt er nachdenklich.

Gut, er weiß, worum es geht.

„Ja, sie ist Erzieherin.“

„Hast du sie etwa kennengelernt?“

„Nein, noch nicht. Allerdings hoffe ich, es bald zu tun.“ Ich atme tief durch und sehe mich im dem Zimmer um, in dem wir stehen. „Weißt du, das hier könnte ein schönes Esszimmer sein.“

Er scheint zu glauben, dass wir das Thema wechseln und sieht von diesem Gedankensprung verwirrt aus. „Sicher, aber wir haben doch schon eins.“

Ich lasse mich nicht aus dem Konzept bringen. „Gleich daneben wäre Platz für eine Küche.“

Konstantin runzelt die Stirn. „Willst du von einem Flügel in den anderen ziehen?“ Er schaut sich um. „Ich verstehe“, sagt er nickend. „Wir könnten uns so einrichten, dass es auch deinen Geschmack widerspiegelt. Drüben ist die Einrichtung nur von mir ausgewählt worden.“

Ich schmunzele. „Du solltest mich nicht für so dekadent halten.“

Geschlagen nimmt er die Hände hoch. „Was meinst du

dann?“

Ich nehme ihn und ziehe ihn weiter. „Komm mit.“

Während ich ihn durch den Flur lotse, verweile ich kurz vor den einzelnen Räumen. „Das hier wäre ein wunderschönes Spielzimmer ... Und dies ein guter Raum für Toiletten und Waschbecken ... Hier könnten wir einen Unterrichtsraum haben ... Und hier einen Musikbereich ... Ein Bewegungszimmer ...“

„Warte.“ Er hält mich am Arm fest. „Willst du eine Schule aufmachen?“

Ich ziehe Desmodans Flyer aus meiner Tasche und gebe ihn Konstantin. „Sie werden die Einrichtung schließen. Noch dieses Jahr. Fröhliche Weihnachten für all die Kinder.“ Ich schlucke schwer und benetze meine Lippen. „Du hast so viel Platz. Hier müssen keine weißen Laken leben. Es könnte ein friedlicher Ort und eine neue Hoffnung für all diese Kinder sein.“

Seine Augen kleben an der Broschüre. Ich weiß nicht, ob er wirklich den Text studiert oder genauso gut kleine Kobolde darauf tanzen könnten und er doch nur ins Leere starrt. Sein Gesichtsausdruck verrät mir nicht, wo er sich innerlich befindet.

„Ich wäre selber beinahe an so einem Ort gelandet.“ Nervös wippe ich auf meinen Füßen. Mir ist dieses Projekt aus verschiedenen Gründen wichtig. „Jedes dieser Kinder dort könnte ich sein. Oder deine Mutter, wenn sie nicht zu Eurer Familie gehört hätte.“

Er seufzt und setzt sich auf eines der abgedeckten Sofas.

„Dir ist klar, was das bedeutet, oder?“ Sein Blick legt sich unverwandt auf mich.

Ich zucke mit den Schultern. „Du müsstest ihr

Vormund werden.“ Ich gehe zu ihm und setze mich auf den Platz daneben.

„Also ist dir das zumindest klar.“ Er verschränkt seine Hände ineinander. „Von wie vielen Kindern reden wir hier?“

„Dreißig.“

Es gibt keinen Weg, es besser darzustellen. In dem Punkt will ich ihm nichts vormachen. Schließlich bin ich kein Staubsaugervertreter, der ihm etwas andrehen will. Mir ist Ehrlichkeit wichtig und ich hoffe und bete inständig, dass er trotz der Fakten ja sagt.

Er schließt die Augen und holt mehrmals Luft.

„Im Stockwerk drüber wäre genügend Platz für Schlafräume“, spinne ich den Gedanken fort.

„Dreißig“, wiederholt er, als müsste er die Zahl anprobieren. „Plus Personal.“

Zumindest die Erzieher braucht er nicht zu adoptieren, doch einige von ihnen müssten hier schlafen können. Es ist keine Frage der Räumlichkeiten. Wie Desmodan einmal sagte, könnte hier ein Dorf einziehen.

„Du hast schon jemanden in deinem Haus wohnen, der mitarbeiten würde“, informiere ich ihn.

Er lächelt ironisch und sieht mich fragend an. „Desmodan?“

„Nein.“ Ich schüttele den Kopf. „Mich.“

Diese Bemerkung macht etwas mit ihm. Ich kann es beobachten. Er hat die ganze Zeit nach einem Ventil gesucht, um ungeschehen zu machen, was passiert ist. Ich hatte mich schon gefragt, wann er damit aufhört. Man kann die Zeit nicht zurückdrehen. Es scheint, als habe er nun einen passenden Ersatz gefunden. Doch das allein kann ich nicht zulassen.

Ich greife nach seiner Hand. „Schatz, ich will dir nichts aufbürden, wenn du es nicht möchtest. Nicht ich wäre ihr Vormund, sondern du. Es bestimmt auch dein eigenes, weiteres Leben. Die ganze Verantwortung liegt offiziell bei dir."

„Aber du willst es gern?"

Ich kann mein Leuchten in den Augen nicht verbergen. „Weißt du, ich liebe Kinder und ich finde, es gibt nichts Wichtigeres, als Zusammenhalt und Familie. Sie hätten bei dir ungekannte Möglichkeiten für ein schönes Leben. Wer weiß, was anderswo mit ihnen gemacht wird? Und ich selbst habe keine Qualifikation und darf keine erwerben. Aber hier steht ausdrücklich, dass man für diese Arbeit keine braucht. Wieso sollte ich es dann nicht tun?"

„Okay. Du hast ein gutes Herz und willst dich einbringen", stellt er fest. „Das finde ich gut. Was ist mit eigenen Kindern?"

„Daran hat sich nichts geändert. Ich möchte eigene Babys. Das kommt sicher, aber so lange üben wir schließlich noch nicht." Ich zwinkere ihm zu. „Sieh es mal so: Wenn du tatsächlich die Weiterführung der Einrichtung bei dir übernimmst, kommt es zum einen auf ein paar Kinder mehr oder weniger nicht an und zum anderen hätten wir immer genügend Nannys, um trotzdem noch auszugehen, wenn uns danach ist. Wir wären eine sehr, sehr große Familie."

Er lächelt hinreißend. „Du würdest das so sehen, oder? Für dich wäre es eine Adoption und keine Vormundschaft."

„Manche sehen dann wohl eher eine ältere Schwester in mir. Ich bin erst achtzehn. Ich könnte von einem achtjährigen Jungen oder Mädchen rein rechnerisch nicht die Mutter sein."

„Es ist schwer, dir einen Wunsch abzuschlagen, wenn dein Herz so daran hängt", sagt er.

„Du willst es also nicht? Du würdest lieber nein sagen?", frage ich besorgt. Eine Faust legt sich um mein Herz und quetscht zu.

„Unsinn", beruhigt er mich. „Ich sage nur, es wäre praktisch unmöglich."

Gütiger Himmel! Meine Erleichterung ist unbeschreiblich.

Sein Blick huscht durch das Zimmer. „Dreißig", wiederholt er.

Ich nicke.

Er nickt auch und grinst. „Diese ganzen Laken sind schon wirklich ziemlich hässlich."

Meine Augen werden weit vor Freude. „Heißt das: ja?" Ich schlage meine Hände zusammen und sende ein Stoßgebet ab. *Bitte, lieber Gott, bitte. Bitte!*

„Herzensprojekten soll man nachgehen", stimmt er zu. „Wenn meine Frau glücklich ist, bin ich es auch. Aber ich habe Bedingungen." Er hebt mahnend einen Finger.

„Alles, was du willst", hauche ich.

Das entlockt ihm ein Lachen. „Das will ich gleich mal festhalten. Warte ..." Er zückt sein Handy. „Sag es noch mal."

„Alles, was du willst?", frage ich irritiert.

„Das sollte überzeugender klingen", weist er mich an.

Ich muss lachen. „Alles, was du willst", singe ich.

Er hebt zufrieden den Daumen. „Super. Das ist mein neuer Klingelton."

Ich klapse ihm auf den Arm und bin so glücklich, dass

er den ersten Scherz seit einer Woche gemacht hat. Ich wusste, die Kinder würden uns guttun.

„Oh, es ist so toll!“, jauchze ich und schlage die Hände zusammen. „Wir können alles dekorieren, ihnen schöne Zimmer machen, Geschenke für Weihnachten basteln, Silvesterfeuerwerk vom Balkon für alle. Wir ...“

Er hebt die Hände. „Halt, halt, halt. Ich habe Forderungen“, erinnert er mich.

„Klar, schieß los.“

„Eigene Kinder“, gemahnt er mich.

Ich nicke einverstanden.

„Wir sind beide Eltern für die Rasselbande. Ich bin nur offiziell allein der Vormund.“

„Ja.“ Ich grinse fröhlich.

„Du hast weiter ganz viel Zeit für mich.“

„Davon kann mich keiner abhalten“, verspreche ich feierlich.

„In Erziehungsfragen werden wir uns zwar streiten, doch ich will dann Versöhnungssex.“

„Ich verspreche, zu streiten“, gelobe ich lachend.

„Und das andere auch?“, hakt er drängend nach.

Ich klaue ihm das Handy und suche auf dem neumodischen Display. Schließlich drücke ich eine Taste und meine eigene Stimme trällert aus dem Gerät: „Alles, was du willst.“

„Sonst noch was?“, forsche ich nach.

Er legt den Kopf schief. „Eigentlich habe ich jetzt den Klingelton.“

Ich küsse ihn zustimmend.

„Ach, doch, eines noch“, sagt er und zieht mich näher an sich heran. „Wir werden wieder glücklich, ja? Die letzte Woche war wie ein Leben im Grab.“

„Und das von einem Vampir“, ziehe ich ihn auf.

„Ich will das Vergangene hinter uns lassen.“

„Einverstanden.“

Nach einer Weile fragt er: „Warum hat Desmodan es dir erzählt? Wieso fragt er mich nicht direkt?“

„Darüber habe ich mich auch gewundert“, gestehe ich ein. „Vermutlich hat er erkannt, dass seine Idee bei mir sofort auf fruchtbaren Boden fällt. Ich bin emotionaler und viel betroffener von der Lage der Kinder. Du bist kritischer und handelst mehr mit deinem Kopf.“

„Also spielt er uns gegeneinander aus?“, schlussfolgert er.

Ich lache. „Nein, das machen unsere Kinder später. Ich glaube, er dachte, dass ich es besser an dich herantragen kann.“

„Also hast du endlich eine Aufgabe für dich gefunden. Mir hat dein Bewerbungsgespräch sehr gefallen. Ich lasse Marcellus alles Weitere veranlassen.“

Ich krabbele auf allen Vieren um das Sofa herum und unter den Tisch dahinter durch. Als ich Klarissas Fuß vor mir davonrutschen sehe, puste ich in meine gelbe Tröte. Es klingt wie eine erkältete Ente und das kleine Mädchen vor mir quiekt auf und lacht.

„Ich hab dich gesehen!“, rufe ich, als sie nicht stehenbleiben will. „Betrug!“ Wieder tröte ich.

„Nein, nein, nein!“, meint die Kleine lachend. „Ich bin viel schneller.“

„Ja, schon, aber ich habe dich gesehen.“

Die Methode Paint Balls zu verschießen, wenn man den anderen sieht, ist eindeutig nachweisbarer, als bei Sichtkontakt zu pusten. Meine Tröte hinterlässt keine bunten Beweisflecke auf der Kleidung. Doch im Augenblick läuft das ganze Haus mit Silvesteraccessoires herum und niemand trägt Farbgewehre.

„Wenn du schummelst, schummele ich auch“, gluckse ich fröhlich.

Ich höre damit auf, mit meinen Knien den Boden zu putzen, und spurte hinter Klarissa her. Sie ist so lieb, sich nicht zu beschweren, als ich sie fange.

„Mama, nein!“, kichert sie, als ich sie kitzle.

Die Kleine ist drei und hat die süßesten Sommersprossen dieses Kontinents. Dass ich bloß fünfzehn Jahre älter bin als sie, hält sie nicht davon ab, mich Mama zu nennen. Inzwischen rufen mich fast alle so und ich liebe es.

Ich schnappe ihre vorwitzigen Füße und küsse ihre Zehen. Sie liegt wie ein Käfer auf dem Rücken und gackert fröhlich. Wir kuscheln und rollen uns über den Teppich.

„Hey, die Damen!“, höre ich Konstantin hinter mir. „Schön vorsichtig.“

„Wir spielen doch nur.“

Er gibt der Kleinen einen Kuss und legt seine Hand auf meinen Bauch.

„Alles friedlich da drinnen?“, erkundigt er sich liebevoll.

„Es ist jetzt nicht größer als ein Böhnchen“, informiere ich ihm.

„Gummibärchen“, steuert Klarissa bei, der ich es, wie allen anderen Kindern, schon erklären musste.

„Uns geht’s prima“, versichere ich ihm. „Wir haben so viel Spaß.“

Ich lächele ihn selig an. Am dritten Advent zog die

Rasselbande, wie wir sie liebevoll nennen, bei uns ein und wir hatten ein wunderschönes Weihnachtsfest. Es wurde noch schöner, als ich wusste, dass ein anderes Geschenk in mir heranwächst.

„Ich bin so gespannt, was es wird“, meint Konstantin stolz.

„Du meinst Vampir oder Mensch?“.

„Nein, das ist mir egal. Ich dachte eher, ob Junge oder Mädchen.“

„Mädchen!“, ruft Klarissa fröhlich.

„Ja, findest du?“, entgegnet Konstantin liebevoll.

Die Kleine nickt. „Dann kann sie mit meinen Puppen spielen.“

Guter Grund. Ich schmunzele und streichele meinen Bauch. Alles ist so aufregend. „Das macht sie bestimmt gern.“

„Meine Puppe heißt Annabell. Wie heißt das Baby?“, will sie wissen. „Bekommt sie einen Vampirnamen, so wie Papa?“

Innerlich verdrehe ich die Augen. „Ich kann es kaum erwarten, meine Kinder Echinacin oder Thympanussella zu nennen.“

„Hey!“, feixt Konstantin. „Wir haben nicht *bloß* schreckliche Namen, aber zugegebenermaßen eine hohe Dichte davon. *Echinacin*“, macht er mich nach. „Das klingt wie Hustensaft.“

„Klingt wie Vampir“, findet Klarissa und ich grinse Konstantin an.

„Danke, Maus“, sage ich und gebe ihr einen dicken Schmatz.

„Ich armer Papa“, erklärt er ihr. „Früher hat sich keiner über mich lustig gemacht.“

„Ja, lustig“, singt sie und klatscht. „Jetzt ist es lustig!“

Er nimmt die Hände hoch und seufzt theatralisch. „Ich gebe auf. Das ist wohl nun mein Schicksal. Mal nachrechnen. Ich bin dreißig. Na, ...“ Er wiegt den Kopf hin und her, als würde er überlegen. „Hundert will ich schon werden. Oh Schreck, noch siebzig Jahre *lustig* zu absolvieren.“

Klarissa kichert und kuschelt sich an ihn.

Ich tue es ihr gleich und streichele Konstantins Hand. „Du armer Mann. Unterdrückt von deinen Schutzbefohlenen.“

„Genau“, stimmt er mir zu, als würde ihm ein Licht aufgehen. „Das ist äußerst scharfsinnig. Ich bin hier der Vormund. Von dir junger Dame“, sagt er und tippt auf Klarissa, „und von dir fast so junger Dame“, endet er und tippt auf mich.

„Also, ich bin ja eigentlich zu zweit“, denke ich laut. „Wenn man also das gemeinsame Alter von mir und der Bohne nimmt, dann ist jeder von uns durchschnittlich neun.“

„Jetzt fühle ich mich wirklich alt“, klagt mein Mann.

Oh ja, wir haben geheiratet. Ganz offiziell. Es war ein wunderschönes Fest in seinem Haus mit engen Freunden von Konstantin und seinen Eltern. Ich habe seine Mutter sofort ins Herz geschlossen. Und alle dreißig Rabauken, die wir bei uns aufgenommen haben, waren Blumenkinder.

Wir könnten eine Hochzeitsreise machen, doch Tatsache ist, dass ich gar nicht fort will. Ich fühle mich inzwischen so verwurzelt mit diesem Ort, der ein wahres Heim geworden ist, dass ich nirgendwohin möchte. Außerdem wollte ich unsere kleinen Schutzbefohlen nicht allein lassen, nur um durch Europa oder Asien zu touren und Plätze zu sehen, die mir nicht halb so viel Liebe bieten können, wie dieses Haus.

„Papa, wie spät?“, fragt Klarissa.

„In einer Stunde fängt das neue Jahr an“, informiert er sie.

Noch eine Stunde bis Zwölf. Der Vorteil, dass die Kleinen den Vampirrhythmus kennen, liegt nun eindeutig darin, dass es fast Mitternacht ist, jedoch noch niemand ins Bett will. Alle warten gespannt auf das Feuerwerk.

Die Mädchen – es sind achtzehn an der Zahl – wollten vor allem pinkes oder rosafarbenes Knallwerk. Die Jungen mochten Blau und Gelb. Am Ende einigten wir uns solidarisch auf bunt.

„Komm, wir gehen zu den anderen, ja?“, ermuntere ich Klarissa.

Sie nickt und Hand in Hand schlendern wir zurück durch die weiten Räumen seines Hauses. Die Flure sind noch immer von Weihnachten dekoriert. Doch hinein in den Zauber jener Lichterketten und Tannenzweige haben sich Papierschlangen und Luftballons gestohlen.

Die letzte Woche war eine durcheinander gewürfelte Mischung aus dem Bespielen der Weihnachtsgeschenke und dem Dekorieren fürs neue Jahr. Wir haben jeden Tag stundenlang unser Heim ausstaffiert und der Lieferant für Partyartikel war ein gerngesehener Gast des Hauses.

Als wir im Festraum eintreffen, sind Spiele von Blinde Kuh bis Topfschlagen dran. Armand bietet sogar eine kleine Zaubershow dar, bei der Hasen nicht flambiert und gegessen werden, sondern klassisch in Zylindern

DANKSAGUNG

Mein Dank gilt im Besonderen Lidia, ohne die ich vermutlich jahrelang nichts oder nie etwas veröffentlicht hätte. Sie war so modern, einen Ebookreader zu besitzen und „Lea – Untermieterin bei einem Vampir“ darauf lesen zu wollen.

„Stelle es doch bei Amazon rein“, schlug sie vor.

Kann eigentlich kein Problem sein, dachte ich mir. Schließlich bestelle ich dort schon seit der Erfindung der Dinosaurier.

Danke daher auch an Amazon für eine unglaublich leicht zu bedienende Publishing-Plattform.

Danke an alle, die mich damit überraschten, Lea in den Einkaufswagen zu packen und zu lesen. Ich hatte eher mit zwanzig Verkäufen bis Weihnachten gerechnet – alle meine Freundinnen und mich selbst eingeschlossen.

Dass es bei tausenden von Lesern Zuspruch fand, war mehr als ich mir je erträumt hätte.

So kam der Stein ins Rollen, die Taschenbuchversion folgte und nun veröffentliche ich mit „Schattenherz – Fesseln der Dunkelheit“ meinen zweiten Roman. Ohne die Verkettung, die seit Lea ihren Lauf nahm, wäre dies sicher nicht der Fall. Ihr alle habt zu dieser neuen Geschichte beigetragen. Dafür kann ich Euch nicht genug danken.

Danke an all die fleißigen Rezensionsschreiber da draußen. Ich habe Eure Kommentare mit Spannung verfolgt. Die positive und negative Kritik nahm ich als Anstoß für mein Schreiben mit. Ohne jemanden damit zu überraschen, muss ich gestehen, dass ich die fünf Sterne Rezensionen am meisten mag. Einen riesigen

Extradank hierfür! Das erhellte mir stets den Tag.

Danke für Tanja und Sandra, meine tollen Freundinnen, die Leserinnen der ersten Stunde meiner Texte waren und mich weiterhin motivieren und unterstützen.

Mein Dank gilt auch Ines, der ich dieses Buch gewidmet habe. Sie ist eine wunderbare Freundin und eine Seele von Mensch. Für ihre herzliche Art gibt es nicht genügend Worte.

Danken möchte ich außerdem Jona, mit dem ich in einer Klasse war und der bei einem Klassentreffen fragte, ob ich noch schreiben würde. Das tat ich zu der Zeit gerade nicht. Wir wussten im Grunde nicht mehr viel voneinander, allerdings erinnerte er sich, dass ihm meine Texte früher gefallen hatten. Das war mir Antrieb genug, um die Tasten erneut klappern zu lassen. Zwar weiß er bis heute nicht, dass er mich damals aus einer Schreibpause herausgeholt hat, doch gedankt sei ihm an dieser Stelle trotzdem.

Danke auch liebe Corinna, dass du meine Freundin bist. Obwohl wir nicht denselben Dialekt sprechen und uns in der Urzeit daher suspekt gewesen wären, klappt es doch ganz gut mit der Verständigung.

Danken möchte ich außerdem meinen Eltern, die mir eine Kindheit voller Literatur ermöglichten. Meinem Papa, der gewissermaßen eine Privatbibliothek angesammelt hat und meiner herzenslieben Mama, die mit so erfrischenden Sätzen wie: „Hier muss irgendwo noch ein Buch mit ganz vielen Buchstaben sein“ aufwarten konnte. Zu ihrer Verteidigung – sie suchte ein Werk über Kalligraphie.

Danke an meinen Mann für seine Liebe und

Unterstützung. Ich bin froh, dass du »Ja« gesagt hast. Denk immer dran, ich bin vom Umtausch ausgeschlossen.

Danke an alle lieben Familienmitglieder und Freundinnen, die sich mit meiner Bekanntschaft herumschlagen und immer wieder spontan mit neuen Ideen für Geschichten überfallen lassen.

„Ich glaube, ich nenne es ...“

„Vielleicht mache ich noch ...“

„Was hältst du von ...“

„Hey, gerade dachte ich, wenn ...“

Ihr seid so tapfer!

Und nun ein herzliches Dankeschön an alle Leserinnen und Leser, die sich für *Schattenherz – Fesseln der Dunkelheit* entschieden haben.

Ich hoffe, die Geschichte hat Euch gefallen.

ANNA WINTER

Anna Winter wurde 1982 geboren und lebt mit ihrem Mann und einer kleinen Tochter in Süddeutschland.

Schon als junges Mädchen war sie von Märchen und anderen Geschichten gefesselt, illustrierte Erzählbände für ihre Familie und begann mit acht Jahren, auf einer alten Schreibmaschine zu schreiben.

Sie hat unzählige Bücher gelesen und die Faszination für Worte nie verloren. Später schrieb sie Romane für ihre Freundinnen, die sie zur Veröffentlichung ermunterten.

Sie schreibt bereits an ihrem nächsten Roman.

<u>Bisher von Anna Winter erschienen:</u>

„Lea – Untermieterin bei einem Vampir"
„Schattenherz – Fesseln der Dunkelheit"
„Nachtkuss – Fesseln der Dunkelheit"
„Der Werwolf in der Badewanne – Eine Vollmondlektüre"

4472987R00196

Printed in Germany
by Amazon Distribution
GmbH, Leipzig